ファイヤー・アフター・ダーク

――深紅の約束――

セイディー・マシューズ
長瀬美紀 訳

ベルベット文庫

ファイヤー・アフター・ダーク——深紅の約束——

X・Tへ

第一週

1

すごい。タクシーの窓のそとを流れるロンドンの景色は、まるで姿の見えない道具係の手でつぎつぎと展開される舞台装置のようだ。車内は涼しく、静かで、閉ざされている。わたしはただの見物人。でもそとの世界では、七月の午後の蒸し暑さのなか、ロンドンはめまぐるしくダイナミックに動いている。道路には車がひしめき、通りには人びとが群がり、信号が変わるたびにどっと道を渡っていく。どこを見ても人だらけ。あらゆる年齢、体格、肌の人びとがいる。今日、この場所で、何百万もの人生が動いている。そのスケールは圧倒的だった。

わたし、本当にロンドンに来たんだ。

タクシーは広い緑地を回りこむように走り、日光浴をしているたくさんの人たちが見えた。これがハイド・パークなのだろうか。そういえば、父が言っていた――ハイド・パークはモナコより広いって。信じられない。確かにモナコはちいさいかもしれないけど――。そんなことを考えていたら、背筋がぞくっとして、自分がおじけづいているのに気づいた。わたしらしくない。こんな臆病な人間ではなかったのに。

それでも、はじめてひとりで大都会にやってきたら誰でも緊張するはずよ、と自分に言い聞かせた。あんなことがあって自信をなくしているということもある。またあの吐き気がこみあげてくるけど、ぐっとこらえた。

今日はだめ。ほかに考えなければいけないことがたくさんある。それにもうじゅうぶん考えて、涙を流した。だからこそ、ここにいるのだから。

「もうすぐですよ、お客さん」突然声が聞こえてきて、それはインターコムでひずんだ運転手の声だと気づいた。バックミラーでこちらを見ている。「ここからは近道を知っていますから」彼は言った。「渋滞の心配はしなくていいですよ」

「ありがとう」さすがロンドンのタクシー運転手。彼らは街じゅうの通りを熟知していることで有名だ。だから贅沢《ぜいたく》だと思ったけど地下鉄ではなくタクシーに乗った。荷物はそれほど大きくないけど、暑いなかこれを持って地下鉄を乗り降りしてエスカレーターでまた登る、なんてことはしたくなかった。もしかしたら運転手は、わたしみたいな平凡な若い娘がそんな高級住宅街になんの用があるのか、いぶかしんでいるのだろうか。着ているものは花柄のワンピースと赤いカーディガン、足元はサンダル、さらにあちこち髪が飛び出ているポニーテールの上にサングラスを乗せているような娘だから。

「ロンドンははじめてですか？」鏡のなかの彼がほほえみかけてきた。

「ええ、そうなの」厳密に言えばこれは嘘だった。子どものころ、両親といっしょにクリスマスシーズンのロンドンに来たことがある。大きなお店、明かりのともった窓、サンタのひざに座ったとき、彼のナイロン製のズボンがしゃりしゃり音をたて、ポリエステルのひげがちくちくしたことを憶えている。でも運転手とあまり話したくなかったし、ロンドンのことは何も知らなかった。それにひとりで来たのははじめてだ。

「おひとりで？」そう訊《き》かれてちょっと落ち着かない気分になる。運転手は愛想よくしているだけだろうけど。

「いいえ、伯母のところに泊めてもらうの」また嘘をついてしまった。

彼は納得してうなずいた。タクシーは公園を離れ、熟練の運転でバスやほかの車のあいだを縫って走り、自転車を追い越し、きびきびと角を曲がって黄信号を通過した。混雑した広い道路から、両側に煉瓦《れんが》と石造りの建物が立ち並ぶ狭い通りに入る。高い窓、ぴかぴかの玄関ドア、黒光りする錬鉄《れんてつ》製の柵、窓辺を飾るフラワーボックスから色とりどりの花が咲きこぼれる豪邸ばかりだ。どこを見てもお金がかかっている。道端に停まっている高級車だけでなく、完璧に手入れされた建物、きれいな舗道、日差しをよけるためにカーテンを引くメイドの姿にも。

「羽振りよくやっているみたいですね、伯母さんは」運転手は冗談を言いながら、車を細い道に走らせ、そこからさらに細い道に入った。「このへんに住むのには一、二ペンスはかかりますからね」

わたしは笑ったけど、なんと答えたらいいかわからなかったから、何も言わなかった。通りの片側は厩《うまや》を改造した、ちいさいながらも目玉が飛び出るほど高価な家が並んでいる。反対側にはフラットの大きな建物があり、間口は区画いっぱいに及び、高さは少なくとも六階建てだった。アールデコ風の造りから、一九三〇年代に建てられたものだとわかる。外壁は灰色で、大きなガラスと樫材の玄関ドアが立派だ。運転手は玄関前に車を寄せて言った。「着きましたよ。ここがランドルフ・ガーデンズです」

石とアスファルトしか見えない。「どこに庭《ガーデン》があるの?」

目につく緑といえば、玄関ドアの左右に吊りさがっている赤と紫のゼラニウムのハンギングバスケットだけだった。

「何年も前にはあったんでしょうけど」運転手は言った。「厩があったでしょう? 昔は本当に厩だったんですよ。大きなお屋敷が二軒あって。壊されたか戦争で爆撃されたのかもしれないですね」彼はメーターを見た。「十二ポンド七十ペンスです」

わたしは財布を出して十五ポンドを払い、「お釣りはとっておいて」と言った。チップの額が合っているといいけど。運転手がとくに驚いた様子はなかったから、それくらいでよかったのだろう。彼はわたしが荷物を出して舗道に置くのを待ってから、ドアをしめた。それから前へ、後ろへとすばらしい切り返しをして、来た道を戻っていった。

建物を見あげる。来たわ。ここがわたしのあたらしい家。少なくとも、しばらくのあいだは。

白髪頭の管理人《ポーター》の怪訝《けげん》そうな視線を受けながら、わたしは大きな荷物を持って苦労してドアをくぐり、この建物の管理を任されている彼のデスクに近づいた。

「セリア・ライリーのフラットに滞在することになっているの」額の汗をぬぐいたいのを我慢しながら言った。「彼女から、鍵をここに預けておくと言われて」

「名前は？」彼はぶっきらぼうに言った。

「ベス。いえ、エリザベス。エリザベス・ヴィラーズ」

「さて……」彼は鼻にかかった声で言いながら、デスクの上のファイルをめくった。

「ああ、あった。ここだ。ミス・E・ヴィラーズ。ミス・ライリーの留守中、五一四号室に滞在」彼はちいさな目でわたしを見たが、無愛想という感じではなかった。「フラットの留守番だね？」

「ええ。そんなところ。じつは猫の世話係なの」わたしは彼にほほえみかけたが、彼はほほえみを返さなかった。

「そうだ。彼女は確か猫を飼っていた。ああいう動物が室内に閉じこめられてなぜ平気なのかわからんが。これが鍵だよ」彼は封筒をデスクのこちら側に押しやった。「ここにサインを」

言われたとおりにサインした。彼から建物の規則の説明を受け、エレベーターの場所を教えてもらった。あとで荷物を持っていこうかと言われたが、自分でできると断った。必要なものがすべて入っているから。ちいさなエレベーターに乗りこみ、ゆっくりと五階まであがるあいだ、鏡に映った、ほてって赤くなった自分の顔を見つめた。まるでこの場所にふさわしくない。でも大きな青い目のハート形の顔は、わたしがあこがれているほお骨の高い優雅な顔立ちにはけっしてならない。それに肩につく長さのはねやすい暗い金髪も、豊かで艶《つや》のある髪にはならない。この髪を整えるのには時間がかかるから、普段はゆるいポニーテールにまとめている。

「マイ・フェア・レディにはほど遠いわ」声に出して言ってみた。鏡のなかの自分を見ていると、最近のできごとの影響が目につく。痩せて輪郭が細くなり、目には二度と消えないかもしれない悲しみが宿っている。みじめさに打ちのめされて、からだがちいさくなったように見える。「強くなるのよ」自らに言い聞かせ、曇った目のなかに以前の輝きを探した。そのためにここに来たのだから。逃げてきたわけじゃなく――それもあったけど――覇気と勇気のある、世の中への好奇心でいっぱいだった以前の自分をとり戻すため。

そのベスが完全に壊れていなければ。

そんなふうに考えたくなかったけど、どうしても悲観的になってしまう。

五一四号室は、絨毯《じゅうたん》敷きの静かな廊下をなかほどまで行ったところにあった。鍵はスムーズに入り、わたしは部屋のなかに入った。まずびっくりしたのは、ちいさな鳴き声が聞こえたことだ。それからにゃーという甲高い鳴き声。わたしにすり寄ってきた猫が無理やり脚のあいだをくぐろうとしたせいで、わたしはよろけそうになった。「ちょっと、ちょっと！」わたしは叫び、黒いひげのあるちいさな顔を見おろした。黒っぽい色の毛は、誰かが座ったクッションみたいにぺしゃんこになっている。「あなたがデ・ハヴィランドね」

猫はまたにゃーと鳴き、鋭い白い歯とピンク色の舌を見せた。

わたしがフラットのなかを見てまわるあいだも、猫はごろごろと喉を鳴らし、わたしの脚にからだを押しつけて歓迎してくれた。広い部屋に入ると、セリアが内装を建物がつくられた一九三〇年代の様式に合わせているのがわかった。床は黒と白のタイル張りで、真ん中に白いラグが敷かれている。大きなアールデコの鏡の左右には幾何学模様のクロムメッキのライト、鏡の前には真っ黒なコンソールテーブルが置かれている。そのテーブルの上には、大ぶりな銀縁の白い磁器の鉢、その両脇に花瓶があった。すべてがエレガントで、落ち着いた美しさを感じさせる。

わたしが想像していたとおりだ。父は何度かロンドンを訪れたときに、名付け親であるセリアのフラットを訪ねていた。詳しく聞いたことはなかったけど、セリア本人と同じくらい華やかな部屋なのだろうとわたしは勝手に想像していた。彼女は十代のころにモデルをはじめ、大成功して財を築き、引退後はファッション・ジャーナリストになった。一度結婚したが離婚し、再婚してその夫に先立たれた。子どもはいない。だからあんなに若々しくて元気でいられるのかもしれない。わたしの父の名付け親で、気ままに彼の人生に出入りしていた。何年間も便りがなかったかと思うと、突然たくさんの贈り物を抱えて――いつもエレガントかつ流行の最先端の服装で――やってきて、父にキスをしまくって不義理の埋め合わせをしようとしていた。何度か彼女に会ったことがある。そのころのわたしは、X脚なのにいつもショートパンツとTシャツで、髪は伸び放題の、恥ずかしがりやの少女だった。ショートカットにした銀髪で、見事な服とすてきな宝石に身を包んだ彼女を目の前にして、自分はこんな洗練された女性にはぜったいになれないだろうと思っていた。

何を言っているの？　いまだって彼女のようになれるはずがない。一瞬たりとも。

それでもこうして彼女のフラットにたどりついた。これから五週間、ここがわたしのうちになる。

あの電話は突然かかってきた。電話を切った父は考えこむような顔をして、わたしに言った。「しばらくロンドンに行ってみる気はあるか、ベス？　セリアが旅行に出かけるらしくて、彼女のフラットで猫の面倒を見る人間が必要なんだが、おまえはロンドンに住んでみたくないかって」

「彼女のフラット？」わたしは本から目をあげた。「わたしが？」

「ああ、かなりの高級住宅街だよ。メイフェア、ベルグレイヴィア、そういう地区だ。わたしもここ数年は行っていないが」父は眉をあげて母をちらっと見た。「セリアは五週間モンタナのリゾートにこもるそうだ。精神的にリフレッシュする必要があると言っていたよ。きみと同じようにね」

「そうね、それであんなに若いのよね」母はキッチンテーブルを拭《ふ》きながら言った。

「とても七十二歳には見えないわ」母は立ちあがり、拭いたテーブルをじっと見つめた。

「うらやましいわ。わたしもそういうことをしてみたい」

母は自分には手に入らなかった人生、選べたかもしれない人生を考えているような顔になった。父は何かからかうようなことを言いたそうだったが、母の表情を見てやめた。わたしはほっとした。母は父と結婚したときに仕事を辞め、わたしと弟たちの子育てに専念したのだ。夢くらい見たっていい。

父はわたしに向き直った。「それでどう思う、ベス？　興味はあるかい？」

母の気持ちは目を見てすぐにわかった。母はわたしが行ったほうがいいと思っている。この状況ではそれが最善のことだと。「行ったほうがいいわ」母は静かな声で言った。「あんなことを忘れるための気分転換になるはずよ」

わたしはぎくりとした。あのことについて何か言われるのは耐えられない。屈辱がよみがえり、顔がかっと熱くなる。「やめて」ささやきながら、涙がこみあげてくるのを感じた。まだ傷は癒えていない。

両親は目を見交わして、父がぶっきらぼうに言った。「母さんの言うとおりだ。少しおもてに出たほうがいい」

わたしは一カ月近くほとんど家から出なかった。ふたりに会うのがこわかったからだ。アダムとハンナ。考えただけで胸がむかつき、気を失うときみたいに頭がくらくらする。

「そうかも」わたしはちいさな声で言った。「考えてみるわ」

その夜はそれで話は終わった。毎朝ベッドから起きることさえ難しいのに、こんな大きな決断なんてできない。自信を粉々に砕かれ、お昼に何を食べるかということさえ正しい選択ができているとは思えないのに、セリアの申し出を引き受けるかどうかなんて。何しろわたしが選んだアダムは、けっきょくあんな人間だったのだから。翌日、母がセリアに電話してさまざまな細かいことを決め、その晩、わたしが彼女に電話した。彼女の力強く自信にあふれた声を聞いているだけで、気分がよくなってきた。

「引き受けてくれるととても助かるわ、ベス」彼女は言った。「でもあなたにとっても、きっといいことよ。そろそろそんなちいさな町から脱出してそとの世界を見たほうがいいわ」

セリアは自分の思いどおりに生きてきた自立した女性だ。彼女がわたしにできると言うなら、きっとできるのだろう。だからわたしはイエスと答えた。出発の日が近づくにつれて弱気になり、なんとかやめられないかと思ったりもしたけど、これはやらなければいけないことだとわかっていた。荷物をまとめて世界有数の大都市までたどりつけたら、まだ自分に希望がもてるような気がした。生まれ育ったノーフォークのちいさな町を愛してはいたが、アダムのせいで外出できなくなり引きこもっているだけなら、すぐに町を離れるべきだ。いったいなぜ、わたしはこの町にとどまっているのだろう？　十五歳のときからずっと続けている――大学で町を離れていた期間はやめていたけど、戻ってきてからなんとなくまたはじめた――カフェのバイトがあるから？　両親がいるから？　それはない。両親はわたしがまだ実家暮らしなのを嘆いている。ふたりはわたしにもっと期待していたのだろう。

　本当のことを言えば、わたしが町に帰ってきたのはアダムのためだった。大学の友人たちは、卒業後、やりがいのある仕事につく前に旅行したり、外国に移住したりした。わたしは友だちが将来のことを話すのを聞きながら、自分の将来は故郷にあると思っていた。アダムはわたしの世界の中心だった。いままでにただひとり愛した人であり、彼といっしょにいること以外、何も考えられなかった。アダムは高校を卒業後、彼のお父さんの建設会社で働き、いつか後を継ぐはずだったから、生まれ育った町で一生暮らすことに満足していた。わたしはそれが自分の望みかどうかはわからなかったけど、自分がアダムを愛していることはわかっていたし、彼といっしょにいるためなら、世界を旅して回るという自分の夢を後回しにしてもよかった。

でもいまはそんな選択肢はない。

デ・ハヴィランドが哀れっぽい鳴き声をあげ、物思いにふけっていたわたしの足首を軽くかじって存在を知らせた。

「ごめんね」わたしは言って、バッグを床におろした。「お腹が減っているの？」

猫にまつわりつかれながら台所を探し、クローゼットとトイレのドアをあけてしまった。ようやくこぢんまりした機能的な台所に入ると、奥の窓の下に猫用のボウルが置いてあった。きれいに舐《な》めてあって、デ・ハヴィランドがえさを欲しがっているのは明らかだ。反対側の白いちいさな——二人用の——ダイニングテーブルの上に、猫用のドライフードと紙の束があり、いちばん上の紙には大胆な流れるような筆跡で、こう書かれていた。

ダーリン、いらっしゃい。

無事着いたのね。よかった。これがデ・ハヴィランドのえさよ。一日に二回ボウルに山盛り入れてあげてね。きれいな飲み水もいっしょにあげて。ほかの指示はこの下の紙に書いてあるけど、ルールなんてないのよ。たのしんでね。

五週間後に会いましょう。

C
××《キスキス》

その下には、猫のトイレのこと、電化製品の使い方、ボイラーと救急箱の場所、何か困ったことがあった場合の連絡先などをタイプした紙があった。まず最初に頼るべきは、下で会ったポーターらしい。彼がわたしの頼みの綱《ポートオブコール》。そんなつまらない冗談を思いつくようになったのなら、この旅の効果が出はじめてきているんだろう。

デ・ハヴィランドはその金色の目でわたしを見あげながら、ひっきりなしにみゃおみゃお鳴いていた。ちいさな舌が震えているのが見える。

「晩ご飯よ」わたしは言った。

デ・ハヴィランドががつがつとえささを食べているあいだに、飲み水をあたらしく替え、フラットのほかの場所を見てまわった。クロムと樹脂製の設備を配したモノトーンのバスルームに感心し、豪華な寝室に息をのむ。銀色の天蓋《てんがい》付きのベッドには純白の上掛けがかかり、クッションがうずたかく積まれている。装飾的な中国風の壁紙《シノワズリー》には、鮮やかな色の羽をもつ鸚鵡《おうむ》たちが桜の木の枝に留まって互いを見つめている様子が描かれていた。暖炉の上に大きな銀メッキの鏡がかかり、窓のそばにはアンティークの鏡台、その隣には紫色のビロード張りで、ボタン留めの肘掛け椅子が置かれていた。

「きれい」わたしは思わず声に出して言った。ここに住むあいだにセリアのセンスのよさを吸収して、生き方を変えられるかもしれない。

廊下を通って居間に着くと、これは自分が予想していたよりずっとすばらしいチャンスなのだと気づいた。裕福で自立した女性のコンパクトなフラットだろうと思っていたけど、これはわたしがいままで見たこともないような住居だ。広い居間は淡い緑色を基調に石材が配され、黒、白、銀でアクセントがつけられている。家具の形は一九三〇年代風。大きな肘掛け部分に彫刻をほどこした背もたれの低い椅子、クッションがいくつも置かれた長いソファ、クロムの読書灯のきりっとした直線と、黒い漆塗りのモダンなコーヒーテーブルの角張ったデザイン。奥の壁は大きな白い本棚が造りつけられていて、本のほかに、すばらしい翡翠《ひすい》や中国の彫像などの置物が並んでいた。窓の反対側の長い壁は落ち着いた淡い緑色に塗られ、柳細工で縁取《ふちど》られた銀色の漆塗りのパネルが張られていた。その滑《なめ》らかな表面はまるで鏡のようだ。パネルとパネルのあいだには、乳白色のガラス製のウォールライトがあり、寄木《よせぎ》張りの床にはシマウマの毛皮でつくったアンティークのラグが敷かれている。

わたしはエレガントな時代をそのまま再現したような部屋にすっかり心を奪われていた。目に入るものすべてがすてきだった。象牙《ぞうげ》色のユリが生けられたクリスタルの花瓶、ぴかぴかのクロムの暖炉の両側に置かれた一対の中国製の壺、暖炉の上に飾られている大きくて立派なモダンアートの絵画――よく見たらイギリスの現代画家パトリック・ヘロンの作品だった。冷たい緑と白の背景に、深紅、濃い橙色、アンバー、ヴァーミリオンなどの縞《しま》模様が描かれ、活気あるドラマを感じさせた。

わたしはあっけにとられて、まわりを見回した。こんなすばらしい部屋でじっさいに生活している人がいるなんて、信じられない。美しいものに囲まれ、塵《ちり》ひとつなく整頓されている。ここはいままでわたしが暮らしてきたような、快適で居心地はいいけどいつも要らないものであふれている〝家《ホーム》〟とは大違いだ。

部屋の幅いっぱいに窓がある。古風なブラインドは普通なら古くさく見えるけど、この部屋にはぴったり合っていた。でもブラインド以外何もないのは驚きだった。この窓は別の棟と向かい合っているのに。わたしは窓際まで行ってそとを見た。やはりすぐ近くにおなじような建物がある。

不思議ね。こんなにそばに！　なぜこんなふうに建てたのかしら？

わたしは窓のそとを眺め、なんとなくわかってきた。この建物は広い中庭を囲むようにしてコの字形に建てられている。この庭がランドルフ・ガーデンズなのだろうか？

わたしの左手には色とりどりの花が咲いている花壇があり、そのまわりには夏の緑濃い草や樹木の植栽がほどこされていた。広場には小石の敷かれた道が通り、テニスコートが整備され、ベンチや噴水もある。そしてただ芝生が植えられただけの広い場所では、そこに座っている人びとが、日暮れ前の日光をたのしんでいた。建物が庭の三方を囲んでいるので、ほとんどの住民は窓から庭を眺められるはずだ。しかしコの字の庭側の二棟と道路に面した棟のあいだには細い通路があり、その通路を挟むフラットは互いに向き合う形になっている。建物は七階建てでセリアのフラットは五階だから、同じ階の向かいのフラットとすぐ近くに向き合っている。その距離はふつうに道路を挟んでいる場合よりずっと近い。

もしかしたらこのせいでフラットは安かったのだろうか？　ぼんやりと考えながら窓のそとを眺めた。この部屋の内装が淡い色で、光を反射する銀色のパネルを使っているのは、向かいの建物のせいであまり日当たりがよくないせいかもしれない。でも、そんなことより場所が大事だ。なんといってもここはメイフェアなのだから。

建物のこちら側にはもう日が当たらず、室内は居心地のいい薄闇に包まれていた。わたしはランプをつけようとして、窓のそとの黄金色の四角形に気づいた。真向かいのフラットに明かりがつき、その室内が、まるでちいさな映画館のスクリーンか劇場の舞台のように浮かびあがっている。わたしはそっちを見て、はっと息をのんだ。向かいの部屋に男の人がいる。それ自体はさほどおかしなことではなかったが、彼がダークカラーのズボンだけを身に着けて上半身裸だったから、目を引かれた。わたしは自分が立ちすくんでいることに気づいた。彼は電話で話しながら居間のなかをけだるげに歩き、知らず知らずにすばらしい腹筋を披露している。顔ははっきりとは見えないが、ハンサムだということはわかる。豊かな黒髪と古典的な顔だち、そして力強い眉。肩幅が広く、腕もたくましい。胸筋と腹筋は見事に割れ、どこか暑い国から帰ってきたばかりみたいにきれいに日焼けしていた。

わたしは落ち着かない気分だった。この男の人は、こちらのフラットから、自分が半裸で歩いている姿が見えるということを知っているのだろうか？　でも、こちらのフラットは陰になっているから、誰かが自分を見ているなんて思わないのかもしれない。そう思ったら少し気が楽になって、わたしは眺めをたのしむことにした。彼の肉体はすごくたくましくて見事に均整がとれていて、ほとんど現実離れしているほどすてきだった。まるでテレビ画面のなかを動きまわる俳優を見ているみたい。わたしだけがたのしめるセクシーな映像。わたしはふいにおかしくなって笑った。セリアは本当に何もかも手に入れている――いつもこんなものを眺めていたら生活が充実するだろう。

わたしはその後もしばらく、向かいの男性が電話で何か話しながら歩きまわる姿に見とれていた。しばらくすると彼は部屋から出ていった。

何か服を着にいったのかもしれない。そう思って、少しがっかりした。彼がいなくなってしまったので明かりをつけると、部屋にはやわらかなアプリコット色の光があふれた。光は銀色のパネルに模様を描き、翡翠の置物を薔薇《ばら》色に染め、部屋の美しさをいっそう際立たせた。デ・ハヴィランドがやってきてソファに跳びのり、期待をこめた目でわたしを見あげた。わたしがソファに腰掛けると、猫はひざの上に乗ってきてまるでちいさなエンジンのようにごろごろと喉を鳴らして、眠ってしまった。わたしはやわらかな毛を撫で、そのぬくもりに癒やされた。

わたしはさっきの男性のことを考えた。彼は驚くほど魅力的で、その身ごなしには無意識の優美さと自信が感じられる。ひとりだったけど、さびしそうには見えなかった。もしかしたら電話で恋人と話していたのかもしれない。それとも電話の相手は別の誰かで、恋人は寝室で彼を待っているのかもしれない。いまごろ彼はその寝室に行って、はいていたズボンを脱ぎ、彼女の隣に横たわってキスしているのかも。彼女は両手を広げて彼の見事なからだを引き寄せ、滑らかな背中に手を回して……。

やめなさい。こんなことをしてもみじめになるだけよ。

わたしはうなだれた。アダムのことを思いだし、彼が昔みたいにわたしにほほえみかけている顔が目に浮かぶ。彼のほほえみはいつもわたしの胸をときめかせた。そもそも彼を好きになったきっかけはその笑顔だった。彼が片方の口角だけを吊りあげてほほえむと、ほおにえくぼがあらわれ、青い目がたのしそうにきらきら輝いた。わたしたちは、わたしが十六歳だった夏休みに恋に落ちた。学校もなく、ただ相手をよろこばせることしか考えていなかった日々。廃墟になった修道院の敷地で待ち合わせ、そのへんをぶらぶらしたり、おしゃべりしたり、キスしたりしてのんびり過ごした。いくらいっしょにいても足りなかった。そのころのアダムは痩せっぽちの少年で、わたしはといえば、通りを歩くときに男の人に胸を見られるのにまだ慣れていない年頃だった。一年後にセックスしたとき、それはふたりにとってはじめての経験だった——ぎこちない、手探りの経験だったけど、わたしたちは愛し合っていたから、たとえやり方がよくわかっていなくてもすばらしいことだと思えた。やがてだいぶうまくなり、わたしはほかの人とのセックスなんて考えられなくなっていた。アダム以外の人に、こんなに甘美な愛情を感じられるはずがない。彼にキスされ、抱きしめられて、誰よりも愛していると言われるのが好きだった。ほかの男の人には目もくれなかった。

もうやめて、ベス！　思いださないほうがいいのよ。これ以上彼に傷つけられることはないわ！

思いだしたくなんてなかったのに、その映像はふたたびわたしの心を貫いた。あの夜、自分が見たままの映像だ。わたしは隣の家のベビーシッターを引き受け、真夜中過ぎまでそこにいるはずだった。しかし奥さんがひどい頭痛になったとかで夫婦は早目に帰宅した。まだ十時だったけどわたしは解放されて、バイト料もちゃんともらえた。

アダムをびっくりさせてやろう、と思いついてわくわくした。彼は兄のジミーの家に間借りして家賃を節約している。ジミーは留守だから、仲間を呼んでビールを飲みながら映画でも観るよとアダムは言っていた。わたしが行けないと言うと、アダムはがっかりした顔をした。だから突然訪ねていったら、きっとよろこんでくれるはずだ。

記憶があまりに鮮やかで、まるでそのときをもう一度体験しているみたいに感じる。暗い家に入っていって、誰もいないことにびっくりして、みんなどこに行ったのだろうと不思議に思った。テレビは消えている。ソファに座って缶ビールをあけながら、映画をやじっている人はどこにもいない。これではびっくりさせるどころではない。もしかしたらアダムは具合が悪くなって早目に寝たのかもしれないと思い、わたしは廊下を彼の部屋へ歩いていった。まるで自分の家のように勝手はわかっていた。

わたしはノブを回しながら、彼が眠っている場合を考えて、「アダム？」と小声で呼びかけた。もし彼が眠っていたら、そのいとおしい顔を見て、いったいどんな夢を見ているのだろうと考え、ほおにそっとキスして、横にもぐりこんでもいい……。

ドアを押しあけると、ランプがついていた。セックスのとき、アダムはこのランプに赤いスカーフをかけて自分たちを赤い光で照らすのが好きだった。いまもランプは赤い光を放っている。彼は眠っていないのだろうか？　わたしは薄闇のなかで目をしばたたいた。掛け布団が盛りあがり、動いている。いったい何してるんだろう？

「アダム？」今度はさっきより大きな声で呼んだ。すると動きがとまり、掛け布団の下の形が変わり、布団がはねのけられ……。

わたしは蘇った痛みに息をのみ、目をつぶった。そうすることで頭のなかの映像を遮断しようとした。それはまるで何度もくり返し上映される古い映画のようだったけど、今回はしっかりと心のスイッチを切り、ひざの上のデ・ハヴィランドを抱きあげて隣に移した。あのときの記憶にはまだわたしを打ちのめし、心を麻痺《まひ》させる力がある。ここロンドンに来た理由は前に進むためなのだから、いまこの瞬間からはじめよう。

お腹が鳴って空腹に気づき、台所に何か食べ物がないか探しにいった。セリアの冷蔵庫はほとんどからだったから、明日はかならず買い物に行こうと決めた。戸棚のなかを探したらクラッカーとオイルサーディンの缶詰があった。とりあえずはこれでいい。じつのところ、あまりにもお腹がすいていたから、そんなものでもおいしく感じた。わたしは皿を洗いながら、突然ものすごい眠気に襲われた。腕時計を見るとまだ九時にもなっていなかったが、くたくただった。長い一日だったもの。今朝は実家の自分の部屋で目覚めたということが、ほとんど信じられなかった。

もう寝よう。あのすばらしいベッドの寝心地も試してみたいし。銀色の天蓋付きのベッドで眠るなんて、女性なら誰でもうっとりする。ぜったいに。わたしはランプを消すために居間に戻った。手をスイッチにかけたとき、あの男の人が彼の居間に戻っているのに気づいた。さっきはいていたダークカラーのズボンはなく、腰にタオルを巻いているだけだ。濡れた髪を後ろに撫でつけていた。彼は部屋の真ん中の窓際に立ち、わたしのフラットをまっすぐに見ている。じっさい、彼は額にしわを寄せてわたしをまっすぐに見つめ、わたしも彼を見つめ返していた。わたしたちは目が合っていたが、遠すぎてその表情を読むことはできない。

わたしは反射的に親指でスイッチを押し、ランプは消えて部屋は真っ暗になった。彼にはもうわたしは見えない。でも彼の部屋はまだ――こちらが真っ暗だからなおさら――明るくて、わたしからはよく見えた。彼は窓までやってきて窓枠に身を乗りだし、目を凝らしてこちらをじっと見つめているようだった。わたしは息をひそめて、その場に立ちすくんでいた。なぜ彼に見られたくないのかよくわからなかったが、隠れたいと思う衝動に抗《あらが》えなかった。彼はしかめ面をしてまだしばらくこちらを見ていた。わたしは彼の見事な上半身と、体重をかけられて太くなった形のいい二の腕を見つめた。

彼があきらめて部屋の奥に戻っていったので、わたしはこのチャンスに居間から廊下に出てドアをしめた。ここには窓がないから、もう見られる心配はない。ほうっとため息をついた。

「いったい何をしているの？」わたしは口に出して言った。自分の声を聞いて緊張がほぐれ、笑いがこみあげた。「まったく、やりすぎよ。もしあの人が、わたしが暗闇にひそんで彼に見つからないようにじっとしていたと知ったら、きっと頭がどうかしていると思うでしょうね。もう寝なさい」

デ・ハヴィランドのことを思いだし、居間のドアをあけておいた。こうすれば猫が好きなときに居間から出られる。猫用のカバー付きトイレは台所にあるから、台所のドアもあけておいた。それから廊下の電気を消そうとしたけど、ちょっと迷って、つけておくことにした。

幽霊は明るいところが苦手だとか、泥棒や殺人犯は明かりのついた家には入ってこないと考えるなんて子どもじみているけど、大都市の慣れない部屋にひとりなのだから、今夜だけはつけておいてもいいだろう。

寝室でも、セリアのベッドのふかふかの布団に包まれて、目をあけていられないほど眠くなっても、ベッド脇のランプを消す気にはなれなかった。そのままやわらかい光のなかで眠ったけど、あまりに疲れていたのでまるで気にならなかった。

2

「すみません、ライセスター広場にはどう行けばいいですか？」

「え？」わたしは面食らい、まぶしい朝の光に目をしばたたいた。空は晴れ渡り、遠くに薄い雲が浮かんでいるだけだった。

「ライセスター広場よ」彼女はくり返した。その発音はアメリカ人風だ。つば広の日よけ帽、濃いサングラス、観光客のユニフォームともいえるような真っ赤なポロシャツ、だぼっとしたズボンとスニーカーという服装にちいさなバックパックを背負い、手にはガイドブックを持っている。彼女の隣には、ほとんど同じ格好をした夫が黙って立っていた。

「ライセスター？」わたしは聞き返した。ランドルフ・ガーデンズからロンドンでもっともにぎやかな大通りのひとつであるオックスフォード・ストリートまでやってきて、わりと早い時間なのに街に出て店のウィンドウをのぞいたりしている人びとを眺めながら、通りを散歩していたところだった。セリアのフラットからわずか五分間歩いただけで、こんな繁華街に出るなんて信じられない。「ええと……ちょっとわからないんですが」

「ここに行きたいのよ」女性はわたしに地図を見せた。「チャーリー・チャップリンの銅像が見たいの」

「ああ――レスター広場ね、それなら……」

「レスター？」女性は困惑した顔でくり返し、夫のほうを見た。「あなた、あの綴《つづ》りでレスターって読むんですって。本当に、ここでは知らないとなんでもこんなふうだから困るわ」

一瞬、わたしも観光客だと彼女に言ってしまおうかと思ったけど、このあたりの地理に詳しいと思われたのがなんとなくうれしかった。ロンドンっ子に見えたのかしら。わたしは地図をよく見て言った。「ほら、ここから歩いていける距離ですよ。オックスフォード・サーカスまで行き、リージェント・ストリートを歩いていって、ピカデリー・サーカスで左に曲がり、まっすぐ行けばレスター広場です」

女性は笑顔になった。「まあ、ありがとう。ご親切に。道に迷ってしまって。あまりにも人が多いでしょ？　でもすてきなところね！」

わたしもほほえみ返した。「どういたしまして。滞在をたのしんでくださいね」

ふたりを見送り、彼らがレスター広場に無事たどりついてチャップリンの銅像を見られるようにと願った。わたしもそのうち行ってみようかな。見る価値があるのかも。

ショルダーバッグから自分のガイドブックを出して見てみた。通りを人びとがせわしなく行きかっていて、まわりには大きなデパートメント・ストアと大手のチェーン店が軒を連ねている。GAP、ディズニー、携帯電話ショップ、ファッションのアウトレット店、薬局、デザイナー眼鏡店、宝石店。広い舗道にはみやげもの、鞄、安っぽい小物の露店が出ている。フルーツやロースト・ナッツのキャラメルがけ、ワッフルなどの軽食や冷たい飲み物を売る店も。

これからウォレス・コレクションを見にいくつもりだった。入場無料の、バロック様式の美術品と家具を非常に多く収蔵している美術館だ。それからどこかで昼食をとって、午後どうするかはまたそのときに考えようかと思っていた。すごく自由な気分でたのしくなってくる。誰の言うことも聞かなくていいし、自分以外の誰かをよろこばせなければいけないということもない。一日はこれからで、チャンスと可能性に満ちている。ロンドンは見所が多くとてもすべてを見物するなんて無理だろうけど、おもな観光名所は全部行ってみるつもりだった。近いところはとくに。ナショナル・ギャラリー、ナショナル・ポートレート・ギャラリー、大英博物館。大学で美術史を専攻したわたしは、これから見られるものを考えると、よだれが出てきそうなほどたのしみだった。

太陽が輝き、空には雲ひとつない。なんだかとてもわくわくしてくる。人の多さは圧倒的だったけど、それは同時に解放的でもあった。地元では、外出すればかならず知っている人に会った。それにみんながアダムとわたしのこと、ふたりのあいだで何があったかを噂《うわさ》しているはずだとわかっていたから、なおさら外出しづらかった。わたしが最後にアダムに会ったとき、彼が数カ月前――わたしが大学から戻る前――からずっとハンナと寝ていたと白状したことも、きっと知れ渡っていたはずだ。あのふたりの関係もきっとすでに噂になっていたのだろう。そこに何も知らないわたしが帰郷した。アダムと自分は運命の恋人どうしで、お互いにとって相手がすべてなのだと思いこんだまま。町の人びとはきっと、陰でわたしのことを笑っていたのだろう。いつわたしが気がつくだろう、そうしたらどうなるだろうと噂して。

そして彼らの期待どおりになった。

でもここにいる人たちは誰もそんなことは知らない。まわりにいる人は誰も、わたしのみじめな経験や、傷心や、愛する男に裏切られた過去を知らない。わたしはにっこり笑って胸いっぱいに新鮮な空気を吸いこんだ。大きな赤いバスが横を通りすぎ、ここはロンドンなのだとあらためて感じた。目の前に広がる大都市ロンドンは、あたらしい可能性の宝庫なのだ。

わたしは歩きはじめた。ここ数週間でいちばん軽やかな気持ちで。

食料品の入った重たい袋を手に食いこませながらランドルフ・ガーデンズに戻ったと

きには、午後遅くになっていた。早く冷たい飲み物が欲しかったし、靴を脱ぎたかった。疲れていたけど、今日一日の成果に満足していた。ウォレス・コレクションにたどりつき、午前中いっぱい、非常に美しい一九世紀初頭の屋敷でロココ様式の美術品と家具を鑑賞した。贅沢なドレスをまとったポンパドゥール夫人の肖像画にため息をつき、ブーシェのピンクと白の色使いに感心し、フラゴナールの豪華なおとぎ話のような絵に目を奪われた。美しい彫像、装飾品、家具に感嘆し、ギャラリーに展示されていた細密画を堪能した。

そのあと、近くのカフェで昼食をとった。いつもひとりで食事するのは気が進まないのだけど、空腹でそうも言っていられなかった。それから午後は目的を決めずに歩きまわってみることにした。気がつくとリージェンツ・パークにいて、手入れの行き届いた薔薇園、草の茂った木立沿いの小道を歩き、湖や子どもの遊び場や競技場の脇を二時間ほど散策した。すると、驚いたことに象の鳴き声が聞こえてきて、遠くにキリンのちいさな頭が見えた。近くに動物園があるのだと気づいてわたしは笑った。それからうちに戻ることにして、すごくおしゃれな通りに出た。センスのいいブティックや雑貨店のほかに、銀行のＡＴＭ、スーパーマーケットなどもあり、ちょうどいいからそこで食料品やその他必要なものを買うことにした。セリアのフラットに帰りつくまでに、地図を見るために立ちどまったのは二回だけで、わたしは自分が本当のロンドンっ子になったみたいに感じた。今朝わたしに道を尋ねた女性は、わたしが彼女と同じくらいロンドンのことを知らないなんて思わなかっただろう。でもこうして少し慣れてきたら、明日は何をしようかとたのしくなってきた。いちばんよかったのは、アダムのことをほとんど考えなかったことだ。少なくともそれほどは。考えても、彼をとても遠くに感じて、いまの自分の生活とはまったく違う世界の人間のように思えた。彼のわたしへの影響力ははっきりと弱くなっている。

「ただいま、デ・ハヴィランド」ドアの内側で待っていた黒っぽい猫に言った。デ・ハヴィランドはすごくうれしそうに喉をごろごろと鳴らしてわたしの脚にからだを押しつけ、わたしが歩こうとしても離れようとしなかった。「今日はいい日だった？　わたしはそうだったわ！　さあて何があるか見てみましょうね。買い物をしてきたのよ――夕食をつくろうと思って。わかった、わかった、そんなに興奮しないで。わたしが料理できるって知らなかったんでしょ。でもけっこううまいのよ。今夜の献立はマグロのステーキのアジア風ドレッシングがけ、ライス、野菜炒めにするわ。セリアは中華なべなんてもっていないだろうから、あるもので間に合わせないとね」

わたしは猫相手にしゃべりつづけ、その存在と黄金色のまなざしに慰《なぐさ》められていた。もちろんただの猫だけど、デ・ハヴィランドがいてくれてよかった。もしいなかったら、夕食づくりだって、これほどたのしくはなかっただろう。

中華なべがなくても、なんとかおいしくつくれた。夕食後、わたしは居間で、向かいのフラットの男の人はまた姿を見せるだろうかと考えていた。でも彼のフラットは真っ暗だった。

わたしは本棚の前に行って、セリアの蔵書を調べた。幅広いジャンルの小説、詩、歴史書のほかに、ファッションにかんする本が充実している。有名なファッションブランドの歴史から、著名なデザイナーの評伝、大型写真集まで。何冊か取って床に座りこみ、ぱらぱらとページをめくって、二十世紀のすばらしいファッション写真に目を瞠《みは》った。そのうちの一冊のページをめくろうとしたとき、わたしはある写真のモデルに興味を引かれて、手をとめた。それは六〇年代に撮られた写真で、はっとするほどきれいな少女がこちらを見つめている。コウモリの翼形にアイライナーを引いた大きな目がまるで猫の目のようだ。唇を噛《か》んでいる様子に漂う傷つきやすそうな感じが、洗練された美貌、手のこんだスタイリングの黒髪、レースのミニドレスと対照的だった。

わたしは指で少女の輪郭をなぞり、これは自分が知っている女性だと気づいた。近くのサイドテーブルに飾られている額入りの写真の数々に目をやる。間違いない。これはセリアが、モデルになったばかりのころに撮られた写真だ。わたしは手早くほかのページを繰《く》った。ほかに三枚の彼女の写真があったが、いずれもさっきの写真と同じく、最先端のファッションのなかに、どこか傷つきやすそうな印象が漂っている。ある写真では、彼女の黒髪はおてんば娘風に短く刈りこまれ、さらに若く見えた。

変だわ。わたしは考えこんだ。いままでわたしはセリアのことを強い女性だと思っていたけど、これらの写真の彼女はなんだか……弱いというわけではないけど……傷ついているように見える。まるですでに人生の一撃をこうむっているような。世界は広く邪悪な場所で、彼女はひとりでそれに立ち向かっているような。

でも彼女はそこから這いあがったということ？　ほかの写真にはさまざまな年齢のセリアが写っていた。歳を重ねるにつれて、その傷つきやすそうな感じは薄れていっている。三十代の輝くような笑顔のセリアは、より強く、自信にあふれ、世界と対峙《たいじ》する準備ができているように見える。四十代では洗練と知性を感じさせ、五十代では魅力と経験を感じさせている。そのころはボトックスや脂肪注入はまだなくて、どうしても女性の年齢が外見にあらわれてしまった時代だ。でもセリアはすてきな歳のとり方をしていた。

もしかしたら彼女は、人生において打ちのめされることはかならずあるものだと悟ったのかもしれない。大事なのはそれをどう受けとめて、また立ちあがり、前に進むかだと。

そのとき、けたたましい音が静寂を破り、わたしは飛びあがらんばかりにびっくりした。それは自分の携帯電話の音だった。出ると両親からで、わたしがどうしているか聞きたくてかけてきたらしい。

「だいじょうぶよ、ママ。本当に。フラットはすごくすてき。今日はいい日だったわ。これ以上はないくらいに」

「ちゃんと食べているの？」母は心配そうに尋ねた。

「もちろんよ」

「金は足りているのか？」父が言った。父は居間の子機で話し、母は台所の子機で話しているのだろう。

「パパ、お金はじゅうぶんにもっているわ。心配しないで」

今日は何をしたのか詳しく説明して、明日の計画を話し、わたしはまったく安全だし自分ひとりでだいじょうぶだと両親を安心させてから電話を切った。にぎやかなおしゃべりや笑い声が急にやみ、わたしは奇妙にぶーんと低くうなるような沈黙のなかにとり残された。

わたしは立ちあがって窓のところに行き、胸にこみあげてくるさびしさを鎮めようとした。両親からの電話はうれしかったけど、そのせいで思わずまた落ちこんでしまった。わたしはアダムの家に行ったあの晩以来、ずっと沈みこんでいた黒い失意の池からなんとか抜けだそうと、一生懸命もがいてきた。それなのに、せいいっぱいがんばって浮上しても、ほんの少し思いだしただけで、また深みにはまってしまうように感じる。

向かいのフラットはまだ真っ暗だった。昨夜の男性はどこにいるのだろう？　わたしは自分が窓際に来たのは、無意識にまた彼が見えるのを期待していたからだと気づいた。じっさい、意識はしていなかったけど、一日じゅう彼の姿が脳裏に浮かんでいた。上半身裸で、優雅な動作で居間を動きまわっていたところ。まっすぐにこちらを見つめていたところ――すべて網膜に焼きついてしまった。彼はわたしがいままで――現実の世界で――会った誰とも違う。

アダムはとくに長身なほうではなく、お父さんの仕事を手伝っているおかげでたくましかったけど、引き締まったからだというより、ずんぐりと見えた。知り合ったときは痩せていたのに、いまはがっしりしてごつごつした体型になった。たぶん、揚げ物や肉などの脂っこい食事が好きだからだろう。それに休みになるとビールをがぶがぶ飲んでは、深夜にフィッシュ・アンド・チップスを買いにいっていた。ひじをついた彼が驚いた顔でわたしをふり向き、彼の下にいたハンナがおびえた顔でこちらを見たあの晩、わたしが最初に思ったのは、彼はすごく太ってる、ということだった。白い胸にはぜい肉がつき、たるんだお腹がハンナの上でたぷたぷと揺れていた。太さではハンナも負けていなくて、大きなおっぱい、幅広で青白いお腹、たっぷりしたお尻をさらけだしていた。「ベス！」アダムはあえぐように言った。その顔には、困惑、罪悪感、羞恥《しゅうち》、そして信じられないことに、いらだちが代わる代わる浮かんでいた。「いったいここで何をしているんだ？　今夜はベビーシッターだって言っていたじゃないか！」

　ハンナは何も言わなかったが、彼女の当初の狼狽《ろうばい》はすぐに、悪意に満ちたふてぶてしさに変わった。まるでけんかを売ろうとするみたいに、わたしをにらみつけてきた。あさましい行為を見つかったくせに、わたしに食ってかかろうとしていた。彼女は男を寝取ったいやな女になるつもりはなく、わたしのことを、ロミオとジュリエットの恋路をじゃまする情けない道化に仕立てようとした。その裸を恥じるのではなく、誇らしげに見せつけた。「そうよ」彼女は言った。「わたしたちはファックしていたの。お互いに夢中で我慢できないから。ところであなたは、ここでいったい何をしているの？」

　そういうことをすべて、部屋に入って自分が何を見ているのかはっきりするまでの数秒間に、わたしは理解した。女の勘なんてとばかにされているけど、それはじっさいに存在する。わたしはまた別のことも理解した。一分前に自分が信じていたすべてが完全に消滅したこと、自分の心臓がこんなに痛いのは、めった打ちにされ、ずたずたにされて、いまにも停止しそうだからだということを。

　わたしはようやく口を開いた。問いかけるようにアダムを見て、たったひと言、つぶやいた。「どうして？」

　わたしは重いため息をついた。たった一日ロンドンの大きさに夢中になったくらいでは、あのみじめな場面を思いだすのをとめられないらしい。いったいどうやったら逃げられるの？　いつになったら終わるの？　本音を言えば、みじめな自分にはもううんざりだった。悲しみがこんなにうんざりすることだなんて、誰も教えてくれなかった。

向かいのフラットはまだ闇に包まれている。あの人はきっと出かけていて、どこかですてきな人生を送っているんだろう。たのしいことをして、彼と同じくらい美しくて洗練されている、お金持ちの女性とつきあって。

「アイスクリームが食べたい」突然思いたった。窓から離れて、ソファの上で丸くなっているデ・ハヴィランドに言う。「ちょっと出かけてくるわ。しばらくかかるかも」わたしは鍵を持って部屋を出た。

フラットのそとに出ると、昼間のうちにつけた自信は、まるでパンクしたタイヤから空気が洩《も》れるみたいになくなってしまった。

まわりには高い建物がそびえ、自分がどこにいるのか、どこに行けばいいのかわからない。そとに出る前にポーターに訊こうと思っていたのに、デスクは無人だったから、とりあえずおもて通りに出た。店はあるけど、わたしが探している店ではないし、どこもしまっていた。窓には鉄格子がはめられ鍵がかかっている。ウィンドウのなかにはペルシャ絨毯、中国製の大きな壺、シャンデリアや高級服が並んでいる。どこに行けばアイスクリームを買えるだろう？　わたしは暖かい夏の夕暮れの空気のなか、とくに方向を決めずに歩きだし、来た道を憶えておこうとした。いくつかバーとレストランの前を通った。どの店もいままで見たことがないくらい高級そうな雰囲気で、入口には黒いジャケットを着てイヤフォンをはめたごつい男性がいる。四角く刈られた植え込みの後ろでは、サングラスをかけ、見間違いようのない裕福さを漂わせた人びとがテーブル席につき、氷で冷やしたシャンパンとおいしそうな軽食の載った白い皿には手もつけず、煙草をふかしていた。

わたしは内心おじけづいた。自分はいったい何をしているんだろう？　いったいどうしてこんな世界で生きていけると思ったの？　頭がどうかしていたに違いない。ばかばかしい。わたしはこの世界の一員ではないし、これからもけっしてなれない。そう思うと泣きたくなってきた。

そのとき、明るい色の日よけを見つけて、ほっとして駆け寄った。数分後、その角の店でとても高価なアイスクリームをひと箱買ったわたしは、さっきよりずっとましな気分になって店を出た。あとは戻る道を見つけるだけだ。

そういえばセリアのフラットにはテレビも、パソコンもなかった。わたしは古いノートパソコンを持ってきていたけど、あのフラットでインターネットに接続できるだろうか。たぶん無理だろう。アイスクリームを食べるのは、テレビで何かを観ながらでないと。でもなんとかなるはず。味は同じなんだから。

ランドルフ・ガーデンズへの角を曲がったわたしは、いったいどうしてそんなことになったのかわからないけど、もう少しで男の人にぶつかりそうになった。彼が立ちどまったのに気づかなかったわたしは、その背中に顔からつっこみそうになったのだ。

「あっ！」わたしはバランスを崩して後ろによろめいた。舗道から側溝に落ち、アイスクリームの入った袋も落としてしまった。袋はごみと落ち葉が詰まったよごれた排水管のところまで転がっていった。

「ごめん」彼はふり向き、わたしはその顔を見て、向かいのフラットの男性だと気づいた。「だいじょうぶかい？」

自分の顔が真っ赤になるのを感じた。「ええ」わたしは息を弾ませて言った。「わたしがいけなかったんです。前をよく見ていなかったから」

あの人がくらくらするほどそばにいる。わたしはとても彼の顔を見ていられなくて、代わりに見事な仕立てのダークスーツと、彼が抱えている白いシャクヤクの花束を見つめた。不思議、とわたしは思った。わたしの好きな花を持っているなんて。

「あれはきみの買い物だろ」彼は言った。その声は低くてよく響き、アクセントは高等教育を受けた教養ある人のものだ。彼はわたしのアイスクリームを拾うために側溝におりようとした。

「いいんです」わたしはあわてて言い、もっと赤くなった。「自分で取ります」

わたしたちはふたりとも前かがみになって同時に手を伸ばし、彼の手がわたしの手の上に重なった。温かい重み。わたしは息をのんで手を引いた拍子につんのめってしまったが、彼がさっとわたしの腕をつかみ、顔から地面に激突するのを防いでくれた。

「だいじょうぶかい？」バランスをとり戻そうとしているわたしに彼が尋ねた。まだ彼に腕をつかまれたままで、恥ずかしくて顔が燃えるようだった。

「ええ……どうにか……」わたしはちいさな声で言った。彼の力強い手のことしか考えられない。「もうだいじょうぶです」

　彼が手を離したので、わたしはかがんでアイスクリームが入った袋を拾った。枯葉が袋にくっついている。手で顔を拭くと泥が顔につくのを感じた。きっとひどい顔をしているに違いない。

「アイスクリームを食べたくなる天気だ」にっこり笑ってそう言う彼をわたしはおずおずと見あげた。からかっているのだろうか？　だってわたしは側溝のなかに立ち、顔は泥だらけで、まるで子どもみたいにアイスクリームを抱えているさえない娘だ。でも彼は違う。彼の目はほとんど黒に近い暗い色で、特徴的な力強い眉はかすかに弧を描き、いたずら好きな雰囲気が漂う。すっとした鼻筋にもわずかなゆがみがあり、不思議なことにそのせいでもっと完璧になっていた。唇はふっくらして官能的。ほころんだ口元からきれいに並んだ真っ白な歯が見えている。

わたしがぼんやりと思ったのは、わお、という言葉だけだった。ただうなずく。何も言葉が出てこない。

「じゃあ、気をつけて。アイスクリームをたのしんで」彼は背中を向けて、足早にフラットの建物の階段を登ってなかに消えた。

わたしはまだ側溝のなかに立ったまま彼を見送った。足の指のあいだにも泥が感じられる。大きく息を吸った。彼に見つめられているあいだ、ずっと息を詰めていたからだ。頭のなかがじーんと鳴っているような、奇妙な感じだった。圧倒されていた。

ゆっくりと建物に入り、セリアのフラットに帰った。すぐに居間に行った。向かいのフラットの明かりがついていて、彼がよく見える。わたしは台所からスプーンを取ってきて、窓際に椅子をひっぱっていった。こちらからはよく見えて、向こうからはわたしが見えない位置に。わたしはアイスクリームのふたをあけて、あの男性が居間を出たり入ったりするのを眺めながら、アイスクリームを食べはじめた。彼はジャケットを脱いでネクタイを取り、青いシャツとダークカラーのズボンという格好だった。何もしなくてもセクシーで、シャツが広い肩を、ズボンが細身の引き締まった肉体を際立たせている。その格好が男性誌のファッションページの撮影用だとしてもおかしくなかった。彼の居間にはダイニングテーブルと椅子があったが、それは理にかなっている。フラットの間取りが同じなら、彼の台所もセリアの台所と同じく、コンパクトな造りのはず。セリアは食事を重視していないらしく、台所に小ぶりな二人用テーブルを置いているだけだが、彼はもっと食事に気を遣っているのだろう。

あの人は料理をするのだろうか？　いったいどんな人なのだろう？　仕事は何をしているの？　彼に名前をつけなくては、とわたしは思った。〝あの人〟では味気ない。なんて呼んだらいいだろう？　〝ミスター・なんとか〟にしよう。名前を知らないし、ファーストネームをつけるのはなんだか変な感じがする。彼をセバスチャンとかセオドアとか呼んでいて、じつはレッグとかノームとか、そういう名前だとわかったらおかしい。だからいま必要なのは、なんとなく謎めいていて、あらゆる可能性を含んでいる幅のある名前だ……。

ミスター・R。

それがいい。彼をミスター・Rと呼ぼう。

ランドルフ・ガーデンズに住んでいるんだし、彼にぴったり。

ミスター・Rはワインクーラーとグラスを二脚持って居間に戻ってきた。ワインクーラーのなかから、金色のフォイルに包まれた瓶が顔を出している。グラスがふたつ――両手に飲み物を持つのでなければ、お客さんが来る予定なのだろう。花はない。わたしは椅子の背にもたれ、子どもみたいに脚を交差させて、ふたたびアイスクリームのふたを取った。スプーンで削り、巻くようにして多めのひと口をすくう。それをゆっくりと舐めてアイスが舌の上でとろけるのを待ち、その甘さを味わい、喉を落ちていくひんやりとした感触をたのしんだ。わたしの大好きな、バニラ味だ。

ミスターＲはまた消え、今度は長いあいだ戻ってこなかった。わたしがアイスを四分の一まで食べ終わるころ、デ・ハヴィランドはひざのあいだにすっぽりとおさまり、喉をごろごろ言わせながら眠ってしまった。ようやく戻ってきた彼は、シャワーを浴びて着替えてきたみたいだった。ゆったりしたズボンと青いＴシャツという格好で――言うまでもないけど、すごくすてきだ――ひとりではなかった。

その彼女を見て思わず息をのみ、そんな自分に内心つっこみを入れた。何を考えているの、彼に恋人がいたらいけないとでも？　彼はあなたのことなんて知らないのよ！　二晩、じっくり見ていたからって、まさか彼を自分のものだと思っていないわよね？

わたしは自分のあまりの愚かさに笑いだしそうになった。彼のフラットをのぞくという奇妙に親密な行為のせいで、彼となんらかのつながりを感じていたなんて。それは自分の勝手な想像だとわかってはいたが、完全には打ち消せなかった。わたしは身を乗りだして、彼の恋人をよく見ようとした。

やっぱり。思ったとおりだ。もし自分が彼女みたいな女の子と張り合えると思うなら、ものすごく頭がいかれている。

女の子？　いいえ、彼女は女性だ。れっきとした大人の自立した女性で、そういう人とくらべると、自分は野暮ったくてむさくるしい子どもに思えてくる。彼女は背が高くてほっそりとして、生まれつきの気品を醸しだしている。淡い色のパンツスーツ、ジャケットの下には白いTシャツを着ている。黒髪をウェーブのかかったボブにして真っ赤な口紅を塗っているけど、少しもけばけばしくなくて、とてもセンスよく見える。もとものからだつきが優美で、ファッション誌『ヴォーグ』のフランス版から抜けでてきたみたいだった。彼女のような女性は、安っぽく見えたり、汗だくになったり、ポニーテールをだらりと垂らしたりすることはけっしてない。側溝に落っこちたり、顔に泥をつけたまま歩きまわったりもしない。

彼女のような女性は白いシャクヤクの花束を贈られ、メイフェアのフラットでシャンパンを注いでもらう。彼女はぜったいに、ボーイフレンドを寝取られたり、猫だけを相棒にアイスクリームを食べたりすることはない。

ハンナのことを思いだしただけで（ああ、わたしは裸で寝そべっている彼女の姿を一生忘れることはないだろう。濃い色の乳首を突きだして、お腹を汗でべとべとにしていた姿を）口のなかのアイスクリームが変な味になる。わたしはかがんでアイスをおろし、デ・ハヴィランドを起こしてしまった。彼はわたしのむきだしの脚に軽く爪を立てて抗議し、すぐにひっこめた。

「痛っ。いけない子」わたしは軽い口調で言う。鋭い爪がちくっと刺さる感覚はそれほどいやではなかった。それにある意味、わたしを現実に引き戻してくれた。「やめて。ごめんね。もうじゃましないから。わたしは観ていたいのよ」

ミスター・Rはワインクーラーから瓶を取りだし、女性はグラスをふたつ手に持った。ミスター・Rが瓶の首のところまで金色のフォイルをはがし、コルクのまわりの針金を緩めているとき、彼女は笑って何か言っていた。彼も笑っている。美人でおしゃれなだけじゃなくて、気が利いていて頭もいいんだわ。どうして一部の人のところにすべての妖精たちが訪れ、贈り物を山積みにしていくのだろう？　不公平だわ。

彼らの動きは見えるのに何も聞こえないのは奇妙な感じだった。映像を無音で観ているみたいで、自分が間違って〈ミュート〉ボタンを押していないか、リモコンを確かめたくなる。

音もなくコルクが飛び、白い泡が瓶から噴きだす。女性がグラスを差しだし、ミスター・Rは泡立つ液体をふたつのフルートグラスに注いでから、それが落ち着いて金色の飲み物になるまで待った。彼が瓶を置き、ふたりはグラスを取ると、それを軽く挙げて乾杯し、シャンパンを飲んだ。わたしはあまりにもじっと見つめていたので、彼らが飲むと、自分の舌にもぴりっとした泡が感じられるような気がした。なんの乾杯だったのだろう？　何をお祝いしているの？

わたしの想像のなかでは、「きみに、マイ・ダーリン」と彼が言っているのが聞こえたような気がした。彼女はきっと、彼にそんな親しげでセクシーなことを言われて胸を高鳴らせているはず。わたしは自分も彼らの世界に入っていきたくて、立ちあがって大きく手を振りそうになった。もしそうしたら、彼らが窓をあけて、こっちにおいでと誘ってくれるのではないかという気がした。あちらの世界はあまりにも落ち着いていて、幸福で、大人に見えた。わたしはふたりがシャンパンを飲みながらおしゃべりし、ソファに移ってまた少し話し、それからミスター・Rが女性をソファに残して部屋を出ていくのを見守った。彼女は携帯にかかってきた電話をとり、ソファの背にもたれかかって話していた。そのとき彼女の顔がいきなり変わった。厳しく、残酷で、傲慢な表情。そして早口で、声を荒らげているみたいだ。ひとしきり厳しく責めたててから、彼女は画面を強く押して電話を切り、頭を後ろにそらした。

ミスター・Rは料理の皿を持って戻ってきた。彼にも彼女の声が聞こえたはず。怒鳴るまではいかなくても、明らかに大声を出していたのだから——でもふたりはまったく普通で、ほほえみを交わし合っている。彼がまた部屋を出ていってさらに料理を運んでくるあいだ、彼女はソファから立ちあがってテーブルのところに近づき、食べ物を見ていた。わたしからは何が載っているのか見えなかったけど、四皿あればじゅうぶんだろう。ふたりがテーブルの席につくのを見て、わたしは自分もあそこにいたいと願っていた。彼らといっしょにいられたら、ということだけではなくて、ごく平凡な自分の世界とは違う、もっと気品とスタイルのあるあちらの世界に自分も行きたいということだった。

夕陽が沈みはじめ、闇が濃くなるにしたがって、わたしがのぞいている部屋はいっそう明るく鮮やかになった。そのときミスター・Rが立ちあがり、窓際まで来てそとを見た。わたしは息をとめた。彼はまっすぐにこちらを見ている。わたしのことが見えているはず……。

何をするつもりなんだろう？

その瞬間、部屋が見えなくなった。白いブラインドがゆっくりとおりてきて、わたしの視界は真っ白になった。

わたしはがっかりして息を吐いた。彼らはいない。わたしが彼らのスイッチを消すのではなく、彼らがわたしのスイッチを消した。あのブラインドの向こうでは彼らの魅惑的な生活が続き、わたしはひとりぼっちでとり残された。

ものすごくさびしく感じた。わたしはデ・ハヴィランドの上に手を置き、ぬくもりを感じて、その安らかな眠りに癒やされようとした。でも泣きたくなった。

3

翌日はめずらしく寝坊してしまった。カーテンをあけると、空は真っ青に澄み渡り、暖かい陽光がすべてのものに降りそそいでいた。午前中は、こまごまとやらなければいけないことを済ませた。古いトランジスターラジオから流れてくる曲に合わせて歌いながら荷解きをし、台所を片付けた。本当はナショナル・ギャラリーに行って、そのあとウェストミンスター寺院まで歩いていく予定だったけど、なんだかんだで午前中は過ぎてしまった。昼になり、わたしはサンドウィッチをつくり、りんごを一個持って下の庭でランチを食べようと思った。

ポーターは愛想よく庭に出る裏口を教えてくれた。フラットの建物からしか出られないので、この庭は住人専用になっている。わたしはそとに出て、木陰になっている砂利敷きの小道を歩き、セリアのフラット、そして向かいのミスター・Rのフラットはどのへんかと見あげたりしたが、すぐに日なたに出た。建物は、まるでミニチュアの庭園のように見事に仕立てられた広い緑地を囲むようにして建っていた。一角にはよく手入れされた花壇があり、植栽のなかにベンチと噴水が配置された場所もあれば、伸びすぎて草地のようになりかかっている芝生の広場もある。その向こうにはテニスコートが二面あり、こちらはよく整備されて利用者も多いらしい。女性がふたり、ラリーをやっているのが見えた。

わたしはセリアの玄関のクローゼットで見つけたラグをテニスコートのそばの芝生の上に敷いた。ボールを打つ音、ときどきあがる「ごめーん！」という声も耳に心地よく響くなか、ランチと本をラグの上に置いて座った。はじめはつま先にだけ日が当たっていたが、太陽が動き、やがてふくらはぎも日に照らされた。太ももまで日なたに入るころにはランチを食べ終わり、やがて眠気に襲われてラグに横になり、本を読みながら、半分まどろんでいた。わたしはぼんやりとした頭で、女性たちがいなくなり、彼女たちの軽いラリーの音が、力強くボールを叩きつける音と男性の気合の入った声にとって代わられたのを認識していた。

「いいぞ――フォアを振り抜くんだ。ネットに出ろ！　ボレー！……いいぞ、よくやった」

テニスコーチが生徒に指示している声だ。その声がわたしの意識の上を漂っていく。まぶたに降りそそぐ陽光が気持ちよくて、ほかのこと――ボールを打つ音と声がやんだこと――には気づかなかった。最初に気づいたのは、影が落ちて、少し涼しくなったということだった。わたしは目をあけてぱちぱちして、わたしのそばに立っている誰かを見た。目の焦点が合うまで少しかかったが、その誰かはまるで天使のように光っていた。白いテニスウェアを着ているからだ。

　どうしよう。あの人だ。ミスター・R。

　見あげると、彼は黒髪を後ろに撫でつけ、鼻の頭を汗で光らせながら――そんなところもいっそう魅力的だけど――わたしを見おろし、話しかけてきた。

「やあ、また会ったね」彼はにっこり笑った。

「こんにちは」わたしはあえぐように言った。テニスをしていたのが彼ではなく自分みたいに。

「昨日会ったよね？」

　わたしはあわてて起きあがり、座る格好になった。寝そべったまま話したくなかったからだけど、それでもまだ彼がわたしの上にそびえているようで落ち着かなかった。

「ええ」なんとかそれだけ言った。

　彼がしゃがんでくれたので、目の高さがわたしと同じになった。その力強い眉の下のすばらしい目を見ると、彼はわたしのすべてをじっくり観察するような目で見つめ返してきた。そんなふうに見つめられてどぎまぎするわたしに彼は言った。「セリアのフラットに滞在しているんだね。ようやくわかったよ。二日前にきみが彼女のフラットにいるのを見たから」彼のほほえみが消え、心配そうな表情になる。「彼女はどうしているのかな? 元気なのかい?」

彼の声は低く音楽的で、教養のある人のアクセントと、どこかわからないけどかすかに外国風のイントネーションがある。彼の黒髪はそれで説明がつくのかもしれない。彼が動くと、その体温が温かい波になって押し寄せてくるようだった。同時に甘く塩気のある汗の匂いもした。

「ええ、彼女は元気よ。しばらく留守にするから、わたしがフラットの留守番をすることになったの」

「ああ、そうか」彼はほっとした顔になった。「ちょっと心配していたんだ。つまり、彼女は歳のわりに元気だけど……とにかく、元気だとわかってよかった」

「彼女は……元気よ」わたしはぎこちなく言った。何か気の利いた話をして、彼に印象づけるチャンスよ! でもそのとき、昨夜彼のフラットにいたあの洗練された女性が頭に浮かんだ。ピクニック用のラグに寝そべって、うたた寝から起きたばかりのわたしとはぜんぜん違う。

「よかった」彼はまたすてきなほほえみを向けてくれた。「ここでの滞在をたのしむんだよ。何か困ったことがあったらいつでも言って」

「わかったわ」わたしは言ったけど、自分にそんな勇気があるかどうか疑わしかった。

「本当だよ。遠慮しないで」

「ええ……ありがとう……」

「じゃあこれで」彼は立ちあがり、一瞬、まだ何か言うことがあるみたいな感じでわたしを見つめてから、行ってしまった。

「さようなら」

そんなことしか言えないの？　わたしはうめき声をあげたくなった。印象づけるなんて到底無理。あなたの会話能力は、そこにあるベンチとくらべてほんの少しだけマシという程度ね。噴水のほうがまだウィットに富んでいるかもしれない。

でも、本当に、いったいどうなると考えていたの？　あんな人がわたしに興味をもつとでも？　わたしは自分の恋人さえつなぎとめておけなかったのよ。それに彼にはもう恋人がいるし。

そのとき、フラットの建物に戻ろうとしていた彼が立ちどまり、ふり向いてわたしを見た。それはほんの数秒のことで、また彼は前を向いて歩きだしたけど、わたしの全身にぞくっと震えを走らせるにはじゅうぶんな時間だった。わたしの思い過ごしだろうか？　彼のまなざしに友情以上の何かを感じた気がした。彼がそばに来ると、とても平気ではいられない。すっかり眠気が覚め、活気に満ちた夏の日に、わたしはひさしぶりに気分がすごく軽くなった。彼が建物のドアをくぐって見えなくなるのを見送りながら、わたしはつま先を冷たい草の上でぎゅっと丸めて、テニスコートのほうを見た。コーチがテニスボールを拾い集めていた。
ラッキーなテニスボールたち。ミスター・Rにひっぱたかれるなんて、とわたしは思い、笑った。どうやら彼のことを好きになってしまったみたい。せっかくだから、たのしんでしまおう。この夏のいい思い出になるかもしれない。それに何も害はないはず。そうよね？

その短い会話のおかげで、一日がきらきら輝いていた。午後、わたしはピカデリーの大通りまで歩いていって、そのすばらしさに目を瞠った。通り沿いの堂々たる建物の数々。リッツ、フォートナム・アンド・メイソン、ロイヤル・アカデミー。それからセント・ジェームズ・ストリートを歩き、婦人帽子店、ワイン卸商、王室御用達の革靴や葉巻の専門店などの、昔ながらの店の前を通りすぎた。城郭風の大きなお屋敷が並ぶ通りを歩き、広々としたザ・マルに出た。道の先にはバッキンガム宮殿が見えたが、目の前はのどかな雰囲気の公園だった。ロンドン観光の——赤、白、青の国旗がはためく王国の中心。この大都市には本当にさまざまな面があり、ここもそのひとつにすぎない。わたしは子どもたちが走りまわったり、鴨《かも》にえさをやったり、ぶらんこで遊んだりするのを見ながら公園のなかを歩いていって、またロンドンの別の顔を見つけた。国会議事堂。ゴシック様式でいかつい感じの建物が、美しいウェストミンスター寺院の隣にそびえている。本当は今日の午前中、ここに来るつもりだった。そのまわりには観光客がたくさんいて、寺院に入るために行列をつくっていた。わたしはなかには入らないことにしたけど、しばらく人びとを見物し、彼らにはこの場所がどう映るだろうと思ったりした。それから来た道を引き返してフラットに戻った。

その夜も、彼女はまたやってきた。

ブラインドがあがっていて彼らの様子がよく見えたから、わたしは窓際の椅子に座って、ミスター・Rと恋人の無声映画を観ながら、自分の夕食をとった。ふたりはテーブルの席につき、おいしそうな料理を食べ、おしゃべりして笑っていた。きっと昨夜のパターン――これからおもしろくなりそうなときにブラインドがしめられる――がくり返されるのだろうと思っていたら、予想外のことが起きた。ふたりは立ちあがり、女性がジャケットを手にとって羽織ると、居間を出ていった。ミスター・Rが電気を消して。

彼らはどこに行くの？　何が起きたの？

わたしは突然のできごとに驚き、次の瞬間、ばかげた衝動に駆られた。跳ねるように立ちあがり、ひざの上で眠っていたデ・ハヴィランドを落として、玄関のクローゼットに急いだ。そこにはセリアのさまざまな帽子やコートが入っている。わたしは年代もののバーバリーのトレンチコートをつかんでおもてに出た。エレベーターはわたしの階にとまっていたから、コートを着込み、髪を垂らして変装したわたしがエレベーターから玄関ロビーに出たとき、ミスター・Rと彼女は玄関を出ていったばかりで、階段をおりていくところだった。

いったい何をしているの？　スパイごっこ？　わたしは興奮していたけど、自分自身にあきれてもいた。見つかったらどうするの？　彼がわたしに気づいて、いったいなぜ後をつけてくるんだと言われたら？　ごまかす？　ひょっとしたら——でももう遅い。どうかしているけど、はじめてしまったのだから、最後まで見届けるしかない。おかしなことだけど、わたしは自分が彼らの世界の一部だと感じていた。そして彼らはわたしの世界の一部だと。それに彼らはいまにもタクシーを呼びとめて行ってしまうかもしれない。そうなったらフラットに戻って、正気をとり戻せばいい。

でもふたりはタクシーを使わなかった。

おしゃべりしながら裏通りを歩いていく。わたしにはまったくはじめての道だったけど、きっと彼らにはおなじみの道なのだろう。

もし見失ったら大変だ。地図はバッグに入れたままフラットに置いてきてしまったし、ここがどこかさっぱりわからない。

暗いせいで余計に方角がわかりづらく、目印を見つけることもできなかった。彼らに近づきすぎない距離を保ちながら、見失わないように気をつけなくてはいけないから、なおさらだった。わたしは適当な間隔をあけて、ふたりをつけていった。自分がまわりの風景に溶けこんでいるか、それとも逆に目立っているのかわからなかった。彼らがふり返ってこちらを見ませんように……。

ふたりはどんどん歩いていく。女性のハイヒールの音が舗道に響く。今日の彼女は黒っぽい色のドレスを着て、その上に仕立てのよいジャケットを羽織っていた。ミスター・Rはビジネススーツのままだったけど、この暑さではコートもジャケットも必要ない。じっさい、道行く人びとのほとんどはTシャツか軽い上着だけで、トレンチコートを着ているわたしがいちばん目立っている。

気にしない。もし誰かに何か訊かれたら、変わり者のイギリス人のふりをすればいいのだから。

それに誰も訊いてくるはずがない。誰も気にしていないのだから。それがロンドンのいいところのひとつだ。その気ならどんな人間にでもなれる。故郷の町ではこうはいかない。髪の色を変えただけで町じゅうの人びとにあれこれと噂される。

わたしたちは暗い通りを抜けて車、バス、タクシーが走っている大きな通りに出た。その通りを渡ると、変わったブティックやバーやパブが並ぶおしゃれな路地に入り、若者たちが舗道でお酒を飲んだり煙草を吸ったりしてにぎわっていた。人びとのあいだを縫って歩くミスター・Rと恋人を見失ったらどうしようと思ったけど、ふたりは普通のペースで歩きつづけ、後をつけられているのにまったく気づいていないようだ。わたしたちはロンドンの街の別のエリアに入りこみ、やがて派手なバーが増えてきた。そとに虹色の旗を掲げてある店――ゲイバーのしるしだ――もあれば、入口がカーテンで目隠ししてある店もある。きんぴかの吹流しが飾られている店の前には、ミニスカートにビスチェという格好の女の子が立っていた。

歓楽街？　わたしは信じられなかった。ここが彼らの目的地なの？

妖しげな感じの店の前を通りすぎ、いったいどうなっているのだろうと思っていると、また別の種類の、にぎやかで活気のあるエリアに出た。ビジネスと娯楽が入り混じっていて、どこを見てもオフィスビル――それも映画、テレビ、広告、マーケティングといった業界のビル――が立ち並び、その周囲に数えきれないほどのバーやレストランがある。たくさんの人がいた。その服装はだらしなくカジュアルなのからびしっとして高価そうなものまでさまざまだ。彼らは舗道に並んだテーブルにつき、あらゆる種類のレストランのあらゆる種類の食べ物を食べ、ワイン、ビール、カクテル、あらゆる種類の酒を飲んでいる。夏の夜と排気ガスと煙草とレストランの料理の匂い、それらが混然と合わさっていた。このあたりはきっと、劇場がしまりパブが店じまいしたあとも、早朝までにぎわっているのだろうと思わせる雰囲気が漂っている。

でもわたしはこの地区がビジネスと娯楽だけの場所ではないことに気づいた。ここには別の何かがある。最初のしるしはポルノショップだった。その店は、羽毛のショールや、卑猥《ひわい》な形をしたチョコレートや、女だけのパーティーで着るようなセクシーな下着を扱う大衆向けの店だった。派手な色をしたプラスチック製のヴァイブレーターもあったけど、この店ではセックスをジョークとして扱っていた。でも次に見かけた店では、まったく違うものを売っていた。明るいウィンドウに飾られたマネキンが身に着けていたのは、ファスナーや編み上げの、めまいがするほどヒールの高いてかてかのプラスチックのブーツ、網タイツ、股の部分があいたレースのパンティー、鋲《びょう》飾りのついたガーターベルト、鋲や突起付きで乳首のところがあいている革のブラなどだった。さらにマネキンたちは革の帽子やマスクをして、手に鞭《むち》を持っていた。店内にはたくさんの衣装や下着が並び、一瞬、店に入ってさわってみたいと思ってしまった。

そんなことを考えていたら、すぐにまた別の店の前にやってきた。本屋だ。ウィンドウには芸術的な白黒の表紙の本が並んでいたけど、そこに写っているのは露骨な描写の人間のからだで、見たこともないようなセックス用衣装を着ていたり、誰かに抱かれている誰かの裸だったりした……。

ミスター・Rと女性はまだわたしの前を歩きつづけ、舗道は人でいっぱいだった。わたしはふたりを見失わないように気をつけながら、また別のポルノショップの前を通りすぎた。黄金の天使の翼でドアが美しく装飾されていたが、ポルノショップであることに変わりはない。入店者は十八歳以上でセックス用グッズを見ても気にしない者に限るという但《ただ》し書きがある。

ここがどこだかわかった。ソーホーだ。

わたしだって、ロンドンの有名な歓楽街のことを知らなかったわけではない。でも、ここがいかがわしい場所だとされていたのはずっと昔のことらしい。あたりの雰囲気には、こそこそ人目を忍んだりするような薄よごれたところはまったくない。通りには金と贅沢があふれ、あらゆる種類の人びとがあらゆる趣味をたのしむために集まり、その人たちはウィンドウのセックス用グッズにも顔色ひとつ変えない。そういうものも、人間の嗜好《しこう》のひとつとして堂々と存在している。

わたしは自分が田舎者だと痛感した。正直言って、こんなものは見たことなかったし、公共の場でこんなものを見るなんて変な感じだった。アダムとわたしは人前で手をつなぐことさえ恥ずかしかったし、自分たちがしていることを話し合ったりしなかった。自分がこういう店に入っていって商品を買うなんて想像もできない。そんなことをしたら、自分はいつもこういう衣装を着けて、おもちゃや道具を使ってセックスしていると公表することになってしまう。チョコレート・ボディペイントはいいかもしれないけど、大きなヴァイブレーターはぜったいになし。店のレジでセックス用グッズを店員に渡し、代金を払うなんて、きっと恥ずかしくて死んでしまう。それの使い道はひとつしかなく、誰かがそのことを知っているということに耐えられない。

するとミスター・Rが左に曲がり、暗い広場を横切って、また角を曲がって路地に入った。その路地にはオレンジ色のランプがひとつだけ光っていた。まるで時をさかのぼったかのような背の高い一九世紀初頭の屋敷が鉄の柵の向こうに立ち並び、そこには地下室へと続く金属製の階段が付いていた。ここが個人の邸宅なのか、ホテルや店舗なのかわからなかったが、美しいガラス窓の大部分には鎧戸がおりていて、すき間から洩れる黄金色の光でなかに誰かがいるとわかった。

わたしが追いかけているふたりは、煉瓦造りの邸宅のひとつに向かい、足音を響かせながら金属製の階段をおりていった。すぐにドアがあけられ、ふたりはなかに消えた。ふたりが完全になかに入ってしまってから、わたしは柵から身を乗りだして下を見た。大きな窓がふたつあり、地面より下にあるせいか、鎧戸はしまっていない。窓ガラス越しにぼんやりと、薄暗い部屋と動いている人影が見えた。ここはいったいなんなの？　バー？　個人の家？

さっぱりわからなかったし、まさかなかまで入っていく勇気はない。「失礼」しゃれたスーツに身を包んだ男性がわたしの横を通って、堂々と階段をおりていった。わたしは自分がばかみたいに感じながら一歩さがった。もうふたりのあとをつけられないし、ふたりが出てくるまで待っているわけにもいかない。自分で帰り道を見つけないと。ここはオックスフォード・ストリートの近くだという気がする。そこまで行けたらフラットに帰れるだろう。

こんな変な行動をして。わたしは自分自身を叱った。でもこうせずにはいられなかった。すぐそばに冒険の世界が存在しているのを感じて、自分もその一員になりたいと思った。その扉はわたしには閉ざされているけど、ミスター・Rと恋人には開いている。どこかで彼らは、わたしのこれまでの静かな田舎暮らしよりも千倍もおもしろい人生を生きているのだ。それは自分に関係のないことなのに、放っておけない。まるで偶然、輝く糸を見つけてしまって、それをひっぱるのをやめられないみたいに。たとえそれで自分の人生がほつれてしまったとしても。

わたしはトレンチコートを脱いだ。

うちに帰ろう。

わたしは通りの名前を見ながらもと来た道を戻り、地図で見たことのある通りまで出た。オックスフォード・ストリートを目指して歩いていくと、カフェバーやレストランの並びに、まだ営業している店があった。そこは本屋みたいだったけど、雑貨も置いていて、わたしはふと思いたってなかに入った。

白髪の女性が笑顔で迎えてくれたけど、わたしが店内を見てまわるあいだは放っておいてくれた。そのわけはすぐにわかった。あらゆるテーマの本があったが、基本はどれもエロティックで、ポルノ小説、ヌード写真集、詩集などだ。わたしは本のタイトルは読んだけど開いてみたいという衝動はこらえた。誰かが見ている前で、そんなものに興味があるそぶりなんてできない。わたしは本棚から離れ、壁にかかっている美しいスケッチを見たが、すぐに息をのみ、顔を赤くして、見られていなかったかどうかあたりを見まわした。それはセックスを写実的に描写した絵だった。作者は頭部を描かずに、からだと接合部分にだけ集中していた。男性にまたがった女性が、彼の胸に手を置いて背を弓なりにそらしているところ。女性がソファの上にひざまずき、ふくらんだあそこで男性のものをくわえこみ、後ろから突きたてられているところ。

わたしは真っ赤になった。どの絵も同じだった。大きく勃起したものを両手で包んでいるところ。女性が祈っているような姿勢でひざまずき、彼女のもっとも秘めやかな部分が誘うようにあらわになり、指がそれを開いているところ。女性が大きなペニス二本に、前と後ろから突かれているところ……。

ああどうしよう。いったいここにある絵はなんなの？

わたしはあたりを見まわし、何かほかに見るものを探してガラス扉の付いた大きな樫材の陳列棚のほうへ行った。そのなかには大理石の彫刻や、翡翠、クリスタル、高級革、ビロードでできた美しいものが並んでいた。

わたしはまた息をのんだ。自分はなんて大ばかなんだろう。ここに並んでいるのは、いかがわしいほど美しいセックス用グッズだ。それぞれの横に手書きのカードが置かれていた。

翡翠　張り型《ディルド》　五四五ポンド

クリスタル　アナルプラグ　二三〇ポンド

大理石　卵　三個二〇〇ポンド

オニキス　ラブパール　四〇〇ポンド

その下の棚にはほっそりした乗馬鞭とアンティークのステッキのコレクションが並んでいた。よく見ると、ステッキの持ち手は長い男根の形に彫られていて、根元に睾丸も付いていた。

いちばん下の棚には金属製の道具があり、一見何かわからなかったが、その脇に置かれたカードで、乳首クリップと、からだのもっとも敏感な部分をつまむ道具だとわかった。その隣には黒い革に白い毛皮の裏打ちがされている手錠や、さまざまな色の細い編み紐《ひも》がある。

「何かお探しのものでも？」という声がした。店の女性がわたしのそばに立ち、にこやかにほほえみかけてきて、わたしはひどくうろたえてしまった。

「あ……いいえ、ありがとう……見ているだけなの」

「そう」彼女がわたしの狼狽などお見通しのような目でこちらを見たので、わたしは少しリラックスできた。彼女は部屋の向こう側にある棚を指し示した。「これはちょっと高いと思うなら、向こうの棚にもあるわ。ここにあるのは、うちの店でも美術品クラスの品物なのよ。あっちのほうがお手ごろよ」

彼女に連れられてそっちに行った。さまざまな種類のラバーやラテックスの性具があり、いろんな突起付きの大きなロケットのようなものから、鮮やかな緑や青、それにピンク色の、つるりと滑らかでほっそりした、おしゃれなペンのようなものまであった。

「あなたもきっと、どこかで聞いたことがあると思うけど」彼女はわたしの視線の先を見て言う。「この細いのはアナル用よ、もし不思議に思っているのなら。ヴァギナに使うのは、こっちの大きいほう。たとえばこれは」――彼女は巨大なほうをひとつ取った――「とても有名で、うちの売れ筋商品のひとつよ」

わたしははっとした。すごく長くて太い。本当にこれが……入るの？　いままで一度もセックス用グッズを使ったことはないし、想像してみたこともなかった。それにこんな大きなものが誰かに、まして自分に合うとは思えない。いままでにセックスしたことのある男性はひとりしかいないし、彼はわたしにはじゅうぶんすぎるサイズだったけど、こんなに大きくはなかった。

女性はそれに付いている突起を指さした。「これはクリトリス・スティミュレーターよ。このまま使ってもいいし……」彼女は根元にあるスイッチを押すと、親指くらいのちいさな突起が円を描くように動きはじめた。さらに内部にあるライトがちかちかして、まるでクラブで踊っている人みたいだった。「これがすごく気持ちいいのよ。だからうちのベストセラーなんだけど。それにこれを見て」彼女が別のスイッチを押すと、全体が震動しはじめ、大きな内部シャフトが脈打ち、全体を膨張、収縮させた。低くリズミカルな音がして、わたしはデ・ハヴィランドが喉を鳴らす音を思いだした。なんとなくたのしそう。妙に生きているみたいで、なかで点滅するライトが珍しいくらげを思わせる。思わずごくりと唾《つば》をのんでしまいそうになった。少しして女性はスイッチを切り、その怪物を置いた。「ほかにもたくさんあるのよ。知りたいことがあったら遠慮なく訊いてね。わたしはそのためにいるんだから」

「ありがとう」わたしはさまざまなヴァイブレーターを眺め、自分のなかに奇妙な昂《たかぶ》りが生まれるのを感じた。普通の人が使うんだ。その手の趣味をもった人だけではなくて、性欲のある普通の女性が。本当のことを言えば、わたしの悲しみの一部はセックスを失ったことだった。アダムと別れたときに、わたしは親友兼恋人をなくしただけでなく、わたしを抱きしめ、キスしてくれる男の人をなくした。わたしを求め、胸や腰を撫で、秘めやかな場所を探り、その舌で、指で、コックで愛してくれる男の人を。彼を失い、わたしのからだはもう、その愛撫を恋しがっている。夜、アダムの裏切りと、彼がほかの女とセックスしていることを思って枕を涙で濡らすとき、わたしは肉体的な愛とそれがもたらすよろこびを失ったことを嘆いていた。こういうもの——敏感な部分にあてて使うちいさな電動の道具や、Gスポットを刺激するラバー製のヴァイブレーター——が解決策なのだろうか？

ひとつ買ってみたらいいわ。ここには誰も知っている人はいないのだから。女性は愛想がいいし、もう二度と彼女に会うことはない。わたしがこれで何をしようと思っているか、彼女は気にしないはず……。

こういうものを試してみる場所として、セリアのフラットは最適だ。

そのとき思いだした。お金を持たずに出てきてしまった。何も買えるわけがない。わくわくするような期待はしぼみ、ふいにうちに帰りたくなった。

「ありがとう」わたしは店員の女性に声をかけ、コートを着てポケットに両手を深くつっこみ、店のそとに出た。ドアがしまると同時に店の呼び鈴が鳴った。

わたしはランドルフ・ガーデンズへの帰り道を思いだそうとした。にぎやかな通りに向かって歩きながら、わたしは変化を感じていた。いままでとは段違いに敏感になり、ほおを撫でる微風とそのくすぐるような感触にさえ、ぞくぞくする。コートの下のわたしのからだは熱くほてり、求めていた。

4

翌日もわたしはぴりぴりしたままだった。なんだか享楽《きょうらく》的な気分。ベッドのシーツにからだをこすりつけたいような、あけ放った窓の前に立ち、肌に風を感じてみたいような。少しのあいだベッドに横になったまま、お腹から脚のあいだのやわらかな茂みまで手をおろしていった。指の先で、唇から少し顔を出している、ちいさな、でもとても敏感な蕾《つぼみ》にふれる。その瞬間、電流が走ったみたいだった。わたしの指の下で目覚めたそれはふくらみ、さわってと懇願し、心地よい感覚が下腹部に広がる。

あのびくびくと振動するヴァイブレーターとその円を描く突起をちょうどいい場所にあてているイメージと、昨夜見た絵のイメージが頭に浮かんだ。わたしはごくりと生唾をのみ、深く息を吸う。あそこが熱く湿ってくる。テニスウェア姿で汗をかいていたミスター・R、そして上半身裸で腰にタオルを巻いただけの彼を目に浮かべる。わたしは指先を熱いなかに沈め、ぴくりと震えた。クリトリスが硬くなって突きだし、神経細胞のすべてが刺激を求めている。

やってみる?

もちろん前にも、自分でいったことはある。何カ月もアダムと会えなかった大学時代が、この孤独な嗜《たしな》みの利点を教えてくれた。でもあの夜以来、できなかった。自分にさわれなかった。あまりにひどく拒絶されたせいで、想像の世界でわれを忘れ、自分でいくということができなくなってしまったのだ。

でもいまは？　できる……？

指先でふくれた蕾にふれると、脚とお腹に震えが走った。からだはあの快感を切望し、懇願している。わたしは二度、三度とこすり、その強烈な感覚に息をのんだ。

しかしだめだった。またあのおぞましい場面が脳裏に浮かんできた。アダムがわたしのほうにふり向き、その下に寝ているハンナが見える。彼のたるんだ腹と股間のごわごわした茶色の茂み、そしてハンナの広げた脚のつけねの湿って押しつぶされた毛。くり返し思いだしたせいで多少ショックは鈍くなったけど——彼の赤銅色のものが彼女のぬめぬめと光る赤い唇のなかに深く挿入され、ふたりがつながっているところも。

わたしはうめき声をあげた。さっきまで全身を駆けめぐっていた欲望は消えてしまった。

どうしてあんなところを見なければならなかったの？　どうして忘れられないの？

あの映像は一生わたしにつきまとうだろう。あのふたりのけものじみた欲望が、わたしの昂りを殺してしまった。かつてわたしの自慢のものだったアダムのコック、わたししたちのよろこびのもとが、ハンナのからだに押しこまれているところを見てしまったせいで、わたしの欲望はしおれ、なくなってしまった。

またクリトリスにさわってみたら、それは期待しているみたいにぴくぴくした。でもだめ。からだにはその気があるかもしれないが、心は打ちのめされてしまった。わたしはさっさとベッドを出て、シャワーで熱いほてりを洗い流した。

からだが切望しているオーガズムは得られなかったけど、享楽的な気分はそのままだった。今日は画廊や美術館めぐりをする文化的に有意義な観光を予定していた。だからシンプルな服とスニーカーという格好で、観光客相手の値段の高いカフェで食事しなくてもいいように、お弁当を用意して出かけるつもりだった。でも、なんだかそんな気分になれない。じつはオックスフォード・ストリートにある大きなデパートのことが気になっていた。数日前、ロンドンに到着したばかりのときには、そんな店にひとりで入ると考えただけでおじけづいていたのに、そのときとは何かが変わった。

わたしはコーヒーを淹《い》れ、シリアルを用意しながら、デ・ハヴィランドに話しかけた。それに応えるように、猫はセリアが台所の戸棚の扉にとりつけた爪とぎパネルのところまでやってきて、わたしがつまらないおしゃべりを続けているあいだ、がりがりと爪で紙くずを生産していた。

「ロンドンがわたしを元どおりに勇敢にしてくれていると思う？」わたしが話しかけると、デ・ハヴィランドは爪とぎに爪を食いこませ、ひっかいた。「信じられないかもしれないけど、以前のわたしは勇敢だったのよ。ひとりで誰も知らない大学に行って、たくさんの友だちをつくったわ」わたしは親友になったローラのことを考えた。彼女はいま南米にいる。ロンドンの経営コンサルタント会社への就職が決まっていて、学生時代最後の数カ月に旅行をたのしんでいるところだ。インターネットにアクセスができるところを通ったらかならず電子メールを送るねと彼女は言っていたけど、わたしのほうがしばらくメールをチェックしていなかった。そういえば、メールのことなんて考えてもいなかった。いつものわたしだったら、ノートパソコンの前に張りついて、ネットサーフィンして、世のなかで何が起きているのか、どんなゴシップがあるのか追いかけていたのに。それがいまは、パソコンを寝室のバッグのなかに入れたままで、ずっと忘れている。

今日はインターネットにアクセスができるかどうか、調べてみよう。もしできなかったら、アクセスできる場所まで持っていこう。最近ではどのカフェにも無料のWｉFｉがあるし。

わたしは手早く着替えながら、ローラにアダムと別れたと言ったらどう思うだろうかと心配になった。きっとかわいそうに思って同情してくれるだろうけど、心の奥底ではほっとするはずだ。ローラはわたしの彼だからという理由でアダムを好きになろうとしてくれたけど、一度だけアダムが大学に遊びにきて、わたしと彼女がシェアしていた学生用の家に泊まったとき、アダムをよく思わなかったみたいだった。ふたりが話しているときのローラの目でそれがわかった。彼女はなんとかいらだちを抑えていた。その後、彼女は言わないで我慢しようとしていたが、やはり口を開いた。「ねえベス、彼って少し……退屈じゃない？　だって、ひと晩じゅう自分のことばかり話して、あなたのことはちっとも話さないのよ！」

わたしはもちろん、アダムをかばった。確かに彼は自己中心的で、おしゃべりだけど――わたしを愛しているのだから。

「彼はあなたをあまり愛していないんじゃないかしら。あなたの存在を当たり前のように思っているみたい」彼女は目に心配の色を浮かべていた。「彼があなたにふさわしい人なのかどうか、わからないわ、ベス。あなたが彼といっしょで幸せならそれでいいけど」ローラはそれ以上、アダムのことをどう思っているか話さなかったが、法学部の三年生がわたしに興味を示したときには、彼とつきあってみたほうがいいと勧めた。もちろんわたしはそんなことはしなかった。もう彼がいるのだから。

ローラのことを思いだしたら、話し相手が欲しくなった。このところずっとひとりきりだったから、誰かと交流したい。そう思うとすぐに計画が固まった。画廊や美術館めぐりは――また別の日にしよう。

「まあ、とてもお似合いだわ。本当に！」

それはきっとセールストークだろう――この店員はおそらくどの客にたいしても同じことを言っているはずだ。彼女の会社がつくっている服を着れば、誰でもすごく魅力的になる――でも彼女のどこか率直そうなまなざしを見たら、信じてしまいそうになった。

それに鏡を信用してもいいなら、このドレスは本当にわたしに似合っている。ハンガーにかかっているときは普通のドレスにしか見えなかったし、試着してもなんの変哲もない黒いドレスだけど、胸元からウエストをぴったり包み、ひざまですとんと落ちるラインがきれいで、わたしの隠れた魅力を引きだしてくれているみたい。生地はシルクの入った混紡で、肌にくっつく感じとはいえ、適度な重みとさりげない光沢がすてきだった。

「ぜひお求めになったほうがいいわ」店員がわたしの後ろに来て言った。「本当に、すっごくお似合いだもの」彼女は鏡のなかのわたしにほほえみかけた。「何か特別な予定がおありなの？」

「パーティーなの」わたしは思わず嘘をついた。「今夜」

「今夜？」彼女は目を見開いた。なぜ若い娘がパーティーの当日に着ていくドレスを買いにくるのか、彼女は何かおもしろい話を想像しているみたいだった。「それなら、プロによるイメージチェンジはいかが？」

わたしは鏡に映った自分を見つめた。ドレスはすごくすてきだ。自分がセクシーに見え、洗練されたような気がする。でも顔はすっぴんだし、髪は何もしていないし、靴はいてない。プロによるイメージチェンジ？　いったいいくらかかるんだろう？

もともとわたしは倹約家で、お金の使い方が慎重だった。無駄遣いはしないし、気晴らしで買い物をすることもなかった。じっさい、大学の仲間とは違って、大学卒業までに通常の学生ローン以外の借金はつくらなかったし、まずまずの貯金もある。

少しはたのしんだら？　頭のなかで声が響いた。一度くらいはめをはずしてみたら？

「そうしようかしら」わたしはゆっくりと答えた。

店員はうれしそうに手を叩いた。どうやら彼女の得意なことらしい。「それならわたしに任せて。まずこのドレスはどうしても買わないと。お世辞ではなく、本当にあなたにぴったりだもの。ここでお取り置きしておくわね。ご存じだと思うけど、この店にはなんでも必要なものがそろっているわ——ビューティ・スパ、エステ……」

「そこまではちょっと」わたしはあわてて言った。

「——ヘアサロン、ネイルサロン」彼女はまるで、不完全なわたしをこのドレスにふさわしいものにつくりかえようとしているみたいに、目を輝かせた。でもすぐに心配そうな顔になった。「でももしかしたら予約でいっぱいかもしれないわ。電話してみるわね。わたし、少しは顔も利くのよ」

わたしがとめる間もなく、彼女は足早にカウンターのところに行き、受話器を取りあげた。わたしはエステ関係は要らないと身ぶりで伝えようとしたが、彼女は手を振って、美顔トリートメントを予約した。「きっと気に入るわ」自信たっぷりに言って、また別の番号にかける。「あなたの肌はすてきだけど、少し乾燥していると思っていたの。ナイトクリームを使っている？　使ったほうがいいわ。内部の水分を回復して表皮下のうるおいを補充する効果の高いクリームがあるのよ」わたしが何か言う前に電話はヘアサロンにつながり、彼女はカットとブローの予約を入れながら、わたしの髪をちらっと見た。「少しハイライトを入れたらいいんじゃないかと思うのよ、テッサ、もし時間があればだけど」

彼女が受話器を置いたときには複数の予約が成立しており、いちばん早いのは数分後だった。

やはり彼女はこういうのが得意らしく、大いにたのしんでいた。彼女はわたしを地下のトリートメントルームに送り届けるために、ほかの店員に売り場のカバーを頼んだ。彼女がすべて親切でやってくれているのがわかったから、わたしもその熱意を買って、エステサロンのローダに引き渡されたときには、自分の今日一日をすべて任せるつもりになっていた。すぐにわたしはベッドに横になって、ローダに顔をマッサージしてもらった。彼女はわたしの顔に泥を混ぜたものを塗りたくり、目に冷たい円盤状のものを置いて、しばらく光線をあてた。ものすごくリラックスできる体験だった。いままでずっと、こういう贅沢は自分ではなく、ほかの人びとのためのものだと思っていた。でもやさしい指にパックをぬぐわれ、塗り薬とクリームを塗られながら、わたしは考えていた。どうしてわたしではいけないの？　わたしでもいいんじゃない？

「できたわ」ローダは言い、おまけの試供品をたくさんくれた。「すてきよ」

わたしは料金を支払いながら――コネを使ってもらったけど、無料サービスというわけではなかったから――鏡で自分を見たら、本当に肌が輝いているようだった。それともわたしの空想だろうか？　どっちでもいい。だってすごく気持ちよかったもの。

「次の予約は最上階よ」ローダが教えてくれた。「ヘアサロンに」

エレベーターで最上階に昇ると、あっという間に高い椅子に座らされ、首に黒いナイロンのケープを巻かれて、目の前にファッション雑誌を山積みされた。額にありえないほど長い金髪を垂らした、黒いTシャツを着た細身の若い男性が、どんな髪型にしましょうかと話しかけてきた。以前はさまざまなカラーやカットを試していたけど、ここ数カ月はほったらかしていた。その結果、根元は濃い色なのに毛先は淡黄色というグラデーションになっている上に、前回のカットは伸びきってぼさぼさになっている。

セドリックというスタイリストがわたしの担当だった。彼が熟練の確かな手つきでちいさなプラスチックの皿に載せたものをわたしの髪に塗り、アルミフォイルで包んで回転するライトをあてているあいだ、わたしは雑誌をぱらぱらと読んでいた。三十分後、彼はわたしを若い女の子に引き渡し、ものすごくやわらかな手をしたその子が髪の薬品を洗い流して、別の何かをつけてくれた。髪はさらさらになり、ココナッツの匂いになった。

セドリックが鋏《はさみ》を持ってまた登場した。髪を梳《と》かしながらチョキチョキと切る。彼は他愛もないおしゃべりをしながら、髪をひと房ずつほっそりした刃で切っていった。わたしは鏡を見ながら、仕上がりはいったいどんなふうになるのだろうと思っていた。カットが終わると、セドリックはわたしの髪に何か吹きかけ、ヘアドライヤーを取りあげて言った。「どこまでおしゃれにする?」

わたしは鏡のなかの自分を見て言った。「うっとりするくらいに」

想像のなかで、わたしはミスター・Rといっしょに夕食をとっていた。今夜、彼はわたしが見たあの女性とは会わない。彼はわたしを見てびっくりするはず。「きみがセリアのフラットの留守番をしている女の子だって?」彼は信じられないという顔で続ける。「ぼくのフラットの向かいにいた? でもきみは……こんな……」

わたしがたのしい空想にふけっているあいだに、ドライヤーは音をたて、わたしの耳たぶを赤くして頭皮を熱くした。セドリックはブローブラシを使ってわたしの髪を巻き、きつくひっぱって熱風をあて、ひねるようにして髪を放し、ふんわりとした巻き毛をつくっている。彼が頭全体のセットを終えたとき、わたしの髪はウェーブがかった明るい金髪になっていた。彼は手のひらにヘアスプレーを吹きつけ、両手をこすり合わせてその手でわたしの髪をもみ、撫でつけてから後ろにひっぱって放した。長目のボブで、前髪は切りさげられ、魅惑的な感じに片方の目の上にかかっている。わたしの髪は華やかに金色の光を放っていた。

「どうかな?」セドリックが言い、一歩さがって、自分の作品を厳しい目で点検した。

「すごい……すてきだわ」わたしは喉が詰まってしまったように感じた。ついこのあいだまでの自分を思いだす。アダムのことを思いだして泣きじゃくったあと、寝室の鏡で見た自分を。目は赤く腫《は》れあがり、肌はかさかさで、髪には艶がなく、少しも輝いたところがなかった。その女の子がとても遠い存在に感じられ、わたしは彼女が去っていったことがうれしかった。

セドリックはにっこりした。「よかった。きみはきっとよくなると思っていたんだ。さて……そろそろ一階の予約の時間だよ。次はメイクとネイルらしい」

気にしないわ。いくらかかったとしても。わたしは向こう見ずにそう考えて、会計でデビットカードを出した。だってここのみんなは、とてもわたしによくしてくれる。そんなことをする義務はないのに。すごくいい気分。

エレベーターが一階に着いたとき、わたしは自分が王族にでもなったような気がした。わたしをメイク・カウンターまで案内する係の人がそこに待っていたからだ。そしてまた別のセッションがはじまった。店の制服と厚化粧のせいで歳より老けて見える若いメーキャップ・アーティストが、仕事にとりかかった。彼女はまず美容液を塗り、イオン化粧水を吹きかけて肌に水分を与え、それから薄い色のついた保湿液、ファンデーション、コンシーラーを順番につけていく。そのあいだずっと、彼女はわたしの肌、目、まつげ、唇を褒《ほ》めつづけた。あやうく自分が世界でいちばんきれいな女性になったと錯覚してしまいそうだった。もちろんお世辞は割り引いて聞いていたけど、それでもすごくいい気分。

眉、まつげ、ほおと唇に色が加えられた。ハイライトパウダーをはたかれ、〝ポップス〟というカラーを塗られた。すべてつけ終わると、彼女は満足した様子で一歩さがり、終わりましたと言って手鏡を貸してくれた。

わたしは言葉を失い、そして自分に言い聞かせた――こういうふうにして商品を買わせるのが彼女たちの仕事なのよ。プロのメーキャップ・アーティストなんだから。

それでも、いつもの自分とはまったく違う。青い目は長く濃いまつげに縁取られてきらきらと輝き、すごく大きく見えた。いままでアイシャドウを塗っても、こんなふうにはならなかったのに。ほおはピンクゴールドに染まり、唇は誘うようにしっとりとしたチェリーレッドだった。自分が雑誌のグラビアから抜けでてきたみたいに感じた。そもそもそういう仕組みだ。

わたしは顔につけてもらったさまざまな商品をすべて購入した。それからネイルのコーナーに連れていかれて、ネイルを真っ赤に塗ってもらいながら、イーストエンド出身の女の子に恋人とけんかした話を聞かされた。本当のことを言うと、わたしはほとんど聞いていなかったけど。ずっとミスター・Rのことを考えていたからだ。想像の世界では、わたしがレストランのなかを彼のほうに歩いていくと、椅子から立ちあがった彼が驚きに口をあけ、わたしを抱き寄せ、それから……。

「できたわ！」ネイリストの女の子が満足そうに言った。「念のため二十分間は乾かしてね」

彼らによるイメージチェンジ完成までに、最後にもうひとつやることがあった。あの黒いドレスに合う靴を買わなくては。使った金額のせいでデビットカードが熱くなっているみたいに感じたけど、ここまで来たのだから、中途半端にはできない。わたしは靴売り場に行って先のとがった黒いハイヒールを手に入れ、すべてを済ませて、最初の店員のところに戻った。

「まあ！」彼女は言って手を叩いた。「なんて……すてきになって！　こんなにきれいになるとは思っていなかったわ。まさに変身したわね」

彼女の言うとおりだった。わたしにもそれがわかった。あたらしい髪型とメイクで、ドレスと靴を身に着け……自信がみなぎってきた。ひょっとしたらアダムと別れても人生は終わりではないのかもしれない。ひょっとしたら別の誰かがわたしを愛して、求めて、欲しがってくれるかも。もちろんミスター・Rなんて夢物語だけど、ほかの誰かが。

「ありがとう」わたしは心から言った。「とても親切にしてくれて。本当によかったわ」

「そんなこと。あなたはその価値がある人よ」彼女は顔を近づけてきて、共犯者のようなほほえみを浮かべた。「さあ、出かけていって、パーティーではみんなをびっくりさせてやりなさい！」

わたしはデパートを出ると、誰もが自分に注目して、わたしのあたらしいドレスや切りたての髪を見ているような気分になった。三日前ロンドンに到着したとき、わたしは汗をかいてみすぼらしかった。それが、いまのわたしはどう？　セリアが誇りに思ってくれるような女性になれただろうか。

わたしは大通りから一歩はずれた路地の先にある広場に出て、そこのレストランのひとつで昼食をとることにした。イメージチェンジに数時間かかったからすごくお腹がすいていて、ひとりで外食する居心地の悪さを気にしていられなかった。おいしいパスタを食べながら、わたしは自分がこんなことをすると考えただけでおびえていたことを思いだした。でもほら、こうしてひとりで外食したって、何もひどいことなんて起きない。

誰かが駆け寄ってきて、どうしてこんなことをするんだと詰問《きつもん》したりしない。ウエイターがわたしを鼻であしらい、注文を無視したりすることもない。お客として静かな敬意をもって扱われ、心地よかった。

レストランを出たとき、もう午後遅い時間になっていたけど、まだフラットに帰る気分ではなかった。北に向かって歩き、食料品を買いに出かけた最初の日に歩いたおしゃれな地区に戻ってきた。もちろんミスター・Rに会ったりはしない。あのちいさな夢はわたしの想像のなかのできごとだったけど、わたしはまだこの夢見心地の一日を終わらせたくなかった。そんな気分だったからこそ、ウィンドウの貼り紙を見てなかに入っていく勇気が出たのだ。わたしがウィンドウのなかをのぞいたら、白木張りの床と白い壁の大きな画廊が見え、その壁にはモダンアートの大型作品が飾られていた。わたしの目はすぐに作品に引きつけられた。大学で、表現主義の発展と第一次大戦から第二次大戦までのあいだの美術を学んでいたからだ。ここに飾られている絵画は、その時代の影響を色濃く受けているように見えた。

ウィンドウには、達筆な文字で書かれた求人の貼り紙があった。

画廊アシスタント、経験者求む。
短期雇い。委細は店内で。

わたしはその貼り紙を読み、ガラスに映った自分の姿を見た。もともとわたしは、ロンドンで夏のあいだだけの仕事を見つけて、あたらしい出発の第一歩にしようと思っていた。一生、地元の町のカフェで働きつづけるわけにはいかないし、大学の友だちの多くは卒業後にロンドンで働きはじめるのだから、わたしだって、この街でやっていけるかどうかを試してみてもいいだろう。きちんと将来を考えないままチャンスを逃してしまったような気がしていたけど、もしかしたら、まだ間に合うのかもしれない。ローラはわたしに、ロンドンでいっしょにフラットか家を借りて住もうと誘ってくれた。でも働くあてもないのに家賃を払えるとは思えなかったし、それにあのころは、ずっとアダムといっしょにいるつもりだった。

画廊のなかに動きがあり、長身で痩せ型、高いほお骨と貴族的な鼻が特徴的な男性がちらっと見えた。彼はダークスーツに身を包み、画廊の真ん中に置かれた机のそばで何かしている。こちらを見た?

そのまま通りすぎて忘れてしまおうかと思ったけど、何かに引き留められた。わたしはいま、人生でいちばん磨かれて着飾っている。ここで未来の雇い主に好印象を与えられなかったら、一生無理だ。自分の行動をよく考える前に、わたしはドアを押しあけ、自信に満ちた足取りで木の床にハイヒールの音を響かせながら、男性のほうへ歩いていった。彼は視線をわたしに向けた。頭のてっぺんはきれいにはげていて、サイドは白髪交じりの金髪を短く刈りこんでいる。灰色の目は半分閉じていて、印象的な高い鼻、薄い唇、形のいいあご。金縁眼鏡をさりげなくかけており、それはほとんど目立たなかった。彼の手はとても優雅で、全体として、エレガントで文化的な雰囲気を漂わせている男性だ。

わたしが近づいていっても彼は何も言わなかったが、問いかけるように眉を吊りあげた。

「ウィンドウの求人の貼り紙を見ました」わたしはできるだけ自信たっぷりな口調で言った。「まだお探しでしたら、わたしを雇っていただけないかと思いまして」

彼はさらに眉を吊りあげ、さっとわたしの全身に目を走らせて、ドレス、靴、メイクを見た。

「確かに、まだ探しているんだが、今日これから何人か面接する予定で」――彼は礼儀正しいがよそよそしいほほえみを浮かべた――「それに募集しているのは経験者なんだ」

わたしにその仕事ができるとはまったく思っていないらしい。もしかしたらこの見た目が逆効果なのかもしれない。興味があるのは口紅だけで、美術のことなんて何も知らない頭がからっぽの女だと思われてしまったのかも。それはひどい。現代の男性なら女性を外見だけで判断してはいけないことくらい、わかっているべきなのに。人は見た目では判断できない。

わたしは以前の自信が戻ってくるのを感じた。「接客にかんする経験が必要ということでしたら、わたしは何年間も小売業で接客の仕事をしてきました」これは厳密には事実ではないかも――カフェも小売業に入るだろうか？　雑貨や薬書やアンティークの食器を売っていたから、まあ嘘にはならないだろう。わたしは畳みかけるように続けた。「美術の知識が必要ということでしたら、わたしは大学で美術史専攻でした。とくに二十世紀初期の美術、第一次大戦前の野獣派とキュビズム、それらの戦後の表現主義運動やモダニズムへの発展について研究しました。ここに展示されている作品から、あなたもその時代にご興味があるのだとわかります。この画家は明らかにポスト表現主義とブルームズベリー・グループに影響を受けています。このシンプルな形と淡い色使い、素朴さがいいですよね。花を生けた花瓶と椅子の絵はダンカン・グラントのオリジナルでしょう」

画廊のオーナーはわたしをまじまじと見つめ、それから薄い唇をほころばせ、ふいに笑いだした。「いや、きみは熱意がある。それは確かだ。美術史専攻だって？　それならじゅうぶんに資格もある。座りたまえ。少し話そうじゃないか。コーヒーかお茶を淹れてこよう」

「ぜひ」わたしは満面の笑みを浮かべ、彼が示した席に座った。それからの彼との面談はとてもうまくいった。彼は話しやすく――魅力的で、すばらしく優美なマナーのもち主でもあり――わたしはまったくあがらなかった。やさしい教師とたのしくおしゃべりしているみたいだった。もっとも、彼はわたしの学校のどの教師よりずっとすてきだったけど。彼はわたしが気づかないうちにいろいろなことを聞きだすのが本当にうまくて、わたしは自分の学位について、大学生活について、好きな芸術家について、なぜ自分では絵が下手なのに美術に引かれたのかまで、すべて打ちあけていた。

「世界は、あることをやる人だけではなく、それを愛する人を必要としている」彼は言った。「たとえば演劇もそうだ。演劇は俳優と監督だけで成りたっているのではない。エージェント、プロデューサー、興行主、出資者がいてこそ、ものごとが動いていく。本は作家だけいればできるわけではなく、出版社や編集者や書店主という本を愛する人びとがいるからこそ、出版される。もちろん、美術も同じだ。ルノワールのように絵が描けなくても美術の価値はわかるし、画家をプロモートして、彼らの作品を売り買いするという、繊細な、だが重要な仕事をする人もいる」

わたしは美術の世界で働けるかもしれないという期待でいっぱいになっていた。彼にはそれがわかったのだろう。金縁眼鏡越しにわたしを見つめ、気遣うように言った。

「だがこの世界で働こうとしても、競争が激しく、非常に難しい。最初の足掛かりを得ることが重要だ。ウィンドウの貼り紙を見て数十人が問い合わせをしてきた。彼らはみんな、これが経験を積むのにすばらしいチャンスだとわかっている」

きっとがっかりした顔を見せてしまったのだろう。彼はわたしにほほえんで言った。

「だがわたしはきみが気に入ったよ、ベス。きみは美術好きだし、知識もある。じつはきみが大学でとった講座の講師のひとりは、わたしの古い知り合いだ。だからきみがモダンアートについてすばらしい基礎知識があるのはわかった。どうだろう。わたしはこの後、あと数人面接する予定だが、きみと話したことはちゃんと憶えておくよ」彼は一瞬、まじめな顔になった。「ただ、これは短期の仕事だという点は言っておかなくてはいけない。うちのフルタイムのアシスタントが急に入院して、数週間休むことになったんだ。だから退院したら彼がもとのポジションに戻る」

わたしはうなずいた。「わかりました」自分がロンドンにいるのも短期だということは言わなかった。もし仕事をもらえたら説明すればいいし、そもそも仕事をもらえる可能性は低そうだ。

彼はわたしに、紺色のカッパープレート書体の字が印刷された象牙色の名刺をくれた。

ジェイムズ・マクアンドルー

ライディング・ハウス・ギャラリー

その下に彼の連絡先が書いてあった。わたしは自分の携帯電話の番号と電子メールのアドレスを教え、彼はそれを机の上のメモ帳に書き留めた。彼の字は彼自身と同じくきっちりとしていて、優雅で、少し古風だった。

「連絡するよ」ジェイムズは思慮深いほほえみを浮かべて言った。わたしは浮き浮きした気分で大通りに戻ってきた。まだ自分の金色の巻き毛やドレスが強調する曲線美を見慣れなくて、店のウィンドウに映る姿を見てわたしはおかしくなった。もしこの仕事がもらえなくても、自分が勇気を出して画廊のなかに入り、ベストを尽くしたことがいまはうれしい。結果がどうなっても、またジェイムズに会いにいって、この業界で働くにはどうしたらいいかアドバイスをもらおうと思った。

わたしは腕時計を見てだいぶ時間がたっているのに驚き、そのままフラットに向かった。ショッピングとおしゃれには、かけようと思えばいくらでも時間がかけられるものだ。

向かいのフラットは真っ暗だったけど、突然明かりがついてミスター・Rがあらわれるのではないかと期待してしばらく見ていた。一日じゅう頭の片隅に彼のことがあって、ずっと彼の存在を感じていた。まるでわたしの一日を彼がこっそり見つめているみたいに。今夜、わたしはいままでとは違う形で彼を迎える準備ができていた。向かいの部屋を見るために居間へ行く前に、メイクを直して、手櫛《てぐし》で髪を梳き、ドレスのしわを伸ばした。洗練されてセクシーな女性になったように感じていた。まるで彼の恋人のように優雅な女性に一歩近づいたみたいに。

そんなの、彼が気づくわけないでしょ！

だから彼のフラットがずっと闇に包まれたままなことに、少しがっかりした。わたしがひとりで夕食を食べるあいだも、その後も、向かいのフラットの窓は真っ暗で何も見えなかった。誰もいないフラットはひどくさびしい感じがした。そのなかで暮らす住民が生を吹きこまなければ、部屋は闇の眠りに落ちたままだ。誰かが見て、使って、そこで生きなければ、何も意味がない。デ・ハヴィランドは、わたしがひざに座らせないから不機嫌だった。でもあたらしいドレスに猫の毛をつけたくない。デ・ハヴィランドはしぶしぶソファの上に行き、わたしに背を向けて丸くなり、あてつけにわたしを無視した。

そのとき、今日わたしの頭のなかにぼんやりと浮かんでいたほぼ実現不可能なある計画が、実現しそうな気がした。

5

ベス・ヴィラーズ――スパイの達人。

いいえ。こっちのほうがいいかも。ベス・ヴィラーズ――メイフェアのマタ・ハリ。

わたしは自分を笑った。またハイヒールで出歩いている。足が痛くなってもおかしくないけど、痛くなかった。わたしはセリアのトレンチコートを着込み、頭のなかでなんと言うかを練習していた。

まあ、偶然ね、こんなところで会うなんて！　ええ、友だちと待ち合わせよ。ジェイムズ、ジェイムズ・マクアンドルーという人。彼は近くの画廊のオーナーで、このバーで会おうって誘われたの。なんで彼はこんなに遅いのかしら。おごってくれるの？　まあ、ありがとう、いただくわ。このドレス？　わたしに似合っている？　そんな……。

想像のなかでミスター・Rとわたしがすばらしく仲良く会話しているうちに、きらびやかな明かりとたくさんの人でにぎわうソーホーの通りに着いた。わたしは昨日の道をよく憶えていた。じっさい、自分がどう歩いてきたか、一歩一歩たどることもできた。どの店のウィンドウをのぞき、どんな人とすれ違ったかも思いだせる。だからきっと警察は、事件後なるべく早く現場検証をしたがるのだろう。記憶がぼんやりと曇ってしまう前に。

わたしは一九世紀初頭の屋敷が立ち並ぶ、奥まった暗い路地に入っていった。こんなところにバーがあるなんて変だ。知っている人にしかわからない。もし偶然見つけたとしても、入口が地下にあって、通りから入りやすい店ではない。

鉄の柵の前に立ち、わたしは深呼吸した。今日一日で得たあらゆる自信をかき集める。やるわ。今日という日をたのしむのよ。こわがったりしない。

金属製の階段をおりていくときの足音は、自分で感じているより自信に満ちて聞こえた。地下にたどりつくと窓からなかを見ることはできたが、室内はとても暗かった。テーブルの上にある蠟燭《ろうそく》の火がちらつくなか、席についている人びとが見えた。ほかにも店内を歩きまわっている人影があった。わたしは玄関ドアを見た。ドアは真っ黒で、白いペンキで〈ジ・アサイラム〉と書かれている。

もう引き返すには遅い。なかに変な人がいないように祈ろう。

わたしは不安でびくびくしながら、少し震える指でドアを押しあけた。鍵のかかっていないドアがゆっくりと、重々しく開いた。なかはこぢんまりしたロビーになっており、星の形をしたランタンが天井から鎖で吊るされ、弱い光を放っている。そして印刷され額装されたちいさな注意書きがかかっていた。〈この門をくぐる者はいっさいの希望を

捨てよ〉

いったいここはどういう店なの？

わたしは数歩店内に入ったが、とめる人は誰もいなかった。テーブルと椅子が置いてあって、テーブルの上には革装の本、古風なペンホルダーに挿《さ》された銀色のペン、インク壺がある。そのそばに、金色の文字で〈ジ・アサイラム〉と書かれた黒いブリキの缶があった。

バーへの入口はあいていて、わたしはまばたきしてなかの暗さに目を慣らしながら、慎重に入っていった。とても洗練されたしゃれた服装をした人びとがいて、テーブル席でお酒を飲み、静かに会話しているささやきが聞こえる。ワイングラス、シャンパンのフルートグラス、カクテルのタンブラーがシャンデリアの光を受け、きらきら輝いていた。でもわたしの目はその向こうの、バーの奥に引きつけられた。檻《おり》がいくつも天井から鎖で吊りさげられていて、それぞれの檻のなかには人がいる。わたしは目をこらした。

わたしが見ているものは現実なの？

黒い下着しか身に着けていない女性は、両手を長い鎖付きの手錠で縛られていた。彼女は高いスティレットヒールをはき、その脚には革紐が交差するように巻かれている。顔の半分を隠している仮面にちりばめられた金属がきらきら光り、髪はきつく縛られていた。彼女は檻の柵をつかみ、さりげなく官能的な動きをしながら、限られた空間のなかでできるだけ手脚を広げていた。ほかの檻に入っている人間も同じだった。ほとんど裸に近い格好をした女性たちが、顔を隠し、なんらかの方法で縛《いまし》められている。ひとりだけいる男性は、ちいさな革のパンツをはいている以外は裸だった。彼はスパイク付きの首輪で檻の天井につながれ、じっと床を見つめている。

目の前の光景はいったいどういうことなのか理解しようとしていると、高級そうなビジネススーツに身を包んだ男性が檻のひとつに近づいていった。檻のなかの女性は座った姿勢でじっとして、観察されている。男性が身を乗りだして彼女に何か言うと、彼女は頭をさげて、彼の前にからだを沈めるようにして深々とお辞儀をした。また男性が何か言って、女性はかすかにうなずいた。次の瞬間、彼は檻をあけ、彼女の左右の手首をつないでいる鎖を手に取って、彼女を檻から引きだした。女性は無抵抗で彼に従い、ふたりはテーブルを縫って歩いていった。

何が起きているの？　ここは一種の売春宿ということ？　ミスター・Rと恋人は本当にこんなところに来たの？

「何をしている？　おまえは誰だ？」

その声は鋭く厳しかった。わたしは飛びあがり、ふり向くと、男性が立っていた。一見、普通の人に見えた――中背で黒い服を着ている――けど、わたしはぞっとした。頭は剃りあげられ、顔と頭皮の半分に渦のような原始的な模様の刺青がほどこされていた。

ものすごく異様でこわかった。彼はその目に怒りと凄みをみなぎらせてわたしをにらんでいた。その目の色はあまりにも淡く、ほとんど白に見える。

「いったいどうやって入った？」彼は詰問した。近くにいる人びとがこちらを見たが、入口近くの騒ぎに興味はないらしい。よくあることなのだろうか。

「わ……わたし……ドアがあいていて……」わたしはつかえながら言った。顔が赤くなってくる。また手が震えはじめるのを感じた。「だからわたし……」

「ここは会員制のクラブだ。メンバーしか入れない」彼は厳しく言った。「ここはおまえのような部外者が来るところじゃない。こそこそかぎまわるのはやめて、すぐに出ていけ」

彼のまなざしに激しい軽蔑が感じられた。わたしはまるで自分が何か悪いことをして、みんなの前で叱りつけられているような気がした。彼の脅しに萎縮し、どうしようもないばか者になった気分だ。

「聞こえただろう」彼は意地悪く言った。「出ていけ。いますぐ。それともわたしに連れだされたいか」

わたしはなんとかからだを動かし、彼の脇をすり抜けてこぢんまりしたロビー、そして店のそとへと出た。通りに出る階段を登るとき、たったいま起きたことのショックで目がじんと痛くなり、からだが震えた。

なんの意味もなかった。いったいなぜ、このおぞましい街で自分の居場所を見つけられるかもしれないと思ったのだろう？　あんなに無駄遣いをしてちゃんとした女性のふりをしたって、自分がばかなのは変わらないのに。

何もかも絶望的に思えた。アダムに捨てられて当たり前だ。わたしは自分がなりたいとあこがれるような女性にはぜったいになれない。街灯の下に立ちつくし、情けなくて泣けてきた。あまり人通りがなくてよかった。わたしはコートのポケットをまさぐり、ティッシュがないかと探した。涙で顔がぐしょぐしょになっている。大きな音をたてて洟《はな》をすすり、手の甲で涙を拭いた。ほんの二言三言、不親切な言葉を言われただけでこんなに情けないことになって、ひとりぼっちだと感じている。

「きみ、どうしたんだい？」

わたしは声のしたほうを見あげたが、涙でよく見えなかった。でもその声に聞きおぼえがあった。確かに聞いたことがある声だ……。

「泣いているじゃないか。だいじょうぶかい？　道に迷ったの？」

あの人だった。街灯の明かりでその顔が明るく照らされ、心配そうな目が見えた。わたしが彼だとわかって愕然《がくぜん》としたのと同時に、彼の表情が変わった。ミスター・Rは眉をひそめながらほほえみ、困惑しているように見える。「きみはセリアのフラットに泊まっている子じゃないか。こんなところでいったい何をしているんだ？」

「わたし……わたし……」わたしは目をしばたたいた。信じられないほど彼が近くにいて、そのせいで一瞬、まともに考えられなかった。わたしが考えていたのは、なんて美しい目なのだろうということだけだった。力強い眉の下で強い光を宿している。それになんて完璧な唇だろう。あんな唇にキスされたらどんなふうに感じるのだろうか。あんなハンサムな顔にふれたら？　思わず手を伸ばしてそのあごの輪郭をなぞり、伸びはじめているひげにふれたくなる。

「道に迷ったのかい？」彼は心配そうな顔だった。

わたしはうなずき、泣きやもうとした。「散歩に出かけて」ああ神さま、どうかもう、しゃくりあげないようにさせてください……。「思っていたより遠くまで来てしまったみたい」

「ねえ」彼の黒い目が街灯の光を受けてきらめいた。「もう泣かないで。だいじょうぶだから。ぼくが送っていってあげるよ」

「でも……」わたしは彼がクラブに行くつもりではないかと訊こうとしたが、そんなことを言ったら自分のしたことがばれてしまうと気づいた。「……あなたは用事があるんじゃないの？　せっかくの夜なのに迷惑をかけたくないわ」

「ばかなことを」彼はぶっきらぼうに言った。「きみをここにひとりにしておけないよ。送っていくと言っただろう」

怒らせてしまったのではないかと心配になった。彼はポケットから電話を取りだし、手短にメールを打って送ってから、またわたしを見た。その顔が妙に厳しい。「さあ、これでいい。きみの居るべき場所に帰ろう」

驚いたことに、ミスター・Rといっしょにソーホーの通りを歩いてフラットに戻るあいだに、わたしの涙はすっかり消えてしまった。彼はしわひとつないビジネススーツ姿で、並んでみて、身長は百八十センチ以上だとわかった――百六十五センチのわたしよりずっと高い。彼はわたしを置いていかないように歩く速さを遅くして、わたしと並んで歩いてくれていた。わたしはまるで、ヘリウムが入った風船のようにふわふわした気分だった。気をつけていないと、いまにも宙に浮かんでしまいそうだ。

ファストフードの店の入口にたむろしている若い観光客の集団を通り抜けるときには、彼はわたしの背中に手を置いてその人込みのなかを導いてくれた。人込みを抜けると、わたしは彼にさわられた興奮がからだじゅうを駆けめぐっていて、話もできなかった。

彼が手を離したとき、すごくさびしく感じた。

「かなり遠くまで来てしまったんだな」彼は言って、顔をしかめた。「地図は持ってこなかったのかい？　携帯電話に地図アプリは入っていないの？」

わたしはまぬけな気持ちで首を振った。「ばかだったわ」

彼は一瞬わたしをこわい顔でにらみ、つぶやくように言った。「本当にばかだよ。危険な目に遭うかもしれないんだぞ」それから怒りをやわらげた。「どうやらきみはロンドンのことをよく知らないみたいだな」

「ええ。はじめてなの」

「そうなのかい？　それではセリアのことはどうして知っていたんだい？」彼はさっき、わたしに怒っていたが、もうそれは忘れたようだ。そのまなざしが温かかった。

「彼女はわたしの父の名付け親なの。彼女のことは物心ついたときから知っているけど、あまり親しくはなかった。つまり、何度か会ったことはあるけど、いままで一度も彼女の家を訪ねたことはなかったの。彼女にフラットの留守番を頼まれてびっくりしたわ」

「まあ、きみがそのチャンスに飛びついた理由はわかるよ」

人はわたしたちがカップルだと思うだろうか？　彼をわたしの恋人だと思う？　彼は信じられないほどすてきだけど、でも……。

メイフェアを目指して西へ歩きながら、わたしは彼のすべてを観察した。彼の手は美しかった。力強くて大きくて、指先が角張っている。その手に肌を愛撫されたら、その手が自分のむきだしの背中に置かれたらどんな感じだろうと思ってしまう。そんなことを考えたせいでかすかに身震いした。彼の着ている服はとても高そうで、その身ごなしは気取りがなく、彼のようにすてきな人にならあってもおかしくない傲慢さが感じられなかった。

彼はセリアのことを話しはじめた。互いのフラットが向かい合っているのがきっかけで知り合いになったそうだ。

本当に？　そうなの？

わたしは知らないふりをした。彼はわたしが自分をのぞき見ているとは思っていないようだった。

「彼女のフラットはすごいだろう？」彼は言った。「一度か二度、あがってコーヒーをごちそうになったことがあるんだ。すごい女性だ。本当に興味深い人だよ――彼女がしてくれたキャリアの話のおもしろさといったら！」彼は笑いながら首を振り、わたしも笑った。彼はわたしの父よりもセリアのことをよく知っているみたいだ。彼の話を聞いて、わたしもセリアともっと仲良くなりたくなった。

「自分が彼女ぐらいの歳になったとき、あんなふうになれたらいいなと思っているんだ」彼は言った。「優雅に歳をとり、でも生きることへの意欲はそのままで。だが彼女のことを心配もしている。いくら元気に見えても歳はとる。彼女は少しでも自分が衰えたなんてぜったいに認めないけど、ぼくはそっと見守っているんだ。万が一何かあったらいけないからね」

彼は親切でもある。ああ神さま、もうわたしをどうにでもして！

「でもきみもセリアを知っているだろう？」彼は冗談めかした口調で言った。「〝まだ〟

七十二歳だって。彼女はずっと元気なんじゃないかって気がするよ。ぼくたちが階段を登るのに疲れているとき、彼女はエベレストに登ったりして、ぼくたちよりずっと長生きするんじゃないかと」

わたしの涙はすでに乾き、道に迷ったわたしにたいする彼の怒りも消え、ふたりのあいだの雰囲気が軽くなっていた。もうランドルフ・ガーデンズの近くだ。わたしは歩く速さを少し遅くして、彼といっしょにいられる時間を引きのばそうとした。もうすぐうちに着く。そうしたら彼とは別れなければいけない。それがいやだった。ふたりのあいだに確かに感じられるぴりぴりした感覚が、心地よかった。

そのとき彼が立ちどまり、わたしのほうを見た。「きみはひとりなんだろう？」

わたしはうなずいた。彼は一瞬、探るような目でわたしを見て、それから言った。

「ぼくのフラットに寄っていかないか？　コーヒーでも飲めば落ち着くだろう。動揺したままでセリアのフラットに戻ってほしくない。それに、ぼくのことばかり話していて、きみのことはまだ何も聞いていないよ」

彼の声はすてきだった。温かみがあって感じがよく、心に訴えかけてくる深みのある声だ。彼のフラットでコーヒー？　わたしの心臓は早鐘《はやがね》を打ちはじめ、からだが震える。

「よろこんで」わたしは言ったが、自分で思っていたより声がうわずってしまった。「うれしいわ」

「よし。じゃあそうしよう。行こうか」彼は階段のほうを向いたがふと足をとめ、ふり向いてわたしを見た。気が変わったのだろうかと、わたしは立ちすくんだ。でも彼はこう言った。「ぼくはまだきみの名前も知らない」

「ベス。ベスというの」

「ベス。いい名前だ」彼はにっこりと笑った。見る者の胸をどきっとさせるほほえみだった。「ぼくはドミニク」

そう言うと、彼はフラットの建物に入り、わたしもその後に続いた。

エレベーターに乗りこんでふたりのからだが近づくと、ぴりぴりとした感覚が押し寄せてきて、わたしは息をするのも難しかった。顔をあげて彼を見ることもできないのに、彼の腕が自分の腕にかすかにふれていること、ほんの少し動いただけでふたりのからだが密着することをものすごく意識していた。

エレベーターがとまったらどうしよう？　ふたりで閉じこめられてしまったら？　ふいにわたしは想像のなかで彼に唇を奪われ、その腕に抱きしめられた。ああどうしよう。その想像でからだが奇妙に反応してしまう。わたしは上目遣いに彼をちらっと見てみた。この不思議なぴりぴりした感覚を、彼もぜったいに感じているはずだ。

ようやくエレベーターががくんととまり、ちゃんと息ができるようになった。彼に続いて廊下に出る。自分が向かいの建物にいるなんて変な感じがする。建物のなかを進むに従って、わたしはだんだんどきどきしてきた。それに何もかも同じなのに造りだけが逆の建物というのも奇妙だった。彼が玄関の鍵をあけて部屋に通してくれたけど、自分がまるで『鏡の国のアリス』の世界に踏みこんでしまったような気がした。

ドミニクは笑った。「ようこそ。それから安心してくれ——さっき言っておこうかと思ったんだが、ぼくは斧を使う殺人犯じゃない。とにかく木曜日はそうじゃないから」

わたしは笑った。彼といて危険かもしれないなんて、一度も思わなかった。彼はセリアの友人だもの。彼がどこに住んでいるかも知っている。だいじょうぶ。

なかに入ってまず目に飛びこんできたのは、玄関の姿見に映った自分の姿だった。次に、洗練されていた見た目がどうなったのかに気づいて愕然とする自分の顔。昼間はきれいにくるくると巻いていた髪は、カールがとれてだらりと顔のまわりにかかっていた。メイクもすっかりとれて、青白いほお、泣き腫らした赤い目、その目の下にはマスカラがにじんでいる。なんてすてき。ミス・洗練なんてほど遠い。

「もう」わたしは口に出して言った。

「どうした?」彼はジャケットを脱ぎながら言った。その動きでシャツの下の筋肉質な腕の輪郭がわかった。

「マスカラが落ちてしまって。ひどい顔だわ」

「ほら」彼はそばにやってきて、親指でわたしの目の下をそっとこすった。

わたしは息をのんだ。彼の指の感触は温かくやわらかかった。彼はわたしの目をじっと、真剣な表情で見つめた。その親指の動きがとまり、ほかの指はわたしのほおの上にあった。手のひらでほおを包んでくれるのかと思った。そうしてほしい。わたしはまばたきしてそっと息を吸う。その瞬間、彼はわれに返った。手をひっこめ、目をそらして「コーヒーを淹れるよ」と言うと彼は台所に消え、わたしはひとり残された。

わたしの思い過ごし？　それともあれは、わたしたちの特別な瞬間だった？

「ミルクと砂糖は？」彼が訊いた。ケトルの湯が沸いている音がする。

「ええと――ミルクだけでお願い」わたしは答え、鏡を見ながら必死に髪を手櫛で整えようとしたけど、彼が戻ってきたからやめた。

「コートを預かるよ。これは暑すぎるんじゃないか？」彼がコートを脱がせてくれた。

わたしは彼が、さっきのような瞬間を避けるために、わざと事務的に対応しているような気がした。

「わたしは……その……肌寒かったの」わたしは苦しい言い訳をした。「気温の変化に弱くて」

彼はわたしを居間に連れていって、長いソファを指した。「座って。飲み物を持ってくるから」

わたしはゆっくりとソファのところに近づき、あたりを見まわした。すでに窓越しにこのフラットの様子を見ていたけど、なかに入るとぜんぜん感じが違う。まず、遠くから見るよりもずっと贅沢でおしゃれな部屋だった。考えてみれば、こんな高級住宅街のフラットに住める男性は内装にも贅を尽くせて当たり前だ。とてもモダンで、灰褐色と灰色で色調を統一し、アクセントに黒を使っている。ソファはオフホワイトで、その上には灰色と白のふかふかのクッションが載っている。L字型に置かれたソファの前に、御影石の台の上に大きなガラス板を載せたコーヒーテーブルがあり、エレガントな黒の肘掛け椅子が二脚、ソファと向かい合わせに置かれていた。光沢のある白木のサイドテーブルの上には黒いシェードの大きなランプ。部屋のあちこちに優美な陶器——異なる大きさの白い花瓶三つ、大きな半球形の上に黒い渦を描いた装飾品——それに民族美術が飾られている。メインの壁には、黒檀《こくたん》を彫刻した仮面、そして大きな白黒の写真がかかっていた。はじめは抽象画だと思ったけど、よく見たらそれは鳥の群れが飛びたつところを撮影したものだった。速い動きのせいで羽も胴体もぼやけている。その壁には壁紙ではなく、布——目の粗い麻《ヘンプ》のような素材——が張られていた。床には、ちいさな子どもやペットがいたら考えられないような、毛足の長い白のウールの絨毯が敷かれていた。暖炉の上の壁に大きなフラットスクリーンのテレビがかかっており、暖炉の上にはチャーチキャンドルがいっぱい載っていた。いまは火はともっていない。窓の近くにはたくさんのお酒が載ったドリンクテーブルがあった。

わたしはソファに座り、そういうものすべてを眺めた。

わお。まさに独身貴族の部屋だわ。

男性的だけど、息詰まるほどではない。あらゆるものが非常に趣味がよく、さすがだと思った。

ふと奇妙な家具が目に留まった。スツールか低い椅子のようだけど、どうも違う。両側に肘掛けがついているのではなく、片側にふたつ、かなり離れて肘掛けがあり、逆側は低い、丸みをおびた背もたれのようになっていた。

変なの。いったいこれはなんだろう？

わたしの脳裏に、あるイメージが蘇った。さっきクラブで見た光景だ。女性が檻のなかで柵にもたれて身もだえしていて、鋲打ちの仮面の奥に見えた彼女の目はぎらぎらと輝いていた。そして彼女は、飼い慣らされたポニーのようにおとなしく男性についていった。ドミニクは恋人とそんな店に行ったのだ。わたしの心にはじめて、疑いのようなものが湧きおこった。わたしは彼の見た目、そのオーラ、そのやさしさに夢中になっているけど、もしかしたら彼は外見ほど単純な人間ではないのかもしれない。

そのとき、ドミニクがコーヒーポット、ピッチャー、カップふたつが載ったトレーを持ってやってきた。彼はトレーをガラステーブルの上におろし、わたしの隣のソファに座った。ふたりの距離は近いけど、馴れ馴れしいほどではない。

「さあ」彼はコーヒーを注ぎ、わたしのカップにミルクを入れて手渡しながら言った。「今度はきみのことを聞かせてくれ。どうしてロンドンに来たんだい？」

わたしはもう少しで、こう言ってしまいそうだった——失恋して、その傷を癒やすために。でもそれは少し個人的すぎるような気がした。「あたらしい場所で自分の力を試すためよ。わたしはちいさな町で生まれ育ったから、自分の翼を広げたいと思っているの」コーヒーは熱くていい香りがして、まさにいまのわたしに必要なものだった。ひと口飲んでみる。とてもおいしい。

「きみは正しい場所に来たよ」彼はなるほどという感じでうなずいた。「ロンドンは世界でいちばんすごい街だ。ぼくはニューヨークもパリも好きだし、人になんと言われてもＬＡが気に入っているけど、でもロンドンは……ほかのどの都市もかなわない。それにきみがいるのはロンドンの中心だ！」彼は道路に面した窓のそとを示した。夏の夜、周囲の建物の数えきれないほどの窓に、明かりがともっている。

「確かにとても運がよかったわ」わたしは正直に言った。「セリアがいなかったら、来られなかったもの」

「彼女もきみが来てくれて助かっているよ」彼がそう言ってわたしにほほえみかけたので、わたしは緊張した。もしかしてわたしの気を引こうとしている？

彼のそばにいると胸がどきどきしてくる。白いシャツに覆われた広い肩がすぐ近くにある。褐色の肌が発する体温を感じられるような気がする。彼の唇の形を見て、わたしは呼吸が浅くなり、興奮のざわつきのようなものがお腹のあたりとひそかな場所に渦を巻いた。どうしよう。彼にこんなに影響されていることを、気づかれませんように。わたしはもうひと口コーヒーを飲んで、なんとか気を落ち着けようとした。目をあげると、あの黒い目がじっと見つめていて、わたしは息をのんだ。

「それで、これまでのところ、ロンドンをどう思った？」

こんなにおどおどすることはないと思うのだけど、彼の魅力の何かがわたしを、なんとか克服しようとしている昔のぶきっちょなベスに後戻りさせる。わたしはつかえたり、言葉に迷ったりしながら、いままでロンドンで見たものを説明した。鑑賞した美術品や観光した場所について気の利いたことを言いたかったのに、観光客が名所を並べたてているだけみたいな話になってしまった。でも彼は本当に愛想よく、興味深そうに質問をしてきたり、わたしの話に感心した様子を見せたりした。そのせいでますますわたしがぎこちなくなってしまうことに、彼は気づいていないみたいだった。

「ウォレス・コレクションの細密画がとても気に入ったわ。それにパンプルムス夫人の肖像画も」わたしは芸術通を気取って言った。

彼は変な顔をした。「パンプルムス夫人？」

「ええ」わたしは自分の知識をひけらかせるのがうれしかった。「ルイ十五世の愛人よ」

「ああ」彼はわかったという顔になった。「ポンパドゥール夫人のことだね」

「ええ、そうよ。ポンパドゥール夫人。そう言ったつもりだけど」わたしはうろたえた。

「わたし、なんて言った?」

「グレープフルーツ夫人《パンプルムス》と」彼は吹きだした。「グレープフルーツ夫人! これは傑作だ」彼は頭をそらし、完璧に白い歯を見せて大笑いした。深みのある笑い声が部屋に響く。

　わたしも笑ったけど、ばかなことを言った自分が恥ずかしくてたまらなかった。顔を真っ赤にして笑ってごまかそうとしたけど、涙がこみあげてくるのがわかった。ああ、お願いだからやめて! こんなことでめそめそするなんて。ばかばかしい——厳しく自分に言い聞かせれば言い聞かせるほど、事態は悪化した。自分でばかなことをして、今度は赤ん坊みたいに泣きだすなんて。わたしはなんとかこらえようとして、ほおの内側をきつく嚙んだ。

　彼はわたしの表情に気づいてすぐに笑うのをやめ、まじめな顔になった。「おい、そんなに気にしないで。だいじょうぶ、誰のことを言ったのかすぐにわかったよ。ただすごくおかしかったから。でもきみを笑っていたわけじゃない」彼は手を伸ばして、わたしの手に手を重ねた。

彼の手がふれた瞬間、不思議なことが起きた。彼の肌とわたしの肌がふれた部分がぴりぴりして、燃えあがりそうに熱くなった。まるで電流のようなものが流れるのを感じて、わたしはぞくっとし、びっくりして顔をあげて彼の目を見つめた。はじめてまじまじと見ると、彼もまっすぐわたしを見つめ返してきた。当惑といってもいいような、驚きの表情を浮かべて。まるで彼も、まったく予想していなかったものを感じたみたいに。そのときわたしには、本物の——礼儀やしきたりの仮面の下の——彼が見えるような気がした。そして彼にも、本物のわたしが見えるのだと感じた。

わたしたちは毎日、生活しているなかで、数えきれないほどの顔が意識の上をよぎっていく。電車やバスのなか、エレベーターやエスカレーターに乗っているとき、店で、カウンターで、仕事の行き帰りに、たくさんの顔を見て、そのたびにちいさな弱い結びつきがつくられ、すぐに壊れていく。一瞬、他人の存在を認め、彼らの人生、歴史、動かしえない過去がこの出会いの瞬間をもたらしたことを理解し、結びつき、そして次の瞬間には、彼らから目をそむけ、道を分かち、別々の未来に向かって、結びつきを断つ。

しかしいま、ドミニクの目を見つめて、彼を知っているように感じる——ほとんど他人なのに。年齢差や経験の違いはまったく関係ない。どういうわけか、わたしたちは互いに相手を知っているのだと感じた。

わたしたち以外の世界は薄れ、消えた。わたしに感じられたのは、自分の手に重ねられた彼の手の感触、全身を駆けめぐる興奮、深い結びつきだけ。わたしが見つめている彼の目は、わたしの存在の中心を射るようで、何もかも知っているみたいだった。その瞬間にわかった。彼はわたしを理解してくれる、彼も同じように感じているはずだと。

わたしたちは永遠にそのままとまっていたように感じたが、じっさいには数秒間だったのだろう。わたしはじょじょに状況をつかみ、潜水していたスイマーが水面にあがってくるように現実に戻ってきて、これからどうなるのかという期待に身を震わせていた。

ドミニクは、驚きと当惑、両方を顔に浮かべていた。想像もしていなかったことが起きたというみたいに。彼は口をあけて何か言おうとしたが、そのとき玄関から物音がした。ドミニクがそちらに目を向け、わたしもそちらを見たとき、女性がつかつかと入ってきた。彼女は夏の夜にはそぐわない長い毛皮のコートを着て、不機嫌な顔をしている。「いったいどこにいたの？」彼女は部屋に入ってくるなり詰問したが、わたしを見て口を閉じ、刺すようなまなざしでわたしの上から下までじろじろと眺めた。「あら」彼女はドミニクのほうを見た。「こちらは？」

魔法のようなわたしたちのつながりは消えた。彼はわたしの手の上からさっと手をひっこめた。「ヴァネッサ、ベスを紹介するよ。ベス、こちらは友人のヴァネッサだ」

わたしはもごもご挨拶した。このあいだ見た女性だ。これで名前がわかった。ヴァネッサ。彼女にぴったり。

「ベスは向かいのフラットに滞在しているんだ」ドミニクは続けた。彼はとても落ち着いているようだったけど、冷静な上辺の下で少し狼狽しているのがわたしには感じられた。「近所だからコーヒーに誘ったんだ」

ヴァネッサはうなずき、わたしに挨拶した。「それはいいけど」彼女は冷ややかに言った。「わたしたち、一時間前に待ち合わせていたのよ」

「ああ、悪かったよ。ぼくのメールは受けとった？」

彼はソーホーの通りでわたしを助けたことを話すつもりはないみたいだった。

彼女は黙ってドミニクを見つめ、いかにもわたしのいる前で話したくなさそうなそぶりだった。わたしはすぐに席を立った。

「コーヒーをごちそうさま。ドミニク、おいしかったわ。もう帰らなくちゃ。こんなに長いあいだ、デ・ハヴィランドをひとりぼっちにしてしまって」

「デ・ハヴィランド？」

「セリアの猫よ」わたしは説明した。

ヴァネッサはおかしそうな顔をした。「猫の面倒を見てあげているの？　なんてやさしい。それなら引き留めたらいけないわね」

ドミニクも立ちあがった。「本当にいいのかい？　ベス。コーヒーの残りを飲んでいかないで」

わたしは首を振った。「ええ、せっかくだけど。今日はありがとう」

彼は玄関までいっしょに来て、コートを手渡してくれた。わたしは彼の目を見つめた。あれは本当にあったことなのだろうか？　彼は前と少しも変わらない、親切で礼儀正しい他人。でも……やっぱり黒い瞳のなかに何かが見える気がする。

「気をつけるんだよ、ベス」彼はわたしを送りだして、低い声で言った。「きみとはまた会う気がする。すぐに」

そのとき彼はかがんでわたしのほおに軽く唇をかすめた。わたしたちの顔がふれ合ったとき、わたしは唇を彼のほうに向けたいのを必死で我慢した。本当は唇にキスしてほしかった。彼にふれられた肌が焼けるようだ。

「そうだといいわ」わたしはため息をつくように言った。そしてドアが閉じ、わたしはエレベーターのほうへ歩きながら、力の抜けたひざでセリアのフラットまでたどりつけるだろうかと思っていた。

6

受信ボックスはいっぱいだったけど、大部分はジャンクメールだった。わたしは削除しながらスクロールしていって、なぜ自分はこんなにたくさんのゴシップやショッピングのサイトにメール登録しているのだろうと思った。わたしの前には、冷めたカプチーノの大きなカップがあった。ミルクの泡の上にチョコレートパウダーが振りかけられている。ここは無料のＷｉＦｉがあるコーヒーチェーン店で、お客はみんな飲みかけの飲み物を前にノートパソコンを広げている。わたしはローラからのメールを見つけてクリックした。彼女はいまパナマを旅していて、メールに何枚か写真を添付してくれていた。重そうなバックパックを背負っている彼女。カメラに向かって笑顔を向けている彼女。ジャングルを背景にした彼女。それに信じられないほどすばらしい風景も。

〈いっしょに来られたらよかったのに〉と彼女は書いていた。〈帰ったらすぐに会おうね。たのしい夏休みをアダムとラブラブで過ごしてね。ハグ＆キス、ローラ〉

そのメールを見て、なんて返事をしたらいいのかわからなかった。彼女はわたしがまだ実家にいて、昼間はカフェで働き、夜はアダムといっしょに過ごしていると思っている。わたしはずいぶん遠くに来てしまった。それに自分の冒険はまだはじまったばかりという気がしている。一瞬、そういうことを全部書いて彼女に送ろうかと思ったけど、まだ打ちあける気分にならない。わたしの秘密はもろくて不思議で、まだしっかりした現実にはなっていない。もし不用意に話してしまったら、だめになってしまうかもしれない。

昨夜のドミニクとの特別な瞬間を思いだして、からだに心地よい震えが走った（彼はすぐにドミニクになった——ミスター・Rという名前はいまではばかげて子どもっぽく思える）。あの顔、あの瞬間的なつながりを思いだしただけで、わたしのなかのすべてがくるくると回りだし、まるでジェットコースターで全身を駆けめぐっているみたいに感じた。うれしくてたまらない。

でも……ヴァネッサがいる。彼の恋人。彼の部屋にいて、待ち合わせしていた人。とはいえ彼はわたしとソーホーで会ったことを彼女に言わなかった。わたしを助けるために彼女との待ち合わせをすっぽかしたことも。

そんなのなんの意味もない。

それでも……期待したっていいでしょう？

わたしは手早くローラにメールを打った——旅をとてもたのしんでいるみたいね、早く会っていろんなことを話したい——そのメールを打っている途中で、また別のメールが受信ボックスに届いた。ローラへのメールを送ってから、届いたメールを見てみた。記憶にないアドレスからのメールだった。誰？　一瞬わからなかったけど、すぐに思いだした。面接してくれた画廊のオーナーだわ。
わたしはメールを開いた。

親愛なるベス

昨日はきみに会えて本当にたのしかった。あのあと何人かの候補者を面接したが、誰もきみのような熱意と、いっしょにたのしく働けそうだと感じさせる何かをもってはいなかったよ。もしきみがまだ興味をもっているなら、夏のあいだ画廊のアシスタントを引き受けてもらえないだろうか。話し合いに都合のいい時間を教えてくれたら、こちらから電話をかけよう。
返事を待っている。

ジェイムズ・マクアンドルー

わたしはそのメールを見つめ、三度読み直してようやく理解した。ジェイムズがわたしを雇ってくれる。わあ、すごいわ！　わたしは天にも昇る心地だった。昨日は完全な失敗というわけではなかった――わたしのイメージチェンジは一方面では効果があったのだから。こんなふうにきちんとした画廊で仕事を見つけられるなんて、とても運がいい。

これが将来への第一歩になるかもしれない。

わたしはすぐに、まだ興味があること、彼のところで働きたいと思っていることを返信した。いつでも携帯電話に電話してくれてかまわないと。そのメールを送るやいなや、テーブルの上に置いてあった電話が鳴った。

わたしはさっと電話をとった。「もしもし？」

「ベス。ジェイムズだ」

「こんにちは！」

「わたしのあたらしいアシスタントになってくれるって？」彼がほほえみながら話しているのが感じられる。

「ええ、お願いします！」わたしも満面の笑みを浮かべた。

「いつから来られる？」

「月曜日では？」

彼は笑った。「きみには確かに熱意がある。では月曜日にしよう」彼は仕事について、そして給料について少し話した。わたしがカフェで稼いでいた金額と似たような給料だったが、駆け出しの仕事の現実はそんなものなのだろう。それでは月曜日に待っているよと彼は言った。わたしは彼がチャンスを与えてくれたことに心からお礼を言って、すごくいい気分で電話を切った。これはロンドンがわたしに扉を開いてくれたということ？　わたしは両親にこのいいニュースをメールし、すべて順調だと知らせた。コーヒーショップの窓のそとでは、黄金色の陽光が街を照らしていた。働きはじめる前の最後の自由の日々――出かけて最大限にたのしまないと。

わたしはコーヒーを飲みほし、ノートパソコンをしまってフラットに戻った。荷物を置いてから、ナショナル・ギャラリーと、見逃せないいくつかの美術館に出かけた。何もかもきらきら輝き、刺激的に見える。気分が違うだけですべてが変わって見えるなんて驚きだ。ナショナル・ギャラリーは広すぎてとても一度では回り切れないとわかったから、仕事に役立ちそうな二十世紀のヨーロッパ美術の部屋を集中して回り、それからドラマチックな構図と鮮やかな色彩のルネッサンス期の名作を鑑賞した。

黒いライオンたちが噴水を見守るトラファルガー広場に戻ったわたしは、この爽やかな夏の日を屋内で過ごすのは犯罪だと思った。観光客や買い物客の人込みを縫うように歩いてフラットに戻ったわたしは、ラグ、サングラス、本、水とフルーツを少し用意すると、建物の裏の庭に行ってこの前来たテニスコートのそばにラグを広げた。テニスコートは無人で、ドミニクはいなかった。たぶん仕事だろうけど、なんとなくがっかり。

彼はどんな仕事をしているのだろう。今週、彼は平日にテニスをしていたから、時間に融通の利く仕事かもしれない。ひょっとしたらだけど。

わたしは寝そべって本を読みはじめた。日光に肌が温められて気持ちいい。でもどんなに本に集中しようとしても、どうしてもドミニクと昨夜の特別な瞬間のことを考えてしまう。彼も感じたはず、それは確かだ。彼はうろたえ、わたしたちのあいだのつながりの強さに当惑していた。まるで「この子が？　でも……そんなはずはないのに……」と思っているみたいだった。

わたしはうっとりとため息をつくと本を置いて目を閉じ、彼の顔、彼の目、彼がわたしの肌にふれた感触と、電流が流れたような衝撃を思いだしていた。

ベス。

彼がすぐそばにいるみたいに、その声が聞こえる。低くて深みのある音楽的な声にぞくぞくしてしまう。わたしは吐息を洩らし、手を胸の上に置いて、本当に彼がいたらいいのにと願った。

「ベス？」

声は大きく、問いかけるように響いた。わたしは目をあけて息をのんだ。ドミニクがわたしの横に立ってほほえみかけている。「驚かせてごめん」彼は言った。

わたしは上体を起こし、目をぱちぱちさせた。「ここで会うとは思っていなかったわ」

彼はだぼっとしたジーンズと白いTシャツを着ている。すてきだった――ビジネススーツもいいけどカジュアルな装いも似合っている。彼の目に、不思議な、読めない表情が浮かんでいた。「正直、自分でもなぜここにいるのかわからない」彼は言った。「上で仕事をしていたらふいに、庭に来ればきみに会えると強く感じたんだ」彼は両手を広げた。「そうしたら本当にきみがいた」

わたしたちは互いを見つめてにっこりした。少しぎこちなかったけど、それは表面だけ。昨夜のつながりは、まだわたしたちのあいだでくすぶっていた。

「それで、何をしているんだい？」

「日光浴よ。いい天気をたのしんでいるの。本当はものすごくだらだらしているだけ」

彼はそこに立ったまま、わたしを見おろしていた。「今日はもう仕事を終わりにしてもいい。いっしょに出かけないかい？　近くに庭のある感じのいいパブがあって、うまいピムスを出すんだ。ぼくが思いつく最高のだらだらはそこに行くことだよ。きみとね」

「行きたいわ」

「よかった。きみが知らないロンドンを案内してあげられると思うよ。上に行ってちょっと取ってくるものがある。二十分後に玄関の前で待ち合わせようか？」

「いいわ」わたしはうれしくなって、彼にほほえみかけた。

二十分でショートパンツとTシャツから花柄のサンドレスに着替え、スニーカーからきらきらしたサンダルにはき替えた。一瞬迷ったけど、セリアのクローゼットからレースのショールを取りだして肩に巻いた。金色に染めた髪をポニーテールにまとめてサングラスをかけたわたしの格好は、六〇年代風だ。なんとなくだけど、セリアのショールはわたしに幸運を運んでくれるような気がする。彼女は、わたしが近所の人と仲良くなるのをよろこぶだろうか？　きっとよろこぶはず、とわたしの心のなかの何かが告げている。彼女の声さえ聞こえる気がした。「やってごらんなさい、ベス。思いっきりたのしむのよ！」

ドミニクは建物の玄関で待っていた。彼もサングラス——角張った黒いレイバン——をかけ、携帯のメールを読んでいたが、目をあげてわたしに気づいた。その瞬間、彼は輝くような笑顔になり、携帯をジーンズにしまった。「来たね。よかった。じゃあ行こうか」

わたしたちは他愛ないおしゃべりをしながらメイフェアの通りを歩いた。行き先はドミニクが知っているから、わたしはすべて彼に任せて、裏道を歩き、涼しい路地を通り、ちいさな隠れた広場を横切っていく。人びとはカフェやバーの前の舗道に座り、窓もドアもそよ風が通るようにあけ放たれていた。建物の腕木から吊られたフラワーバスケットが、赤や濃いピンクの彩りを添えている。わたしはわくわくしながら彼と並んで歩いた。まるでつきあっているみたいだし、彼の魅力の一部が自分にも移ったみたい――ほんとうにそうならいいのに。

「着いたよ」わたしたちがパブの前に来たとき、ドミニクは言った。古風な建物で、外壁には蔦《つた》が絡まり色とりどりの花が咲き乱れていた。彼に連れられて入ると、内部は清潔でモダンな感じで、薄暗いバーを通りぬけると美しい庭園のような中庭に出た。鉢植えの木、プランターの草花、緑色の傘の下に置かれた木のテーブル。ウエイトレスがやってきて、ドミニクはピムスをピッチャーで注文した。すぐに来たピムスは氷とフルーツがたくさん入っていて、冷たい紅茶のような色をしていた。薄切りにしたイチゴ、リンゴ、キュウリ、それにミントの葉が泡立った表面に浮かんでいる。

「ピムスがないと夏って感じがしないよ」ドミニクは言って、背の高いグラスにわたしの分を注いでくれた。氷とフルーツがぽとんぽとんとグラスのなかに落ちた。「イギリス人が好むもののひとつだ」

「ときどき、あなたの話し方を聞いていると、あなたはイギリス人ではないみたいに思えるわ」わたしはおずおずと言った。「あなたのアクセントはイギリス風だけど、どこか他所《よそ》の名残《なごり》があるような気がするの」彼のことをもっとよく知りたかった。ピムスをひと口飲んでみる。甘くて香りがよく、ミントの風味が利いていてとてもおいしい。前に飲んだときはこれほどおいしくなかったのに。危ない飲み物だ。アルコールが入っているはずなのに、まったくそんな感じがしない。

「鋭いね」ドミニクは感心したようにわたしを見て言った。「ぼくはイギリス人で、ロンドン生まれだ。でも父は外交に携《たずさ》わっていていつも海外赴任していたんだ。だから幼いころからぼくはさまざまな国に行った。子どものころは東南アジアで長く過ごした。タイに数年間住んだあとで父が香港に転勤になったんだけど、そこはおもしろかったよ。だがぼくがまわりの世界に興味をもちはじめたころ、イギリスに送り返された」彼は少し顔をしかめた。「寄宿学校に」

「好きじゃなかったの？　わたしはずっと、寄宿学校ってロマンティックだと思っていたわ」子どものころ自分も寄宿学校に行きたいと思っていて、夜中の集まりとか寮とかそういうことを考えてはわくわくしていたのを憶えている。お話のなかに出てくる寄宿学校とくらべると、毎日地元の学校に歩いて通い、宿題を鞄に詰めて帰ってくるのがすごく退屈に思えたものだ。

「そういうことじゃない」ドミニクは肩をすくめた。「その遠さはいやなものだよ。休暇でうちに帰る飛行機に乗るのはうれしかったな。でも学校に戻る飛行機に乗せられるのは考えられる限り最悪のことだ」

想像してみた。空港で、ちいさな男の子が泣くまいとがんばり、母親にお別れを言う。

帽子をかぶって手袋をした上品な母親が手を振り、彼は客室乗務員に連れられていく。母親が見えなくなると男の子は涙をこぼしてしまうけど、乗務員にはそれを悟られまいとする。そして座席に座らされ、イギリスへの長くさびしい旅がはじまるのだ。胸が大きく、白髪をきついおだんごにした厳しい顔の寮母が空港で彼を待っていて、学校に連れ帰る。寄宿学校は数マイル四方に何もないさびしい荒野のなかにある陰気な建物で、そこにいるのは母を恋しがる少年たちばかりだ。こう考えてみると、寄宿学校はあまりロマンティックには思えなかった。

「だいじょうぶかい？」

ドミニクがわたしをじっと見つめていた。

「ええ、だいじょうぶよ」

「ものすごく悲しそうな顔をしていたから、どうしたのかと思って」

「あなたが学校に戻るとき、うちから遠く離れて、きっとさびしかっただろうなって思って……」

「戻ってしまえばどうってことなかったよ。いろんな意味ですばらしい時間を過ごしたからね。ほかのふたりと相部屋だったんだけど、うちから自分の羽毛布団を持ちこんで、壁にポスターを貼り、本棚には好きな本を並べられたんだ。ぼくはゲームが好きで、寮にはたくさんのゲームがあった。週末は学校のチームでラグビー、サッカー、クリケットをしたよ」彼はにっこり笑った。「イギリスの寄宿学校についてひとつ言えるのは、すばらしいプールやテニスコートや美術室などがそろっていることだ。ぼくはそれを最大限活用したよ」

わたしの想像のなかの、ディケンズ風の恐ろしいゴシック建築は消え、たのしそうなキャンプ生活が浮かんだ。寄宿学校がまたすばらしいところに思えてきた。

彼は続けた。「寄宿学校は確かに好きだったけど、大学ではもっと視野を広めたいと思ったんだ。だから海外に出た」

「香港に？」

彼は首を振った。「いや、アメリカに行くことにした。プリンストン大に入学したんだ」

聞いたことがある。イギリスで言えばオックスフォードやケンブリッジのような、アメリカでも指折りの大学のひとつだ。たしかアイヴィー・リーグというはず。「たのしかった？」

彼はほほえんだ。「すばらしかったよ」

そう話す彼の言葉は、かすかにアメリカ風に鼻にかかった感じに聞こえた。まるでロンドンでの年月によって薄れてしまった当時のアクセントが、プリンストンの記憶とともに呼び覚まされたみたいに。

「何を学んだの？」わたしはピムスを飲んだ。イチゴのスライスが唇にあたり、わたしは口をあけてそれを舌の上に載せた。お酒の風味でとてもおいしい。イチゴを食べながら、わたしは若いドミニクがアメリカン・プレッピーファッションに身を包み、講義室の椅子に座って教授の熱心な講義を聴きながらノートをとっているところを想像した……。

「ビジネスだよ」彼は答えた。

……ビジネス。教授はビジネスについて熱をこめて講義し、黒縁の眼鏡をかけたドミニクはクラーク・ケントをもっと格好よくしたみたいだったはず。彼は難しい顔で集中していて、眼鏡を鼻のしわの上に載せている。大企業の本質や規制の役割にかんする教授の説明を注意深くノートにとり、そばに座っている女学生は臆面もなく彼に見とれ、彼のそばにいるせいで気もそぞろになり、まったく集中できなくて……。

わたしは彼女がどんなふうに感じているかを想像して無意識にからだが動いた。きっと、いまわたしが経験しているのと同じだったのだろう。わたしは脚をこすり合わせ、その感触に肌がぴりぴりするのを感じた。

「ベス？　何を考えているんだい？」

「えっと……」一瞬で現実に戻った。彼は身を乗りだし、黒い目をおかしそうに輝かせている。「何も。ただ……ちょっと考えごとを」

ほおがかっと熱くなる。「なんでもないのよ」わたしは自分の旺盛な想像力がいやになった。いつもこんなふうに、まるで手でさわれそうなくらい真に迫った別世界に引きこまれてしまう。

「聞きたいな」

彼はやさしい声で笑った。

「プリンストンを卒業したあとはどうしたの？」わたしは彼が心の読める超能力者でないことを祈った。もしそうだったら本当に恥ずかしい。

「オックスフォードで一年、大学院に行き、そこでコネをつくっていまの仕事に就いたんだ。最初の二年間はヘッジファンド業界で働き、投資の経験を積んだ」

「あなたはいくつなの？」

「三十一だ」彼は警戒するような目をした。「きみは？」

「二十二歳。九月に二十三歳になるわ」

彼はどことなく安心したようだった。もしかしたらわたしが歳より大人に見えるタイプなのかと心配していたのかもしれない。

わたしはピムスをひと口飲み、ドミニクもそうした。ふたりでいてとても自然に感じた。でも話している内容を考えたら、わたしたちはまるきり赤の他人だった。

「仕事は何をしているの？」わたしは尋ねた。きっとお金になる仕事だろう。こんなに若くてメイフェアに住めるのだから。もちろん財産を相続しているという可能性はあるけど。

「金融関係、投資だ」彼はあいまいに答えた。「ロシア人の実業家に雇われている。彼はものすごい資産家で、ぼくはそれを管理しているんだ。世界じゅうを飛びまわる仕事だけど、拠点はロンドンにある。それにとても融通が利くんだよ。午後は休みたいと思ったら——今日みたいに」——彼はわたしにほほえみかけた——「休める」

「おもしろそうなお仕事ね」彼が何をしているのかよくわからなかったけど、わたしは言った。じつを言えば、ドミニクがやっていることはなんでも興味深かった。

「ぼくのことはもういい。つまらないよ。今度はきみのことを聞かせてほしいな。たとえば——きみがロンドンでひとり暮らしをしていることを、恋人は気にしないのかい?」

彼はきっとわたしをからかって、わたしがまた赤くなるのを見ておもしろがっているのだろうと思った。「じつは彼はいないの」わたしはぎこちなく言った。

彼は眉を吊りあげた。「本当に？　意外だな」

からかっているのかどうか、よくわからなかった。彼の黒い目は表情が読みにくい。自分がフリーだと言ったのが誘っているふうに聞こえないといいけど、とわたしは思った。そんなふうに思われたら恥ずかしい。それに彼には恋人がいる。もしかしたら、いまがそのことについて詳しく訊くチャンスかもしれない。

「それで」わたしはできるだけ平然とした顔で言った。「あなたとヴァネッサはどれくらいつきあっているの？」

すぐに自分が余計なことを言ってしまったとわかった。彼の表情は閉ざされ、あらゆる感情が消えてしまったみたいだった。さっきまでの親しげな気さくさは消え、冷たく虚《うつ》ろな何かにとって代わった。

「ご、ごめんなさい」わたしはつかえながら言った。「失礼なことを訊いてしまって。そんなつもりでは……」

するとまるでまたスイッチが入ったみたいに冷たいものは消え、さっきまでのドミニクがあらわれた。そのほほえみは少し無理しているようだったけど。「そんなことはない」彼は言った。「失礼なんかじゃないよ」

ほっとした。

「きみがなぜ、彼女とぼくがつきあっていると思ったのだろうと考えていたんだ」

「それは……彼女には、彼女とあなたがとても親しくて、お互いをよく知っているような雰囲気があるから。恋人どうしみたいに……」ああもう。大事なことを話しているのに、どうしてこんなに無様《ぶざま》になってしまうの。

彼は一瞬間を置いてから、言った。「ヴァネッサとぼくはつきあっていない。いい友だちというだけだよ」

わたしの脳裏にあの会員制クラブのイメージが浮かぶ。ふたりはあの店に行っていた。あんなところにいっしょに行くのだから、かなり親しい友人なのだろう。わたしはいまだに、あの店で見たことと、ごく普通に見えるドミニクとを結びつけることができなかった。とりあえず、その謎は棚上げにしておく。

彼はテーブルを見て、木のすべすべした表面に指を滑らせた。彼はゆっくり言葉を選びながら言った。「ベス、ぼくはきみに嘘はつかない。ヴァネッサとぼくは一時つきあっていた。だがそれはずいぶん前のことだ。いまは友だちだよ」

昨夜彼女が入ってきたときのことを思いだした。彼女はノックもしなかったから、合鍵を持っているのだろう。本当にただの友だちなの？「そう」わたしはちいさな声でそっと言った。「詮索するつもりはなかったのよ、ドミニク」

「わかっている。いいんだ。ねえ」彼は話題を変えたがっていた。「もう一杯お代わりしたら、夕食に行こう。いいね？」

「え……」わたしはどうするのが正しいのだろうと考えた。よく知らない人にごちそうになったらいけないわよね？「それはいいけど、食事代は自分で払うわ」

「それはあとで話そう」その言い方はいかにも、わたしに払わせる気がなさそうだった。それならそれでいい。大事なのは今夜ずっとドミニクといっしょにいられること、そしてよほどのことがない限り、ヴァネッサがやってきて横取りされる心配はないということだ。

わたしはうれしいため息をついて言った。「お代わりの分はわたしに払わせて」

「いいよ」ドミニクはにっこり笑って言い、わたしはもう一杯ピムスを注文した。


すごく幸せだった。わたしはドミニクといっしょにいられるのがたのしくて、黒髪と黒い目のハンサムな彼の顔をじっくりと見つめた。こんなにすてきな人が、わたしに純粋な興味をもってくれているのがうれしい。そのことで、自分はひょっとしたらアダムとつきあっていてあまり幸せじゃなかったのかもしれないと思えてきた。別れる前、彼はわたしに何もしてくれなかった。わたしが大学から帰郷すると、彼は自分の生活、自分の人間関係、パブとテレビとビールとテイクアウトの食事の生活に、わたしが合わせるのが当たり前だと思っていた。

パブのすてきな庭の席で、夕陽が沈みかけた黄金色の空を眺めながらドミニクは言った。「それで、ベス——きみの将来の夢は?」

「旅行したいわ」わたしは言った。「いままでどこにも行ったことがないの。自分の世界を広げたい」

「本当に?」彼の表情からは何を考えているのか読めなかったが、その黒い目の輝きに危険なものが感じられた。「それについてどうしたらいいのか、考えてみないといけないな」

わたしはびっくりした。それはどういう意味なの？　息をのみ、何か軽口を返そうとして自分が行きたい国々について話したけど、わたしの胸のなかの昂りはおさまらなかった。

アルコールがからだじゅうをめぐり、わたしはリラックスして、恥ずかしがり屋の部分がひっこんだ。故郷での暮らしについて話したり、カフェでの仕事で出会ったばかばかしい話を披露したりした。わたしがカフェの常連だった地元の変人たちと彼らの奇行を説明すると、彼は声をあげて笑った。

パブを出てレストランに向かうあいだ、わたしは彼を笑わせることに気をとられていて、どこに向かっているかぜんぜんわからなかった。また別の屋外のテーブル席につき――今度はブドウ棚の下――焼いた肉の匂いがしてきてはじめて、わたしは自分がひどく空腹なことに気づいた。そこはペルシャ風レストランで、テーブルの上にはよく冷えた白ワインの瓶、新鮮な野菜とハーブのサラダ、ひよこ豆のディップ、焼きたての平たいパンが並んでいた。どれもおいしくて、わたしたちはがつがつと食べはじめた。次の一品のラムの香草焼き、信じられないほどおいしいサラダ、甘味と塩味の両方が絶妙のライスが運ばれてくるころには、わたしはお腹いっぱいになっていた。

食べながらおしゃべりしているうちに、話題は少し個人的なことになった。わたしは自分の両親と兄弟のことや、ちいさな町で育つのはどんな感じだったか、なぜ美術史に興味をもったのかをドミニクに話した。彼はひとりっ子で、使用人や子守のいる生活がどんなふうだったか教えてくれた。

話の流れで、わたしは自然とアダムのことを打ちあけていた。それほど詳しくではないが――アダムとハンナのおぞましい姿を見たあのひどい夜のことはもちろん話していない――最近、わたしの最初の真剣な交際が終わったことは伝えた。

「つらい時期だね」ドミニクはやさしく言った。「ぼくたち誰もが経験する悲しみのひとつだ。ときには世界の終わりのように思えるけど、かならず元気になれる。ぼくが保証するよ」

わたしは彼を見つめた。ワインと、すばらしく美しい夜がわたしを勇敢にしていた。

「あなたがヴァネッサと別れたときもそうだったの?」

彼は驚いた顔をして笑いだしたが、その笑いはぎこちなかった。「そうだな……少し違うよ。ヴァネッサとぼくは初恋どうしでも、幼なじみでも、なんでもなかった」

わたしは彼のほうに身を乗りだしてさらに尋ねた。「あなたから別れたの?」

今度もドミニクの表情を閉ざしてしまうシャッターがちらっと見えたが、完全にはおりなかった。「ふたりで別れることに決めた。友だちのほうがいいとわかったからね」

「つまり……お互いの愛が冷めたということ?」

「ぼくたちは……自分たちが考えていたより、うまくやっていけないとわかった。そういうことだ」

わたしは顔をしかめた。いったいどういう意味だろう?

「求めるものが違ったんだ」ドミニクはふり向いて店員に会計を頼んだ。「本当にたいしたことじゃないんだ。いまでは友人どうし、というだけで」

彼は少しいらだっているみたいだ。わたしはロマンティックな夜を台なしにすることだけは避けたかった。

「そうなの」わたしは別の話題に移った。「そうだ。わたしね、今日仕事を見つけたの」

「仕事を?」彼は興味を引かれたようだった。

「ええ」ライディング・ハウス・ギャラリーのことを話したら、彼はすごくよろこんでくれた。

「すごいじゃないか、ベス! そういう仕事は競争が激しくてなかなか就けるものじゃない。つまりきみは、これから忙しくなるということだね」

「もう庭で昼寝はできないわ」わたしはわざと嘆いてみせた。「とにかく勤務中は無理ね」

「それでもたのしむ時間はあるはずだよ」彼は眉を吊りあげ、目をきらきらさせて言った。わたしがどういう意味かと尋ねる前に店員が伝票を持ってやってきて、ドミニクはわたしが出したデビットカードをひっこめさせて自分で支払った。

わたしたちは夕闇に包まれはじめた通りを、ランドルフ・ガーデンズに戻っていった。空気に都会の夏の夜の匂いが立ちこめている。花の香り、冷えたアスファルトの匂い、そよ風に運ばれる一日の塵。わたしは幸せな気分で横を歩くドミニクを見る。

彼もわたしと同じくらい、満ち足りた気分だろうか？　でも考えてみたら、彼がそんなふうに感じる理由はない。夏のあいだだけ近所に滞在するという若い娘と食事して、ヘッジファンドでもなんでもいいけど、仕事の、ちょっとした気晴らしになったというだけ。

心のなかでは、そうでなければいいのにと思っていたけど、あまり期待しないほうがいい。

うちに近づくにつれて、わたしたちのあいだの雰囲気に緊張が高まった。おいしい食事とワインのあとでいっしょにうちに帰るなんて、それだけでロマンティックなことだ。この終わりにはきっと……。

そんなこと考えたらだめ。

キス。

だって彼はフリーだと自分で言っていたし。ヴァネッサとつきあっていたのだから、ゲイでもない。それに……ふたりのあいだにくすぶる何かを感じているのはわたしだけではないはず。

ランドルフ・ガーデンズに着いた。ドミニクは階段の下で立ちどまり、わたしはその隣に立っていた。このドアをくぐってしまったら、何も起こらない。ロビーにはポーターがいるし、彼に見られていたら、おやすみの抱擁《ほうよう》なんてありえない。

わたしは彼のほうを向いて少し顔をあげ、そよ風に髪がなびくのを感じた。いま。いまよ。わたしは必死で念じ、あの美しい唇が自分の唇に重ねられることを願った。

彼はわたしを見おろし、まるで記憶しておこうとするようにわたしの顔を見た。「ベス」彼がささやく。

「何?」声に期待があらわれていませんように。

長い沈黙。彼がほんの少しこちらに動き、わたしはひそかな昂りで胸がいっぱいになる。本当に? ドミニク、お願い……。

「明日は忙しいんだ」ようやく彼は言った。「だが日曜日はぼくといっしょに出かけないかい?」

「ぜひそうしたいわ」わたしはささやくように言った。

「よかった。ぼくもだ。十二時ごろ迎えにいくから、ふたりで何かしよう」

彼はしばらくわたしを見つめていた。やっぱりキスしてくれるのだろうかと思いはじめたとき、彼は背をかがめてわたしのほおを唇でかすめた。「おやすみ、ベス。エレベーターまで送ろう」

「おやすみなさい」わたしは湧きおこった欲望をどうしたらいいのか途方に暮れながら言った。「今夜はありがとう」

彼の黒い目は謎めいていた。「どういたしまして。よく寝るんだよ」

もし眠れたら奇跡だわ、とわたしは思いながら、エレベーターに乗りこんだ。

7

ぐっすり眠れた。興奮とワインのおかげに違いない。わたしはドミニクと自分がパーティーに出席している夢を見た。きらびやかな仮面を着けた人がたくさんいるなか、わたしは何度も彼を見失い、彼の姿を見つけては近づこうとする。何かすばらしいことが起きるとわかっているのだ。何時間も彼をつかまえようとしたすえにようやく彼を見つけ、彼がその唇をわたしの唇に重ねようとしたところで目が覚めた。

このくすぶる欲求不満をなんとかするために、もう一度あの店に行ってヴァイブレーターを買ったほうがいいのかもしれないとわたしは思った。でも、自分で何かする前にデ・ハヴィランドがベッドに跳びのってきて、わたしをひっかき、朝食を要求した。彼の世話を済ませたら、そんな気分ではなくなってしまった。

今日は仕事に着ていく服を買いにいくことにした。でもこのあいだイメージチェンジしたときの、自分のためだけに手配された買い物体験とはずいぶん違った。天気のいい土曜日、オックスフォード・ストリートはすごい混雑で、店のなかはエアコンが効いているにもかかわらず、店員たちは汗だくになって接客していた。買い物するのに何時間もかかり、ようやくうちに戻ったときには、店員と同じくらい疲れた気分だった。ランドルフ・ガーデンズはわたしがかき分けてきたあの雑踏にくらべたら、静穏な安息の場所だ。あらためてこんなすてきな場所に住まわせてくれたセリアに感謝する。バスや地下鉄を乗り継いで中心から遠く離れた狭苦しい家に住むか、どこかのさびしいワンルームマンションに住む可能性もあったけど、代わりに静かなオアシスのような住まいを与えてもらったのだから。

それに、とわたしは買ってきたものを包みから出しながら考えた——明日というたのしみがある。

仕事用の趣味のいいブラウスとスカートのほかに、明日のドミニクとのデート用のものも買った。ドレスだ。シルクの生地にピンクと紺色の絵のようなプリント柄。一見おとなし目のデザインだけど、ベルトでウエストをきゅっと締めるところとか、肩を覆うようなフリル状の短い袖がセクシーだ。襟《えり》ぐりはボートネックで、ほんの少しだけ胸の谷間が見えるくらいにあいている。

さっそく着て鏡のなかの自分を見ると、われながらよく似合っていた。セリアの衣装のなかにあった年代ものの麦藁《むぎわら》帽子を合わせたらぴったりで、満足して服を脱ぎ、長風呂に浸かって街の埃《ほこり》を落とした。バスルームのドアにかかっていたシルクのバスローブを羽織り、フラットのなかを歩きまわっていろいろな用事を済ませているあいだ、わざと居間の電気をつけなかったわけではないけど、いつの間にか日が暮れて真っ暗になっていた。わたしはちらちらと向かいのフラットを見て、ドミニクがあらわれるのを期待した。向かいの部屋が明るく照らされ、彼が動きまわる姿を見られるのを。早く彼を見たくてたまらない。一日じゅう彼のことを意識していた。ときどき想像のなかの彼に話しかけたりもしていたけど、いまは早く本物の彼を見たい。

わたしは簡単な夕食――買い物帰りにデリで買ったアーティチョーク、パプリカ、山羊乳のチーズのパスタ――を済ませ、デ・ハヴィランドと遊んでやって、それからワインを用意してソファに座り、セリアのファッション本をぱらぱらと読みはじめた。いままでひとりで飲むことなんてなかったから、ページを繰りながら冷えた辛口のワインを飲むなんて、すごく大人になった気がする。

しばらくのあいだ、わたしは写真で綴られたディオールとニュールックの歴史に没頭していた。ようやく目をあげたその瞬間、わたしは息をのんだ。

向かいのフラットに明かりがともっている。サイドテーブルの上のランプが明るく光っているのがわかった。でも、はじめて部屋のなかが見えなかった。ブラインドはおりていなかったが、わたしがフラットに行ったときには気づかなかったごく薄手のカーテンが窓全体を覆っている。部屋のなかのものはすべて影になり、少し歪んで、大きさが変わって見える。テーブルや椅子などの家具はわかった。こんなふうに見るとすべて印象が違う。まったく普通のものが見たこともない奇妙なものに見える。ふと変わった形のものが見えた。低い長方形で上向きに突起がついている。まるで仰向けに寝ころんだ動物がひょろ長い脚を宙に向けているようだ。少し考えて、それはわたしがフラットで見た低い椅子だと気づいた。

わたしは立ちあがり、ゆっくりと足音を忍ばせて窓際に寄った。カーテンがしまっているから向かいのフラットから自分は見えないし、こちらの音は聞こえないだろうとわかっていたが、念のため用心した。

ふたつの人影が部屋に入ってきた。ひとりは女性、ひとりが男性なのはわかる。はっきりとはわからないけど、男性はたぶんドミニクだろう。白いカーテンに浮かぶ黒い影は、部屋を歩き、椅子に座り、何も気にせず動きまわっていた。どこかの窓があいているようで、カーテンが風に吹かれて揺れ動き、影をもっと歪めた。カーテンは動かないときもあれば、風でふくらみしわくちゃになるときもあり、そんなときはふたりの姿が見えなくなった。

「もう！」わたしは小声でつぶやいた。「とまっていなさいよ！」

耐えがたいじれったさだった。ドミニクが誰かといっしょにいる。誰？　ヴァネッサに違いない。いままでいつも彼女といっしょだったのだから。でも影は輪郭がぼんやりしていて、本当に彼女かどうかはわからない。女性だということはからだのラインと服装でわかったけど、それ以外はぼんやりしている。いらいらする。

デ・ハヴィランドが目を覚ましてわたしのそばの窓枠に跳びのってきた。猫はそこに座り尻尾を後ろ脚に巻くようにして、目をぱちぱちしながら、屋根から木へ飛んでいく鳩を見つめている。それから前脚をあげて舐めはじめた。わたしはその落ち着きがうらやましかったけど、いったい何が起きているのか気になって、向かいのフラットから目が離せない。

やきもち？ そのとおりよ！

ドミニクとわたしは一度デートに出かけただけだったけど、わたしは自分のなかに強い独占欲が湧きあがってくるのを感じていた。昨夜わたしたちが夕食に出かけたとき、彼はヴァネッサとは別れたと言った。なのにどうしていま、彼のフラットに彼女が来ているの？

でも……そういえば彼に、ほかの人とつきあっているかどうかは訊かなかった。

バケツ一杯の冷たい水を浴びせられたように感じ、わたしは言葉をなくした。彼がフリーだと思うなんて、自分はどうしようもないばかだ。昨夜の終わりにわたしが顔をあげ、もの欲しそうに唇を開いて彼にキスをせがんだとき、ふたりのあいだに性的な昂りを感じたと思っていた。でも彼のほうはただ、わたしに好意を寄せられて気まずく感じていただけなのかもしれない。

ひょっとしたら彼はいま、彼女にすべてを話しているのかも。

「ああ、あの子はかわいいけど、期待をもたせるようなことをしてまずかったなと思ってさ」彼はそう言いながら、彼女のグラスによく冷えたシャンパンを注ぐ。「昨夜、あの子はぼくがキスすると勘違いしたみたいだった。どうしようかと思ったよ。だからほおに軽くキスしてやった。明日あの子と出かける約束をしたんだ——ひとりぼっちみたいだから、観光案内をしてやろうと思って。親切でそうしたんだけど、もしかしてさらに期待させてしまったかもしれないと心配になってきたよ」

彼女はグラスを受けとって笑いだすはずだ。「もうドミニクったら。あなたはやさしすぎるわ！　そんなうぶな子だったらあなたにひと目ぼれするに決まっているじゃない！」

彼は照れるだろう。「そうかな……」

「何言っているの、ダーリン。あなたはお金持ちで、成功していて、ハンサムなのよ——あなたがちょっとほほえみかけたら、彼女はあなたを理想の恋人だと思うでしょう」彼女は完璧に口紅を塗った唇をすぼめてみせる。「そんな期待をもたせたらかわいそうよ。悪かったと言って、明日は断っちゃいなさいよ」

「きみの言うとおりかもしれない……」

わたしはこの謎の女性の意地悪に思わず息がとまり、怒りに燃え、よっぽど向かいの部屋に行って抗議してやろうかと思った。そのときカーテンの裏で何かが起きた。いまは風がやんでいて、影がはっきりと見える。カーテンの裏の人影はさっきとは違って見えた。男性――ドミニク――は裸になったのか、ほとんど何も着ていない。その輪郭から上半身は裸だとわかる。女性は服を着ているかどうかはわからなかったけど、もし何か着ていたとしても、すごくからだにぴったりしたものだ。彼女のシルエットからは完璧に女性らしいからだのラインがはっきりとわかる。ふたりの影が近づき、何かを調べているみたいだった。

想像のなかの会話にたいする怒りはしぼんだ。心臓は早鐘を打っていたが、今度はひどく心配になってきたからだ。彼は裸なの？　どうして？

男性が女性といっしょにいて裸になる理由？　そんなの決まっている。これからする、からだ。

でももしかしてマッサージかも……？　わたしは希望をこめて思った。そうよ、きっとそうに違いない。マッサージだ。

確かにふたりのふるまいは、これから激しいセックスをするという感じではない。静かに何か話し合っているみたいだった。すると突然、ふたりのあいだの雰囲気ががらっと変わった。男性が女性の前にひざまずき、頭を垂れる。彼女は腰に手をあて、あごをつんとあげて男性を見おろす。そして彼のまわりを歩きはじめたが、彼はそのまま動かない。これがしばらく続いた。わたしは呼吸を浅くして、じっと動かずにふたりを見つめていた。いったい何をしているの？　この次はどうなるの？

それほど待たずに済んだ。女性があの奇妙な椅子のところに行って座った。男性が彼女のほうへ這っていくと、彼女は彼に厳しく断固とした態度で何か言う。男性は彼女の足元に近づいた。女性は足を突きだし、彼は前かがみになってその足に口づけしたみたいだった。女性はサイドテーブルから何かを取りあげ、それを男性のほうに突きだす。手鏡のような形で、楕円《だえん》に長い持ち手がついている。彼はまた前かがみになり同じようにそれに口づけした。

キスしている？

わたしはまともに考えられなかった。ただ見ていることしかできない。

次の瞬間、彼はまた彼女の足元にうずくまり、その脚を抱きしめて、彼女の上に這いあがっていった。彼女の両ひざの上にうつぶせになり、彼女の左側に肩と頭、右側にお尻がくるような姿勢になる。

彼女はさっきのものを取りあげると、やわらかい、ほとんどやさしいといってもいいくらいの動きでそれを打ちおろした。彼はまったく動かない。彼女はまたその動作をくり返し、確かな動きで打ちおろした。それを数回。

これはわたしの想像じゃない。彼女は彼のお尻を叩いている。ヘアブラシか何かでスパンキングしているのだ。

わたしは喉がからからになり、さまざまな考えが頭に渦巻いた。この距離では、起きていることすべてが見えるわけではない。とくにカーテンが揺れているときは。でもこれは、わたしがいままで見たなかでいちばん奇妙な光景だ。ばかばかしくさえ思えた。大人の男性が、大きなからだを女性のひざの上にうつぶせにして、何度も何度も叩かれている。どこかでこういう話を聞いたことがあったけど、それは冗談だと思っていた。あるいは、子守にお仕置きされたり科学教師に鞭で打たれたりしたのが忘れられない上流階級のできそこないがやることだと思っていた。でもそういうのはもう行われていないはず。しかもまさかドミニクのような男性が——お金持ちで、ハンサムで、成功しているのに……。

わたしはわけがわからず、ふいに涙がこみあげてきた。ドミニクはいったい何をしているの？　スパンキングはさらに一段と激しさを増したようだ。女性はリズムをつかみ、そのストロークは力強くなった。彼女が櫂状《かいじよう》のものを規則正しく打ちおろす音が聞こえるようだった。ものすごく痛いはず。どうして進んでそんな目に遭うの？　いったいどんな人間がこんなことを求めるの？

また突然、様子が変わった。男性は彼女のひざの上から起きあがり、彼女は脚を広げる。彼はそのあいだにひざまずくと、今度は彼女の左ひざの上にかがみ、彼女の右脚の裏側に両足を置いた。彼女はあたらしい道具を取りだした。さっきのより大きく平たい。その櫂状の道具を、また彼のお尻に打ちおろしはじめた。それはカスタネットのように動き、叩く部分が二枚に分かれて、同時にあたるのだとわかった。ぶたれるたびに、彼はきっと信じられないほどの痛みと打撃を感じているはず。でも彼はじっと動かず、身を伏せたまま懲罰《ちょうばつ》を受けとめている。彼女の左太ももをしっかりとつかみ、完璧な服従を示しているようだった。少なくとも二十分間、彼女は規則正しいリズムで彼を叩きつづけた。彼女が腕をふりかぶって打ちおろすたびに、わたしの頭のなかでぴしっという音が聞こえるような気がした。

そしてまたふたりが動いた。彼が床に寝転がり、彼女は立ちあがって彼のまわりを歩く。ずっと彼に体重をかけられていたのだから、脚がしびれているはずだ。彼女はまた何か話していた。男性は立ちあがってあの低い椅子に腹ばいになり、両腕をもちあげて、とがった肘掛けのようなものに乗せた。これはこういう目的のためのものだったのね。だから片方にふたつ肘掛けがあるんだ。

女性は彼の上にそびえ立ち、サイドテーブルから布きれ——スカーフ?——を取って手早く彼の手首を肘掛けに縛りつけた。そしてテーブルからまた別の道具を取りあげた。今度は長い紐のようなもので、ベルトに似ているがバックルはない。彼女は何度かそれを振って空を切った。ぶたれる人間にその音を聞かせて痛めつけるために違いない。次にどうなるかわかっていたし、とても見ていられないと思ったけど、なぜか目を離せなかった。おそらくは革の鞭が振りあげられ、椅子に腹這いになっている男性のお尻に激しく打ちおろされる。一回、二回、三回、彼女は何度も確かな動作でくり返す。革が肌にあたる痛みはとても想像できない——すでにほかの道具で叩かれたあとなのだから、きっと耐えがたい痛みだろう。気絶するか、苦痛のせいで頭がおかしくなりそうなはず。

警察を呼んだほうがいいだろうか？　そう思って電話をちらっと見た。でもなんて言うの？　大変です。うちの向かいのフラットで女性が男性を叩いています。やめさせないと！　でも彼がそれを望んでいるのだ。相手が望んでいる場合、その人をめった打ちにすることは違法だろうか？

警察に通報するのは違うという気がした。彼がその気ならいつでもやめられるのだから——少なくとも手首を縛られる前はそうだった。これは彼も同意の上でやっていることだ。

わたしは愕然として、目を閉じた。ドミニク——これがあなたのしたいことなの？　彼は寄宿学校に行ったと言っていた。もしかしたら、子どものころ誰かに折檻《せっかん》されて、この不可解な欲望に目覚めてしまったのかもしれない。たいした推理ではないけど、それくらいしか思いつかなかった。

目をあけたとき、風が強くなってカーテンの揺れが激しくなり、その向こうの人影はぼやけて見えなくなっていた。

それでよかった。もうこれ以上見たくない。じゅうぶん見てしまったのだから。

こんなものを見てしまって、明日ドミニクに会うとき、どんな顔をすればいいのかわからなかった。

第二週

8

翌日、わたしが待っていると、ドミニクがドアをノックした。空高く昇った太陽はまぶしく照りつけ、夏らしい日だった。この前雨が降ったのはいつだっただろう。ラジオのニュースでは、このまま雨が降らなかったら渇水の恐れがあると言っていた。

でもドアをあけたわたしは、天候の心配なんて少しもしていなかった。彼は白い麻のシャツと薄茶色のショートパンツ、白いデッキシューズという爽やかな装いだった。その目は黒いレイバンに隠れていたが、わたしを見るとにっこり笑った。

「わお、すてきだよ」

わたしはくるりと回ってみせた。「ありがとう。今日の予定に合っているといいんだけど」

「ぴったりだよ。さあ行こう。いろいろと計画があるんだ」

一階までおりるエレベーターのなかで、彼は機嫌がよさそうに見えた。でも鏡にその背中が映っているのを見て、わたしは清潔な麻のシャツのなかがどうなっているのか考えずにはいられなかった。ベルトの痕が残っているのだろうか？　それに彼のお尻は

——昨夜の厳しいお仕置きのせいで傷つき、ひりひりしているのだろうか？　そんなことを考えたらだめ——わたしは自分に言い聞かせる。あれが彼だったとは限らないのだから。

それなら誰？　頭のなかの声が言う。あそこは彼のフラットなのよ。もちろんあれは彼だったはず。

わたしはひと晩じゅういらいらして、あれはいったいどういうことだったのか考えていた。セックスはなかった。あの男女はそういう関係には見えなかった。激しい折檻を与えるほうと受けるほうというだけの関係みたいだった。それもよくわからない。夜、わたしが眠れずに考えだした結論は、すべて忘れてドミニクとの一日をたのしむのがいちばんだということだ。そういうことを自然に彼と話せる機会があったら——そのときは、わたしたちの関係は違うものになる。

じっさいにドミニクと会った瞬間、昨夜わたしが目撃した影絵芝居は夢で、現実ではなかったような気がしてきた。あれは自分の想像だったと思ってしまいそうになる。椅子に腹這いになって手首を縛られていたあの顔のない男性は、わたしの隣に立っている、やさしくてハンサムな男性とはなんの関係もないのだと。彼のそばにいるだけで、わたしの肌はぴりぴりとしている。ドミニクと過ごすすばらしい夏の日。これ以上にすばらしいことなんて何もない。

わたしたちはハイド・パークまで歩いていった。わたしはロンドンに着いた初日、車の窓からこの公園を見たことを思いだした。あのときのベスは、いまではまったく違う人間になっている。すてきなシルクのドレスを着て年代もののデザイナーズブランドの麦藁帽子をかぶり、ものすごくセクシーな男性と並んで歩き、今日一日、その彼がもてなしてくれるなんて。ずいぶん運が向いてきたみたい。それにここ数日、アダムのことを考えもしなかった。

「この公園に来たことは?」ふたりで公園の門をくぐりながら、ドミニクは尋ねた。

わたしは首を振った。

「隠された宝物がたくさんあるんだ。今日はそのいくつかを見せてあげるよ」

「たのしみだわ」

わたしたちはほほえんだ。

いまこの瞬間のことを考えて、たのしむのよ。こんなこともう二度とないかもしれないのだから。

公園は広く、わたしたちはかなりの距離を歩き、やがて青い水面、ボートハウス、その前にいくつもつながれた、内側が白で外側が緑色のボートが見えてきた。青いペダルボートもあった。

「わあ」わたしはささやいた。

「サーペンタイン・レイクだ。ジョージ二世の妻キャロライン王妃の命を受けてつくられたんだ。いまは誰でもたのしめるようになっているよ」

彼の計画どおりに、数分後わたしはボートに乗りこみ、オールを持つドミニクと向かい合わせに舳先《へさき》に背を向けて座った。彼は池の真ん中を目指してこぎはじめた。

「つまりこれは人の手によるものなの？」わたしはその名前のとおり、蛇のように長細い形をした広い池を見渡した。遠くにアーチ形の石橋がかかっているのが見える。

「ああ」ドミニクは唇をほころばせた。「すばらしいたのしみはたいていそうだよ。自然が人間にパターンを教え、人間はそれを改良する。これらはすべて、何人もの君主の気まぐれと酔狂のおかげなんだよ」

彼は慣れている様子で軽々とオールを操っていた。オールの先端を水からあげ、水面を滑らせ、いっきに沈めて引く。わたしたちのボートは、彼が力を入れるときだけはぐいと動くが、そのとき以外は滑らかに水面を進んでいった。わたしは側面に手を出して指先で冷たい水にふれた。

「この公園のことをよく知っているの？」

「ぼくは自分が住んでいる場所のことはよく調べることにしているんだ」彼は言った。

「ロンドンの歴史はとくにおもしろい。豊かな歴史があり、この街はそのなかにどっぷり浸かっている。この公園を一般に開放したのはチャールズ一世だった――それまでは王侯貴族しか入れなかったんだ。公開してよかったよ。ペストの大流行で何万人という死者の出たとき、ロンドン市民の半数がこの公園に避難したんだ。感染から逃れるためにね」

わたしはきれいに刈りこまれた芝生、美しい木々、ところどころに立っている優美な建物を見渡した。芝生はここ最近の日照りで乾き、黄色っぽくなっている。近くのカフェの前にはアイスクリームを食べたり冷たい飲み物を飲んでいる人びとがいた。想像してみた。十七世紀のロンドンに住んでいた貧しい人びとが大挙して公園に詰めかけ、病気におびえながら暮らしている。いさかいやおしゃべりの声、汚物と悪臭。子どもたちがいて、頭巾をかぶり、よごれたエプロンをつけた女性たちが焚《た》き火で料理をし、男性はパイプをふかしながら、どうやって家族の命を守ればいいのかと考えている。

ひるがえっていま、陽光あふれる湖岸を、家族連れが歩いている。母親は赤ん坊を乗せた高価なベビーカーを押し、父親は幼い娘に日焼け止めを塗ってやろうとするのだが、娘はピンク色のキックスクーターで早く逃げだそうともがいている。

時代が違えば違う悩みがある。

わたしはボートに注意を戻した。ドミニクがオールをこいでいるところはすてきだった。オールを引くとき、その腕の筋肉が盛りあがり、前傾するとき、麻のシャツの前が少し開いて黒い胸毛が見える。心臓がどきどきする。わたしは大きく息を吸って、ゆっくりと吐く。しっかりしないと。彼がわたしにどれだけ影響力があるかを知られないように、わたしは目をそらした。彼はまるで磁石のようにわたしを引きつけ、わたしの心をかき乱す。わたしは指先を水のなかに入れたままの状態で、彼に見つめられているのに気づいた。わたしを見ているサングラスのなかの彼の目が見える。ひょっとしたら彼は、自分が見てもわたしが気づかないと思っているのかもしれない。彼のまなざしがぴりぴりと感じられる。その視線はまるでレーザーのようにわたしの肌を焼く。それはあまりに強烈な感覚で、快感と痛みを同時に味わっているみたいだ。いつまでも続いてほしいとわたしは願った。彼はオールを操りつづけ、ボートは水面を進む。すると、彼がわたしにこいでみるかいと尋ねてきて、緊張がほぐれた。

「いいえ」わたしは笑いながら言った。「あなたみたいに力がないもの」わたしは彼をうっとりと見つめた。「運動しているの？」

「からだを鍛えているんだ」彼は言った。「たるんだからだになりたくないからね。長時間座って仕事しているから、積極的に運動する必要があるんだよ」

「ジムで？」

彼はまたあの、何を考えているか計り知れない表情でわたしを見た。サングラス越しに見える目はほとんど真っ黒だ。「どこでもできるところでね」彼は低い声でそう言い、その言葉にこめられた意味に、わたしは背筋がぞくっとするのを感じた。はじめて彼の視線に女としてのよろこびを感じた。今日はこれまでと何かが違う。これは男性が親切心から若い女性を連れだしているだけではない。わたしは彼に女として求められているように感じ、今日という日にはすでにある種の――あらゆるものを活気づけ、生き生きとさせる――緊迫感が漂っていることに気づいて、そのよろこびに震えた。

「疲れたよ」ドミニクは言った。彼の額と鼻に汗の玉が浮かんでいる。わたしはそれを拭いてあげたい気持ちをこらえた。彼はサングラスをはずして自分で汗をぬぐい、それからオール受けにオールを水平に置いて、焼けつくような日差しのなかしばらくボートを漂わせていた。わたしたちは心安い沈黙に包まれて座っていたが、やがて彼が言った。

「きみはどうかわからないけど、ぼくは腹が減った。ランチはどう？」

「いいわね」

「よし。じゃあ戻ろう」彼はまたオールを水に入れ、岸に向かってこぎはじめる。わたしは無言でひたすらこぎつづける彼の動きをうっとりと眺めていたが、そんな彼のリズミカルな動きが記憶を呼び覚ました。アダムが目に浮かぶ。この前まであんなにはっきりとしていて苦痛だった彼の記憶が、いまは不思議とぼやけている。もう彼のことをあまり思いだせなくなってしまった。彼のことを好きだったのは憶えているけど、それはずっと昔のことのように思える。わたしがいま感じている、この信じられないほどの欲望の何分の一かでも、アダムが感じさせてくれたことがあっただろうか。わたしたちのセックスは初々しくてロマンティックだったけど、ドミニクがボートをこぐのを見るだけで感じるこんな昂りは一度もなかった。ドミニクにふれられたらどんな感じなのだろう？　そう思っただけでわたしのからだはかっと熱くなり、ずきずきとうずく。わたしはもぞもぞと座り直した。

「だいじょうぶかい？」

わたしはうなずいただけで、何も言わなかった。ドミニクはかげりのある目でわたしをじっと見つめたが、彼もそれ以上何も言わなかった。岸に着いてボートを返すときには、わたしはなんとか落ち着きをとり戻していた。ボートハウスの男性がドミニクに声をかける。「ご注文のものが届いていますよ。言われたとおりにご用意しておきました」

「ありがとう」彼はほほえんでわたしのほうを見た。「行こうか？」

彼に連れられて芝生を横切り、伸びやかに広がる枝が涼しげな木陰をつくっている樫の巨木のところにやってきた。その下に敷かれた淡いチェックのラグの上に、豪華なピクニックの食事が並んでいる。そのそばに立っているウエイターは、わたしたちが来るのを待っていたらしい。

「ドミニク！」わたしは目を輝かせて彼を見た。「すごいわ！」

そばに行って、そこに用意されているものを眺める。ポーチドサーモン、真っ赤なトマトとピーマンとザクロの実を載せたサラダ、殻付きエビ、ウズラの卵、マヨネーズ、ローストビーフ、ブリーチーズと焼きたてのバゲット。それにガラスの器に入った、果物とクリームでつくったデザートまであった。ワインクーラーに入っている瓶はシャンパンだろうか。絵に描いたように完璧なピクニックだ。

ウエイターはドミニクにお辞儀した。「ご用意しておきました、サー」

「いいね。もうさがっていいよ、ありがとう」彼がさりげなくチップを渡すと、ウエイターはもう一度お辞儀をしてからいなくなった。わたしたちふたりだけがこのごちそうの前に残された。

「きみも腹が減っているといいけど」彼はわたしに、にっこりとほほえみかけた。

「すごく減っているわ」わたしは言って、ラグに座った。

「よかった。きみが食べているところを見るのが好きなんだ。きみの食べっぷりはいいね」彼はワインクーラーから瓶を取りだす。ドン・ペリニヨンのロゼ。有名なシャンパンだということはわたしも知っている。彼は簡単にコルクをあけ、ふたつのグラスに泡立つ液体を注いだ。

彼はわたしにひとつ渡し、自分のグラスを持って言った。「イギリスの夏の日に。そして今日ぼくにつき合ってくれた美しい女の子に」

わたしは真っ赤になりながらなんとか笑うと、グラスをカチリと合わせて、彼の目を見つめながらシャンパンを飲んだ。

これより完璧なことってある?

おいしい料理で満腹になったわたしたちは、シャンパンでほろ酔い機嫌になってラグに寝そべり、静かにおしゃべりしていた。ドミニクは草を一本取って、噛みながら何か考えているようだった。わたしはなかば閉じた目で彼を見つめていた。わたしの全身は彼がそばにいることをすごく感じているが、何かがわたしの意識に浮上しようともがいている。考えたくないけど、どうしても抑えられない何かが。

それは彼のフラットでの光景だった。男性があの奇妙な椅子に腹這いになり、女性が力強く革ベルトを振りおろして、赤く腫れあがるまで何度も何度も彼のお尻を打ちすえて……。

「ベス……」

わたしはびくっとした。「え、何?」彼のほうを見ると、彼はすぐそばで横向きに寝そべっていた。彼の肌からは甘い柑橘系のコロンの香りが立ちのぼっている。わたしは胸がときめき、指が震えた。

彼はじっとわたしの目を見つめた。まるでわたしの魂をのぞきこもうとするみたいに。

「あの夜……道に迷って泣いていたきみを、ぼくが見つけたあの夜のことだ。ぼくはずっと考えていた。きみが泣いていた理由はそれだけだったのか? 道に迷ったから?」

わたしは思わず口を開き、目をそらした。ラグの淡いチェックを見つめる。「それだけではなかったの」小声で言った。「バーに入ろうとしたの。〈ジ・アサイラム〉という変わったお店」

見あげると、彼の目は冷たくなっていた。ああどうしよう。なぜこんなことを言ってしまったの？　あの店のことを口にするなんて――ほらごらんなさい……！

「なぜそこに行ったんだ？」彼は鋭い口調で尋ねた。

「それは……その……人が入っていくのを見たから、ついていったの……」これは嘘じゃないわ、とわたしは自分に言い聞かせた。本当にそうだったのだから。「でもドアマンにものすごく怒られて。ここは会員制のクラブだから出ていけと」

「そうだったのか」ドミニクは親指と人差し指で撫でていた細い草をにらんだ。

「わたしの地元では会員制のクラブなんてあまりないから」わたしは軽い調子で言った。

「自分が入れないなんて思っていなかったの」

「それで……店では何を見た？」

わたしは大きく息を吸って、首を振った。「何も。お客さんがお酒を飲みながら話していたわ。わたしはほんの少ししかいなかったし」本当は自分が見たものをドミニクに説明して、あれはいったいどういうことだったのか訊いてみたかったけど、そんな勇気はなかった。すでに彼の表情にはシャッターがおりていて、わたしはなんとかしてそれをまたあけたかった。さっきまでの温かでセクシーな雰囲気に戻りたい。いまにも何かが起きるのではないかという期待をとり戻したかった。

「よかった」彼は低い声で言った。「その店はきみのような女の子が行くところじゃなかったんだろう。きみは清純だ。信じられないほどね」

彼は手を伸ばしてきてわたしの手に重ね、親指で肌を撫でた。わたしは驚き、彼の指にふれられたところが熱くなる。見つめてくる彼の目のなかに、葛藤が見てとれた。

「ぼくは本当はこんなことをするべきではないんだ」

「どうして？」わたしはささやく。

「きみはあまりに……」彼はため息をついた。「わからない……」

「若い？」

「違う」彼は首を振った。その黒髪をかきあげてあげたかった。「年齢は関係ない。歳よりよほど賢い十代に会ったこともあるし、白雪姫のように世間知らずな四十歳に会ったこともある。そうじゃないんだ」

「それなら何？」わたしの声には切望がにじんでいる。

彼はわたしと指を絡めた。そんなふうにふれられてたまらない気分だった。彼の顔に手を伸ばして引き寄せてしまいそうだ。

彼は声をさらに低くして、目を伏せた。わたしはどきどきしながら彼の話を聞いた。

「ぼくはあまり自制心を失うことはない。だがきみには何かが――初々しくてまぶしい、激しくてわくわくさせてくれる何かがある。きみといると自分が生きていると感じるんだ」

わたしは全身で彼の言葉に反応していた。息ができない。

「こんなふうに感じたことはずっとなかった」彼はもっとちいさな声で言った。「こんなにすばらしいことだとは忘れていたんだ——きみが思いださせてくれた。だが……」

もちろん、〝だが〟がある。どうして何もかも簡単にはいかないの？　わたしといると自分が生きていると感じると言ってくれたのに。でもわたしは自分の言葉で、この瞬間の魔法を解いてしまうのがこわかった。

「だが……」彼は苦悩していた。

「わたしが傷つくかもしれないと心配しているの？」とうとうわたしは言った。

彼は計りがたいまなざしをわたしに向けて、それからなんとなく苦々しげに笑った。

「傷つかないわ」わたしは言った。「約束する。わたしはずっとここに住むわけじゃないのよ。少なくとも深い関係になるほどの時間はない」

ドミニクはわたしの手を口元に持っていって、唇を押しつけた。その感覚は刺激的で、いままでいちばん感じたキスだった——唇にふれられてもいないのに。彼は顔をあげてわたしの目をじっと見た。「時間はじゅうぶんあるよ、ベス。ぼくを信じて」

そのとき、それが起きた。抱き寄せられ、温かな胸に押しつけられてそのうっとりするような匂いと力強い腕に包まれた。彼は片手をわたしの肩に置き、もう片方の手で腰を抱いて唇を重ねてきた。わたしはすぐに唇を開いて彼のキスを受けいれた。彼の唇はわたしが想像していたとおりすてきだったけど、そのキスは想像以上だった。温かく、深く、すべてを包みこむような口づけをされ、彼の舌にまさぐられる感覚に溺れてしまいそうだ。わたしはからだで反応し、頭ではなにも考えられなかった。彼と舌がふれ合ったとき、天にも昇る心地になり、その瞬間、自分はいままで一度も本当にキスされたことなんてなかったのだとわかった。彼のキスは完璧だった。まるでわたしたちの唇はぴたりと合うようにつくられていたみたいに、これでいいのだと感じた。

わたしは目を閉じた暗闇のなか、キスに没頭していた。キスはじょじょに激しさを増し、わたしの腕と腰に置かれた彼の手に力がこめられる。腰にあった彼の手がさがり、お尻のふくらみを包む。彼がちいさくうめいた。

ようやくわたしたちは離れた。わたしは息が荒くなり、目は輝いていただろう。わたしを見たドミニクのまなざしは、たったいまわたしたちをのみこんだ強い炎で燃えていた。

「はじめて会ったときからこうしたかった」彼はほほえんで言った。

「わたしがアイスクリームを落としたとき？」

「そうだ。あのときから気になっていた。だが庭できみがラグの上で寝ているところを見て——なんてきれいなのだろうと思った」

わたしは照れて気まずく感じた。「きれい？　わたしが？」

「そうだよ」彼はうなずいた。彼みたいに魅力的な人にきれいだと思われるなんて、信じられない。「正直に言えば、その気持ちを抑えるのは大変だった。だがきみが通りで泣いているのを見たときには、その場でキスしたくてたまらなかった」

「あなたはわたしに怒っているんだと思ったわ」わたしは笑いながら言った。

「違う」彼は言ってわたしのあごに手を添え、顔をあげさせた。「ああ、どうしてもだめだ、もう一度きみにキスしたい」

彼の唇がわたしの唇に重なってきて、頭のなかでふたたび星がぐるぐる回りはじめる。わたしは彼の舌に愛撫されるすばらしい快感、彼の唇の甘さ、自分が完全になったという感覚に身をゆだねた。わたしたちは互いにしがみつき、できるだけからだを密着させると、わたしはお腹に彼の昂りを感じた。彼の欲望の証にわたし自身の欲望も焚きつけられて、それがわたしの下腹部に押し寄せ、ずきずきとうずかせる。

次に離れたとき、彼が言った。「ぼくは今日の午後、いろんな計画を立てていた。だがこれ以外のことなんて、何もできそうにない」

「それなら続けましょう。どうしてだめなの？」

「午後ずっとここにいるわけにはいかない」彼はわたしの手を取ってじっと目を見つめ

てきた。「うちに帰ってもいい……きみがそれでよければだが……」

わたしがそれでよければ？　それ以上したいことなんて考えられない！

「ええ、そうしたいわ」わたしはそっと言った。その声が切なげになってしまう。

わたしたちは互いの顔に欲望を認めて立ちあがった。わたしは帽子とレースのショールを拾う。「ピクニックの片付けは？　このままでいいの？」

ドミニクは携帯電話でメールを打った。「すぐに片付けに来させる」

「すごくたのしかった」わたしは言った。家に帰りたがっているのをつまらないせいだと思われたくなかったから。

「本当にたのしいのはこれからだ」彼が言い、わたしは最近おなじみの、期待で胸が締めつけられるような痛みをおぼえた。


どうやってこんなに早く帰れたのかわからないが、わたしたちはあっという間にドミニクのフラットへと昇るエレベーターに乗っていた。熱く情熱的なキスをする自分たちの姿が鏡に映っている。からだを絡ませ、貪《むさぼ》るように唇を押しつけ合って――わたしの全身を欲望が駆けめぐる。彼が欲しい。わたしのからだは彼を求めて叫び、彼の手にふれてもらいたがっていた。

わたしはぼんやりと、どこまでいくのだろうと思っていたが、ふたりともとめられなかった。わたしが感じていた欲望よりドミニクの欲望のほうが強かった。彼はわたしの首にキスをする。伸びはじめたひげでやわらかい肌をこすり、わたしをはっとさせて、また唇に戻る。ようやく、エレベーターのドアがとうにあいていたことに気づいた。

「来るんだ」彼はうなるように言って、わたしの手を引いて彼のフラットへと向かう。すぐにわたしたちはなかに入り、ドアが後ろでしまった。やっと完全にふたりきりになれた。わたしのからだは欲望で震えた。わたしたちは相手にしがみついたままぎこちない足取りで寝室に向かった。

そとはまだ明るいのに彼の寝室は暗い。ビロード張りのクッション入りヘッドボード、白い枕、淡い青のリネンでコーディネートされたとても大きなキングサイズのベッドがあり、足元にカシミアの灰色の毛布がかかっていた。

寝室に入ってわたしを見た彼の黒いまなざしは、焼けつくようだった。その顔にはっきり浮かんだ欲望に、耐えがたいほどぞくぞくする。こんなふうに見つめられたのははじめてだ。

「これがきみの望みか？」彼がかすれた声で訊く。

「ええ」わたしの声は、半分は吐息、半分は懇願だった。「ええ、ドミニク、そうよ」

彼が目の前に立ち、わたしの顔をじっと見つめている。「きみがぼくに何を望んでいるのかわからない……だがもう我慢できない」彼は両手をわたしのドレスの背に回し、肩甲骨の上に指を滑らせてファスナーのつまみを見つけた。彼が手際よくそれをおろすと、わたしはドレスが開いて肌があらわになるのを感じた。彼がすばやく後ろで留まっていたベルトをはずすと、ドレスはすとんと床に落ち、わたしはレースの縁取りのついた白いブラとおそろいの、前の部分がレースになったパンティーという、シンプルな下着姿でそこに立っていた。

「きれいだ」彼は言い、指でわたしのお尻をなぞった。「信じられないほど」

驚いたことに、わたしは自分がきれいだと感じた。成熟し、魅力的で、彼を迎える準備ができていると。いま自分は、生まれてからいちばんきれいなのだと。

「いますぐきみが欲しい」彼はささやき、唇を重ねた。舌で愛撫しながら両手を背中やお尻に滑らせ、その丸みをたのしむように包みこむ。

「きみの尻はぼくのためにつくられている」彼は唇をつけたまま言った。「完璧だ」

わたしが彼の手にお尻を押しつけると、彼はうめき声をあげた。彼の唇がわたしのあご、首、肩へとたどっていく。伸びかけたひげに肌をこすられて思わず声をあげてしまう。彼にさわりたくて、その肌を感じたくて、その匂いに包まれたくてたまらない。彼のシャツを脱がせて黒い胸毛に口づけたい。でも彼に両腕をつかまれていて動けない。

「ぼくの番だ」彼はほほえみながら言った。「きみの番はあとで」

そんな約束……ああでも、気持ちいい……。

彼の口はゆっくりと、荒い呼吸に合わせて大きく上下している胸のほうへ近づいていく。首からブラのレースのあいだまでの肌にくまなくキスをして、たっぷりと時間をかけながら。わたしの乳首はコットンに押しつけられたまま硬くなり、ものすごく敏感になっていた。思わず頭をそらして胸を突きだすと、ようやく彼の唇がブラの縁に達した。そして彼は指――あの優雅で形のきれいな、なんでもできそうな指――でレースを押しのけ、右の胸を解放した。その乳首は硬く突きだし、彼に吸ってほしいと懇願している。彼はゆっくりと顔を近づけ、舌で胸のふくらみをなぞり、ようやく乳首を唇に含んだ。わたしは震えながら息をのみ、目がくらむほど激しい快感が乳首からあそこに伝わるのを感じた。強烈な欲望が押し寄せてくる。

「お願い」わたしは懇願した。「お願い、もう待てない……」

彼は笑って、からかうように言った。「お嬢さん、忍耐は美徳だよ」

美徳なんてどうでもよかった。みだらで奔放《ほんぽう》な気分で、彼が欲しくてたまらない。あまりにもじらされて、どうかなってしまいそう。

彼はもう片方の手で左胸を包み、ブラの上から乳首をつまんだ。わたしの呼吸は熱く荒くなり、わたしは目を閉じ、口を開いて快感の吐息を洩らした。

わたしは彼の肩に手を置いた。「お願い、わたしにもさわらせて」

彼は乳首を歯で挟んでひっぱり、先端を歯でこすって口を離した。一歩さがってわたしを見て、ほほえみを浮かべる。それから彼はシャツのボタンをはずし、床に落とした。わたしは彼の広い胸——黒っぽい乳首、褐色の肌と黒い胸毛——と広い肩、たくましい腕をうっとりと見つめた。

本当にわたしでいいの？

彼が靴を脱ぎ、わたしの目は彼の下着に引きつけられた。彼が大きくなっているのはわかっていたけど、ボタンをはずして下着を脱いだ姿を見て、わたしは息をのんだ。すごくすてきだった。すらりとした形、じゅうぶんな長さ。その大きさから彼が本当にわたしを求めているのだとわかる。

一歩近づいたドミニクの目は欲望のせいでなかば閉じられていた。彼は両腕でわたしを抱きしめ、激しくキスをしてきた。彼のものがお腹に押しつけられる。熱くて硬くて、わたしの頭には、自分のなかに彼を感じたいという信じがたいほど強い欲求しかない。

彼がブラのホックをはずして床に落とす。乳房が彼の胸に押しつけられ、ようやくわたしは広くて滑らかな背中に両手を回すことができた。手を滑らせ、たくましい感触を堪能し、引き締まった彼のお尻にさわった。

何もない。

その考えがふと頭に浮かんだ。どういうこと？　わたしの潜在意識は何を伝えようとしているの？

スパンキング。彼にはその痕がない。もしあったらわかるはず。

それならあれは彼ではなかったということだわ！　わたしは思った。いったい誰だったのか、なぜ彼のフラットにいたのかわからないけど、でもあれは彼じゃなかった……。

ほっとして、わたしのどこかでたがはずれた。期待に打ちふるえているだけでは済まなくなって、これまで感じたことがないほど強烈な欲望を行動であらわした。彼をきつく抱きしめ、指先で彼の肌をひっかき、彼の胸に顔をおろして歯と舌でこすり、その肌を噛んだ。そして彼の黒っぽい乳首を口に含んだ。

「くそっ」わたしが彼の乳首を歯で挟んで吸うと、彼は言った。「ぼくにファックされたいのか？」

彼の声は張り詰めていた。わたしはうなずき、唇を乳首から離した。乳首はわたしの唾で濡れて光っている。

「そうなんだな？」

「ええ！」

「お願いするんだ……」

いままで一度もそんなことをしたことはなかったけど、気にならなかった。「ええ、お願い、ファックして。あなたが欲しくてたまらない……」

突然彼はわたしを抱きあげ、軽々とベッドに運んでおろし、仰向けに寝かせた。胸とお腹がむきだしだ。ほてった肌に冷たいリネンが気持ちいい。

彼はちいさなテーブルのところに行き、扉をあけてコンドームを出した。すばやく包みを破って円盤状のゴムをペニスにあてがい、引きおろす。

本当なんだわ。

わたしはうずき、待ちきれず、彼のものに満たされたくてたまらなかった。彼は戻ってきてベッドの足元に立ち、それからわたしのパンティーの縁に指をひっかけてそっと引きおろした。パンティーは足首からはずされてどこかに行った。彼はひざまずき、わたしの太ももをそっと分けて唇をささやかな茂みにつける。あらゆるものがふくれて熱く濡れ、わたしは自分がまるで花のように開いていくのを感じた。欲しくてたまらない。わたしのからだが彼のからだを求めている。

「すてきだよ」彼が低い声で言い、その息がわたしのふくれたクリトリスにあたる感じに、わたしはほっと息を吐いた。彼の唇で先端にふれられ、軽く舌で舐められて、わたしのクリトリスはとびきりの快感にぴくんと震えた。

「もうだめ」わたしはあえいだ。「お願い、ドミニク……」

彼が上体を起こすと、すばらしいコックがわたしの上にそびえた。それから彼はわたしに覆いかぶさり、硬いものをクリトリスにあてて、わたしを身もだえさせた。彼の重みが心地いい。わたしは彼が挿入しやすいように脚をさらに開き、腰を浮かせたけど、それは意識してやったことではなかった。わたしのからだは自然に反応していて、それは男としての彼が欲しい、いますぐにという一心からだった。

彼は少しからだを引き、ペニスの先をわたしのあそこに押しあてた。

「お願い」わたしは泣きそうな声になって、目には切望が浮かんでいただろう。

一方、彼の目は暗く真剣で、明らかにこの瞬間とその快感を味わっている。わたしは自分の花弁がふくれるのを感じた。全身が期待に震えている。少し上体を起こして彼の背中に手を回して引き寄せた。ようやく彼のものがわたしのなかに入ると、楽に滑りこんできた。ものすごく濡れていたからだ。でも彼の動きはとてもゆっくりで、たまらない快感でわたしを満たした。

奥まで突きあげられ、わたしは声をあげて彼にしがみついた。彼はまるで必死に自制しているような、真剣な顔をしていた。彼が力強く突き、わたしは腰をあげて迎える。彼に深く貫かれる感覚はすばらしかった。いままでこんなふうに感じたことはない。彼はスピードをあげ、わたしもリズムをつかんで彼の動きに合わせて腰をあげ、背を弓なりにした。そのとき彼が少し姿勢を変えてひざに重心を移し、わたしのお尻の下に手を入れてしっかりとつかみ、わたしを自分のほうへ引き寄せた。感じが変わった。快感がより鋭くより強烈になり、彼に突きあげられるたびに息をのむ。わたしはあえぎ、声をあげ、彼は両手でわたしのお尻をぎゅっとつかんで腰を振り、わたしのほてったクリトリスをこすりあげた。信じがたいほどの快感がわたしのなかで渦を巻き、どんどん大きな波になって押し寄せてくる。耐えられないようなすばらしい感覚に、高く、より高くもちあげられ、自分が大波の一部になって絶頂に向かっているみたいだった。わたしは脚をできるだけ大きく開き、いまにもいきそうになって手脚がこわばるのを感じた。ドミニクがペースをあげる。わたしの限界が近いのを察して彼の欲望も高まっている。その燃えるような目を見ながら、わたしはいった。全身が痙攣《けいれん》してよろこびの波に揺さぶられる。このすごい快感のこと以外、何も考えられない。ドミニクも何か叫んでオーガズムに達し、射精した。彼はわたしの胸に倒れこみ、そうしてわたしたちは長いあいだつながったまま、息を切らして横たわっていた。

ようやく彼は頭をもたげ、満ち足りた顔でわたしにほほえんだ。「今日のお出かけはたのしかったかい、ベス？」

「お、お、おこもりはたのしかったわ」わたしは笑った。

「ぼくもきみのなかにこもってたのしかった」彼が言い、わたしたちはいっしょに笑った。この瞬間、わたしたちは身も心も親密で、離れがたかった。彼はからだを起こし、横に寝てすばやくコンドームを始末した。それからわたしを抱き寄せ、そっとキスしてくれた。「すばらしかったよ、ベス。きみは驚きの宝庫だ」

わたしはよろこびのため息をついた。「そうね、正直に言ってすごかったわ」

「今夜泊まっていくかい?」

「いま何時?」

「八時過ぎだ」

「本当?」驚いて、それからわたしは彼の腕のぬくもりに包まれた。「ええ、そうしたいわ」

「もう少ししたら起きて夕食にしよう」彼は言ったが、ベッドは温かくて気持ちよく、わたしたちはふたりとも疲れて眠りこんでしまった。

9

翌朝、目が覚めると隣のバスルームからシャワーの音が聞こえてきた。数分後、ドミニクがタオルを巻いた姿で出てきた。濡れた黒髪から水滴が肩に落ちる。彼はものすごくすてきだった。

「やあ」彼は目を輝かせてほほえんだ。「気分は？　よく眠れた？」

「ぐっすり」わたしはチェシャ猫のように笑みを浮かべ、気持ちよく伸びをした。

「きみはおいしそうだ」彼はわたしをじっと見つめた。「今日がオフィスに行く日じゃないとよかったんだが。もう一度ベッドに戻って昨日の再演をしたい」

「どうしてしないの？」わたしはいたずらっぽい笑みを浮かべて言った。彼を見ただけでまた神経がぴりぴりして、肌がうずくのを感じる。

「仕事があるんだよ、スイートハート。もう遅刻だ」彼はタオルを取ってごしごし髪を拭きはじめた。「それに、きみも今日は仕事なんだろう？」

一瞬、彼が何を言っているのかわからなかったが、すぐに気づいてがばと起きあがった。「そうだわ！　画廊の！」興奮のあまりあたらしい仕事のことをすっかり忘れていた。「いま何時？」

「もうすぐ八時だ。ぼくはもう出かけないと」

少しほっとした。「よかった。わたしは十時からよ」

彼はかぶりを振り、笑って言う。「きみたち芸術家タイプは、いい暮らしだよな」

セリアのところに帰って着替えなければと考えたところで、はっと気づいて手で口を覆った。

「今度はどうした？」ドミニクは片眉を吊りあげて尋ねた。

「デ・ハヴィランド！　昨日の夜、えさをあげなかったわ！」わたしはベッドから転がりおりて服を拾った。「かわいそうに！　どうしてあの子のことを忘れてしまったのかしら」

「心配しないで。それくらいで死んだりしないよ。それにぼくとしては、猫のことを気にして途中でやめると言われなくてよかったよ」

「セリアの猫なのよ――だから大事なの！」わたしはすごい速さで服を着て、彼のところに行った。「ありがとう、本当に、昨日のことも昨夜のことも」

彼はまだ濡れている胸にわたしを抱きしめた。彼の心臓の鼓動が聞こえて、石鹼とアフターシェーブローションと彼自身の麝香《じゃこう》の香りが混じった匂いがした。「ぼくのほうこそありがとう」つぶやきがその胸のなかでこだまするのが聞こえ、それから彼は身をかがめて携帯電話を取った。「きみの番号を知らない。教えてくれ」

わたしが番号を言うと、彼はそれを電話に打ちこんだ。「よし。メールしてきみにもぼくの番号を知らせるよ」彼は頭をさげてわたしの唇に軽く甘いキスをしてくれた。それはミントとはちみつの味がした。「さあお行き。初日に遅刻するんじゃないよ」


デ・ハヴィランドは当然、ものすごく機嫌が悪かった。わたしが鍵穴に鍵を挿しこんだ瞬間から怒った鳴き声をあげていたし、その黄色の目はわたしへの怒りに燃えていた。

「ごめんね、本当に悪かったわ！　あなたのことを忘れていたなんて、ひどいわよね。でも帰ってきたんだから」

デ・ハヴィランドはわたしより先に台所へ走り、黒くてふわふわの尻尾をまるで不興を示すようにぴんと立ててボウルの横に立つと、わたしがドライフードを入れてやるまでずっと鳴いていた。ようやく落ち着いて、まるでこれが数週間ぶりの食事みたいな勢いでがつがつと食べはじめた。

わたしは時間を見た。急いだほうがいい。すぐにシャワーを浴びないと。でも一瞬、シャワーに入って昨日の残り香を洗い流してしまいたくないと思ってしまった。それくらいよかった。ほんの少し思いだしただけで、胸が締めつけられるように感じる。アダムとはこんなふうに感じたことは一度もない。確かにセックスはしたけど、いつも同じだった。普通に気持ちよかったとはいえ意外性はまったくなく、昨夜のようなとてつもないエクスタシーの十分の一も感じたことはなかった。ドミニクがわたしに入ってきたとき、ものすごく近く感じたし、いったときのあんな快感もはじめてだった。わたしは目をおろして自分のからだを見た。石鹸の泡のついた胸、お腹、かすかな茂みに覆われたあそこ。はじめて自分に何ができるのか理解したように思えた。

あれは本当にわたしだったの？　もう一度できる？　ああ、そうでありますように。わたしはすでに、自分の奥深いところで彼を求めていた。熱い午後に感じる渇きのように。

ドミニク。

彼の名前を口にするだけでよろこびに震える。

でも仕事があるのよ、憶えている？　ベッドのことを考えるのはいいかげんにして。からだを流して、急がないと。

十時ぴったりに、ライディング・ハウス・ギャラリーに到着した。すでにジェイムズがいるのが見える。ノックしたら、彼がドアのところにやってきて、わたしを入れてくれた。

「おはよう、ご機嫌はどうだい、ベス？　いい週末だったかい？」彼はいかにもイギリスの紳士という感じでとてもすてきだった。カーキ色のチノパン、ピンク色のシャツ、紺色のベストという服装だ。わたしの記憶より長身で細く、貴族的な鼻に眼鏡をかけ、親しみやすそうなほほえみを浮かべている。

「ええ、ありがとう」わたしは明るく言った。「すごくたのしかったわ」

「それはよかった。さあ、仕事を教えてあげよう……まずはコーヒー、それが第一のルールだ。最初に出勤した人間がコーヒーを淹れる――テイクアウトのはだめ、それもルールだ」

「ルールはたくさんあるの？」わたしは笑い、彼はわたしを画廊の裏のちいさなキッチンに案内してくれた。

「いや、そんなことはない。気楽にしてくれ。だがわたしには基準がある」

そう言われても驚かなかった。彼は好みにうるさい男性に見えたからだ。挽きたてのコロンビア・コーヒー、スパイシー・ローストがその好みのひとつで、ぴかぴかのガジアのコーヒーメーカーで淹れる。彼はすぐにすばらしい香りのカフェラテをわたしにつくってくれて、彼自身は濃い目のブラックコーヒーを磁器のカップで飲んだ。「さあ」彼は言った。「ようやく人心地がついた。仕事をはじめよう」

早くも午前中に、わたしは自分がこの仕事を好きになるだろうと思えた。ジェイムズは一見穏やかで優雅に見えるけど、仕事を教えてくれながら冗談を言って笑い、意外にいたずら好きで、ウィットに富み、おもしろい人だとわかった。わたしの仕事はそれほど大変そうではなかった。電話をとり、来店した顧客に応対し、一般的な事務仕事をする。もちろん、まだわたしが何もわからないので、ジェイムズは自分でなんでもやらなければならなかったけど、わたしはすぐに彼のやり方を覚えていった。

「簡単な仕事ばかりですまないね」彼は申し訳なさそうに言った。「いずれもっとおもしろい仕事を任すよ、約束しよう」

「駆け出しだもの、気にしていません」わたしは言った。

「いい子だ」彼はにっこりした。「わたしたちはうまくやっていけそうだな」

本当にそうだった。じっさい、わたしたちはとても気が合った。ジェイムズはいっしょにいて楽な人で、何かというとわたしを笑わせてくれた。わたしに気があるのではないかと少しは思ったけど、その疑いはその日の午後、金髪の中年男性が店に入ってきて晴れた。颯爽《さっそう》とした白いスーツに日焼けしてしわの目立つ顔が少し不釣合いなその男性は、まっすぐジェイムズのところに行って彼のほおにキスし、わたしにはわからない言葉で話しはじめた。ジェイムズは何か答え、それからわたしのほうを見た。

「ベス、アーランドを紹介しよう。ぼくのパートナーだ。彼はノルウェー人なんだ、よろしく頼むよ」

アーランドはわたしのほうを見てていねいに挨拶してくれた。「はじめまして、ベス。

ジェイムズといっしょに働くのがたのしいといいのですが。彼にいばらせてはだめだよ、いつもあれこれ指図したがるけど」

「わかりました」わたしはほほえんだ。

ジェイムズはわたしに気があるわけではなかった。

ふたりがノルウェー語でおしゃべりしているあいだ、わたしは明るく清潔な画廊を見てまわり、幸福感から自分を抱きしめたくなった。

わたしにはこの仕事がある、ドミニクもいる。これ以上の幸せなんてあるのかしら？


午後遅く、メールが来た。

やあ、何時に終わる？　仕事のあと、飲みにいくかい？　Ｄ×

わたしは返事を打った。

うれしい。六時に終わるわ。Ｂ×

すぐにまた返事が来た。

リージェント・ストリート近くのオール・ソウルズ教会の前で待ち合わせよう。BBCの隣だ。六時半に。×

「いい知らせかい？」ジェイムズが形のいい眉を金縁眼鏡の上に吊りあげて尋ねた。

わたしは赤くなってうなずいた。「え、ええ」

「恋人かい？」

わたしはもっと赤くなった。「ええ……その……」

「まだ恋人じゃない」彼はにっこり笑って言った。「だがそうなればいいと思っている」

わたしはきっと真っ赤になっているはずだ。「そんなところです」

「彼は運がいい。きみをちゃんと大事にしてくれるといいね」

昨日の夜、ドミニクがどんなにわたしを大事にしてくれたかを思いだして、わたしはどっと興奮を覚えた。まるで高い飛びこみ台からうんと下のプールに飛びこんだみたいに。わたしは自分が何を言ってしまうかわからないから、黙ってうなずいた。

画廊は六時に終わり、ドミニクが決めた待ち合わせ場所の教会までは歩いてすぐだった――道はジェイムズに教えてもらった――から、時間にじゅうぶんな余裕があった。

教会は古く、黄土色の石造りの建物で、円柱が輪のように並ぶ円形の前廊を歩いてみたらリージェント・ストリートがよく見える。教会の隣に建つＢＢＣの立派なファサードの前を、たくさんの車がせわしなく走り抜けていく。道行く人びとを眺めているのもたのしかったけど、早くドミニクに会いたかった。その気持ちは、目が覚めて今日はクリスマスとか何か特別な日だと気がつくのに似ていた——これから起きるたのしいことへの期待。

彼が着いたとき、わたしは教会の掲示板の貼り紙を読んでいて、「ベス？」と呼ぶ彼の声にびっくりして飛びあがった。

「ドミニク！」わたしは満面の笑みを浮かべてふり向いた。「お仕事はどうだった？」

ドミニクはいつもどおりすてきだった。濃紺色のスーツはわたしのようにファッションにうとい人間でもすばらしい仕立てだとわかる。彼はほほえみ、わたしの腰に手を置いてほおにキスをしてくれた。「うまくいったよ、ありがとう。きみは？」

わたしは彼に連れられてリージェント・ストリートを渡り、西に向かってメリルボーンに入りながら画廊での初日について話した。ドミニクは聞いていたが、あまり質問はしてこなくて、なんとなく上の空のようだった。

「どうしたの？」彼の案内で雰囲気のいいワインバーに入ったところでわたしは尋ねた。

この店は石造りのヴォールト天井になっていて、テーブルはそれぞれ壁のくぼみ《アルコーヴ》に置かれている。水銀ガラスのホルダーに置かれた蠟燭の火が揺らめき、壁に奇妙な影を投げかけていた。わたしたちが半個室になったアルコーヴの席につき、飲み物の注文――よく冷えたピュリニー・モンラッシェをグラスでふたつ――を済ませてしまうまで、彼は質問に答えてくれなかった。彼はようやく話しはじめたけど、わたしの目を見ようとしなかった。

「なんでもない」彼は言った。「本当に」

「ドミニク?」わたしは彼の手に自分の手を重ねて、一瞬彼はその手を握ったが、すぐに放してしまった。「どういうこと?」

彼は顔をしかめてテーブルをにらんでいる。

「気になるわ。ねえ言って。何があったの?」

ウエイトレスが飲み物を持ってきたので、ふたりとも何も言わなかった。わたしは心配で胸が締めつけられるように感じた。どうして彼は冷たくよそよそしくなってしまったの? 彼が壁をつくっているのが感じられる。「ドミニク」ふたりきりになったとき、わたしは言った。「何が問題なのか教えて」

ようやく彼は目をあげてわたしの目を見つめた。その目に悲しみと申し訳なさが浮かんでいるのを見て、わたしはぞっとした。「ベス」彼はゆっくりと口を開いた。「すまない……」

わたしは一瞬にしてすべてを理解し、脳天を殴られたように感じた。「いやよ！」思わず叫んでいた。怒りが全身を駆けめぐる。こんなの許せない。

「すまない」彼はまた言った。両手の指を組み合わせ、それをじっと見つめている。その顔は苦痛に耐えているように歪んでいる。「今日一日、ずっと考えて決めたんだ――」

「そんなことは言わないで」すがるような声になってしまうのはいやだったけど、どうしようもなかった。「あなたはわたしたちにチャンスもくれないのね」

彼は目をあげてわたしを見た。「そうだ。だがそれが重要なんだ。ぼくたちにチャンスを与えることはできない」

「なぜ？」わたしはまるで、雪崩《なだれ》に遭ってとてつもない力に翻弄《ほんろう》されているかのように感じていたが、落ち着かなければと自分に言い聞かせた。「昨夜わたしたちがしたことはすばらしかったわ。信じられないほどに……。わたしがばかでうぶな娘だということ？　それともあなたにとっては、あんなのいつものことなの？　わたしはあれが、あなたにとっても特別なことだと――」

「そうだ！」彼は苦しそうな顔で言葉を挟んだ。「もちろん特別だった。問題はそこじゃないんだ、ベス、むしろそれならよかった」

「ではなんなの？」わたしが頭の隅のほうに押しやって考えまいとしてきたことが、ぐっと前面に出てきた。わかっているくせに、とその声はうれしそうにわたしにささやいた。彼に知られないようにして見ていたくせに……。「恋人がいるの？　わたしに言わなかった誰かが」

彼は目をつぶって首を横に振った。「違う、違うんだ」

「それなら……」いいかげんにしなさいよ、と悪意に満ちたちいさな声は言った。知らないふりはやめなさい。彼が思う以上のことをあなたは知っている。言ってしまいなさいよ。

わたしはその声に怒鳴り返してやりたかった。でもあれは彼じゃなかったはず。彼にはなんの痕もなかったわ。

彼女はすごくうまくて、痕を残さないのかもよ、とその声はそそのかした。

ああどうしよう、その可能性は考えていなかった……。自分のまわりですべてが崩壊していくように感じた。次にわたしが話したとき、その声はおずおずとこわがっているように響いた。「それはあなたとヴァネッサがいっしょにしていることのせいなの？」

彼は驚愕《きようがく》していた。一瞬その動きが凍りつき、それから何か言おうとするかのように口をあけたが、何も考えつかないようだった。

わたしは勇気を出して言った。「わたしは見たの」

「何を見たんだ？」

彼は怒っているのかと思ったが、むしろとまどっているようだった。わたしはためらい、言葉を切ったが、彼はわたしの目をまっすぐ見つめた。厳しい顔で、また例の冷たいまなざしだった。

「ベス、教えてくれ。何を見たんだ？」

イメージが脳裏に浮かんだ。かがんで道具に口づけていた男性。女性の腕のリズミカルな動き。彼女が彼を打ち懲《こ》らしめる影絵芝居。

「わたし……」わたしの声はちいさくなり、今度はわたしが彼と目を合わせられなかった。「土曜日の夜よ。わたしのフラットからあなたのフラットを見たの。カーテンはしまっていたけど明かりがついていたから、部屋のなかは見えた……あなたとヴァネッサも。少なくともわたしは彼女だと思った。わからないけど」わたしは彼の美しい黒い目を見た。蠟燭の光に照らされて金色の斑点が見える。これから言うことを、言わずに済んだらよかったのに。「彼女があなたを叩いていた。最初はいたずらな子どもを叱るときのように、それからまた別の姿勢になって。そしてあなたは、フラットにある奇妙な椅子に腹這いになり、彼女にベルトで鞭打たれていたわ」

彼は蒼白な顔でわたしをじっと見つめた。

「わたしは見たのよ」わたしはくり返した。「あなたたちがいっしょにしていることを。だからあなたは、チャンスもくれないままわたしと終わりにしようとしているの？」

「ああ、ベス」彼は言葉を探しているみたいだった。「まったく、なんて言ったらいいんだろう。きみはそれがぼくのフラットで行われているのを見たんだね？」

わたしはうなずいた。

「そしてぼくとヴァネッサだと思った？」

「それ以外に考えられないでしょう？　あなたのフラットなのよ。ふたりがいっしょにいるところも見たし。ほかの誰だというの？」

彼は一瞬考えて言った。「なるほど、どういうことかわかったよ。きみはひとつは正しい。きみが見た女性はヴァネッサだった。彼女がぼくのフラットの合鍵をもっているのは、このあいだ彼女が入ってきたときにわかっただろう。だが……」彼はしっかりとわたしを見つめた。「……男性はぼくじゃない。嘘じゃないよ」

「それなら……あなたは誰かがフラットに入ってきてぶたれるのを許しているの？　それは誰？」

「許しているわけじゃない。つまり、ぼくは迷惑している。だがヴァネッサはあの晩ぼくが留守だと知っていたし、彼女の顧客には富豪になった気分で贅沢なフラットで支配されてみたいと思う人間がいる。彼女はそういう客をぼくのフラットに連れてきてプレイの舞台に使うんだ」彼は首を振った。「彼女の立ち入りを禁止したことはないが、ぼくの家を仕事に使わないでくれとは言ってある。古いつきあいだからなんでも許されると彼女は思っているんだ」

わたしは面食らった。「待って——彼女の顧客って？　仕事ってなに？　ヴァネッサは……売春婦なの？」とても信じられなかった。あんなに美人で洗練されたヴァネッサが売春婦？　ありえない。どうしてそんなことをする必要があるの？

ドミニクはゆっくりとため息をついて口笛のような音を出し、椅子の背にもたれた。「なんてことだ。パンドラの箱が、いままさにあいてしまった。こうなったらきみに正直に話すしかないだろう」

「そうしてくれたらありがたいわ、本当に」わたしは少し皮肉をこめて言った。

「わかった。ぼくは自分のことについて話そうと思っていたんだが、ヴァネッサのことから話すことにしよう」彼はワイングラスを取ってひと口飲んだ。アルコールの助けを借りて勇気を奮いおこそうとしているみたいに。わたしも水滴がついている冷たいグラスを取り、辛口の白ワインをひと口飲んだ。自分にも勇気が必要だという予感がした。

ドミニクは背筋を伸ばし、両手を組み合わせてわたしを見た。「最初に言っておくと、ヴァネッサは売春婦ではない。とにかく、きみが考えているような売春婦ではない。彼女はあるサービスで料金をとっているが、顧客とはほとんどセックスはしない。彼女はまったく違うサービスを提供しているんだ。ヴァネッサはプロの女主人《ミストレス》であり、女支配者《ドミナトリックス》だ。彼女はある種の嗜好をもつ人びとに、その欲求を実現する会員制の安全な場所を提供している」

わたしは何も言わずにその話を聞いていた。ドミナトリックスというのは聞いたことがあるけど、それは映画や物語に出てくるおかしな人のことだった。現実の世界に存在するとは思っていなかった。ヴァネッサがそうなの？

ドミニクは続けた。「大部分の人間はセックスとか恋愛を非常に型どおりに考えている——一般的に、ひとりの男とひとりの女が裸になって、ノーマルなセックスをする。いわゆるバニラ・セックスだ。もちろん、きみもキオスクで売られている男性誌を見たことはあると思うけど、一般的な男の嗜好に合った内容になっている。男はああいう裸のおっぱいとむきだしの尻の写真を見ながら自分でするということだ」

ドミニクの口からそういう言葉を聞くのは変な感じがする。そして彼がその言葉に一種の冷たい軽蔑をこめていることが、さらに気がかりだった。

彼は身を乗りだしてわたしを注視した。「だがぼくたちの多くはそうじゃない。ぼくたちの好みはそうじゃないんだ。ぼくたちはほかのものを求め、ただ想像するだけではなく、それを現実にしたいと思う」

彼は〝ぼくたち〟と言った。自分のことを言っているんだ。ああどうしよう、いったい彼は何を言うつもりなの？

「地下にあったバーを憶えているね。〈ジ・アサイラム〉だ」彼は突然言い、わたしがうなずくのを見て続けた。「あのバーはヴァネッサの店だ。じつは、あの建物すべてがヴァネッサのものだよ。人びとが自分の嗜好をたのしみ、なんの心配もなく欲求を満たすことができる場所だ。隠れ家といってもいい。彼女は彼女自身のような人びとのためにあそこをつくったんだ」

わたしは聞きながら、檻のなかにいた服従者《サブミッシヴ》たちを思いだしていた。「彼女はドミナトリックスだと……」わけがわからない。

「ドムにはサブが必要だ。そうでなければ何も起こらない」彼はそう言い、今晩はじめてにっこり笑った。「天と地。陰と陽」そして彼は物思いにふけり、自分の過去を思いだしているようだった。それからまた話を続けた。「ぼくはオックスフォードで学んでいるときにヴァネッサと出会い、すぐに彼女に好意をもった。ぼくたちは強く惹かれ合った。ぼくはアメリカから帰ってきたばかりで誰も知り合いがいなくて、彼女みたいな女性と会えてうれしかったんだ。そして彼女はとても変わっていた。やがて彼女はぼくを自分の……趣味に引きこんだ。最初は遊びみたいだった。彼女はセックスのときにぼくをベッドに縛りつけ、興奮させて長時間そのままじらし、あらゆるテクニックでぼくを責めさいなんだ——ぼくはそれをかなり気に入っていたよ。それから彼女は寝室に道具を持ちこんだ。スカーフ、ロープ、目隠しなどをね。ぼくに猿ぐつわを噛ませたり目隠しをしたりしてプレイしたがった。それからスパンキングを教えられた。はじめはやさしく——平手で尻を叩くとか——それからもっと本格的になった。パドルやベルトを持ってきて、ほかのことよりスパンキングに費やす時間がどんどん長くなっていったんだ。彼女はものすごくたのしんでいた。ものすごく」彼はその記憶に目を輝かせた。

つまり彼はあの椅子に寝ていた男性といっしょだということ。ヴァネッサとドミニクがセックスしていたところを想像するのは不愉快だった。嫉妬、そして彼がベッドに寝そべってじらされていたと聞いて感じた興奮のせいだ。「それで……あなたは？ あなたもたのしんだの？」

彼はまたため息をつき、ワインを飲んだ。「経験のない人に説明するのは難しい。信じられないだろうが、痛みと快感はとても近くでつながっている。痛みは悪いことだとは限らない——その人を刺激し、昂らせ、快感を非常に強烈なものにしてくれる。痛みがその人間の心のなかにある嗜好や偏愛——たとえば支配されたいとか、罰されたいとか、いたずらをした子やいけないことをした娘のように折檻されたいという望み——と結びつけば、じっさい、快感は爆発的なものになる」

わたしは想像してみようとしたけど、どうしてぶたれたり痛い思いをしたりすることがたのしいのか、理解できなかった。少なくとも、自分には無理だと思った。わたしにはお仕置きされたいという願望はない。わたしの望みは恋愛だ。

ドミニクは続けた。すべて打ちあけて肩の荷をおろしたいと思っているらしい。「ぼくはある程度以上はやりたくなかったが、ヴァネッサはもっと先まで進みたがった。彼女はぼくに本格的な鞭打ちをしたがったけど、ぼくは気が進まなかったんだ。彼女のプレイはある程度まではおもしろいと思えたが、それを越えるとまったく何も感じなくなった。そしてぼくたちはクラブを創設したんだ」

「クラブ？」

彼はうなずいた。「同じ趣味をもった人びとの秘密の集まりだよ。クラブは川岸の古いボートハウスを集合場所にした。そとから見たらごく普通の建物だったが、内部は鞭打ち術に捧げられていた。普通の家に置いておけない道具をいろいろとそろえた。枷の付いたスプレッドバー、十字架、拷問台など」

わたしは息をのんだ。拷問部屋？　そんな。わたしたちはそういうことを廃止しようとしているのではないの？　人権団体は知っているの？

ドミニクはわたしの顔を見た。「ひどいことに聞こえるだろう？　だがすべて合意の上だ。鞭打たれるほうの人間が望まないことはやらない。ぼくの初体験は非常に衝撃的だった。そのときにはじめて、男性が女性を本格的に鞭打つのを見たんだ」彼は遠くを見るような目になり、記憶のなかでその場面を再現しているのだとわかった。「女性は聖アンドリューの十字架――X形の十字架だ――に手首と足首を縛られていた。男性は七種類もの道具を使った。最初はやわらかな馬の尾毛でできたもので、最後は九尾の猫《キャットオー》鞭《ナインテイル》と呼ばれる重い鞭だった。もっとも、その鞭の先は九本ではなく二十本に分かれていた。だがその鞭を使うときには女性はぼろぼろだった。すごかったよ」

わたしは頭のなかでその場面を思い浮かべた。女性が痛みに悲鳴をあげ、その背中にはみみず腫れができて血がにじみ、男性は己の力に夢中になって力いっぱい女性を鞭打つ。それがたのしいことなの？

「それでふたりはいつ、セックスをしたの？」わたしはおずおずと訊いてみた。

ドミニクは驚いた顔をした。「セックス？」

「それは一種の性行為なのでしょう？　それともわたし、的外れなことを言っている？

ふたりはいつセックスしたの？」

「クラブのルールで、性交や挿入は禁じられている。メンバーが個室でそれを自分たちのプレイの一環と認めた場合以外はね。だがきみが考えるセックスなしでも、性的満足は得られる。セックスは鞭打ちであり、鞭打ちがセックスなんだ。でもそうでない場合もある。ケースバイケースだ。相手との関係と権力交換《パワー・エクスチエンジ》だけで、望みの快感を得られる場合が多い」

わたしはまじまじと彼を見つめた。彼の言うとおりだ。わたしは彼が話していることを想像したこともなかった。「それであなたはクラブを創設しただけでなく、メンバーになったの？」

ドミニクはうなずいた。「ヴァネッサは有頂天だった。これこそ彼女が探し求めていた自らの嗜好を実現できる場《シーン》だった。彼女は同好者のコミュニティーを見つけたんだ。〈ジ・アサイラム〉はクラブの支部みたいなものだが、単に支配だけではない欲求に応えている点でより進んでいる」

「ほかにもあるの？」わたしは小声で尋ねた。

ドミニクは笑った。「ああ。たくさんある。だが脱線するのはやめておこう。いまは、きみがぼくのフラットで見たのはぼくではありえないわけを説明しているのだから」

「ありえないのはなぜなの？」

彼はまっすぐにわたしの目を見た。「なぜなら、ぼくは鞭打ちを見たとき、自分は十字架に縛りつけられて仕置き用の道具で打たれたくはないと、はっきりわかったからだ」彼は一瞬言葉を切った。「ぼくは鞭を持っていた男性になりたかった。打たれるのではなく。鞭をふるいたかったんだ」

なんと言ったらいいのかわからない。わたしは大きく目を見開いて彼を見る。

ドミニクは急に疲れた顔をしてため息をついた。「こんなふうに話すつもりではなかったんだ。話し方を失敗した」

わたしは頭のなかでつながりを考えていたから、彼の言うことをよく聞いていなかった。「つまり、あなたとヴァネッサの求めるものが違うからやっていけないと言ったのは、そういう意味だったのね」

彼はゆっくりうなずいた。「そうだ。ある関係において支配者《ドミナント》がふたりというのは不可能だ。それが性的な関係である場合はね。だが、もっと肝心なことを言えば、ぼくたちはもう愛し合っていなかった。恋愛関係は終わり、もともとそうなるべきだった関係に――友人どうしに――なった。嗜好の探究でぼくらは強く結びついた」

「手錠で、ということね」わたしは辛辣に言ったつもりだったのに、彼に笑われて傷ついた。「笑わせようとして言ったんじゃないわ。こういうこと全部、わたしにとっては知らないことなのよ」わたしは彼のほうに身を乗りだしてじっと見つめた。そもそも、こんなにすてきな男性がストレートのはずがなかったのだ。「つまりあなたは女性を鞭打たないと興奮しないということ？」

彼はまたひと口ワインを飲んだ。わたしが彼を落ち着かない気分にさせているの？

「これはぼくにとってもあまりないことだ。きみはこちらの世界について何も知らない。ぼくにとってはごく当たり前のことを、きみは奇妙なことだと思う。きみは信じられないかもしれないが、サブミッシヴでいることで大きな快感を得る女性はたくさんいる。そしてぼくはそういう女性を支配することで大きなよろこびを得るんだ」

わたしは言葉を失った。目の前にいる、普通の見た目をした男性が、女性の背中に鞭をふるっているところを想像しようとしてみた。怒りと悲しみで胸がいっぱいになったが、その感情がどこから湧いてきたのかわからない。わたしはよく考える前によろめきながら立ちあがり、押しやった椅子で石の床をこすって大きな音をたててしまった。「あなたがなぜ終わりにしたいのかわかったわ」わたしは震える声で言った。「昨日の夜はあなたには物足りなかったということね。わたしはすごくよかったけど、あなたはわたしをめった打ちにしない限り、ぜんぜんよくないということでしょう。わかったわ。教えてくれてありがとう」

彼は傷ついたような目をした。「ベス、違う、そういうことじゃない」

わたしは彼を遮った。「いいえ、よくわかったわ。さよなら」わたしは背中を向けて出口に突進した。彼も立ちあがってわたしの名前を呼んだけど、支払いを済ませずに追いかけてはこないとわかっていた。だからわたしは通りに出て、通りがかりのタクシーを呼びとめた。

「ランドルフ・ガーデンズまでお願い」息を切らしてそう言い、後部座席に乗りこんだ。メイフェアまでの道のりのあいだずっと、気温が零度になってしまったみたいにがたがたと震えていた。

10

次の日仕事に行くと、ジェイムズはすぐにわたしの変化に気づいた。

「どうした？」彼は眼鏡越しにわたしを見て言った。「昨日ほど元気じゃないみたいだね」

わたしは無理して笑おうとした。「なんでもないんです。本当に」

「ああ、恋人とけんかだね、わたしの思い違いでなければ。心配いらないよ。わたしにも経験がある。幸いにもわたしとアーランドはもう、そんな恋愛の苦しみを卒業した古いカップルだからね。おもしろみはないが、その代わり安らぎがある」彼は気遣うようにわたしを見た。「とはいえ、とてもつらかったのを忘れたわけじゃない。質問はしないよ——だが気をそらしてあげよう」

いくらジェイムズでも、昨夜の驚くべき告白を忘れさせてくれるなんて無理じゃないかと思った。あれからほかのことは何ひとつ考えられなかった。夜はベッドに横になっても眠れなくて、ドミニクが声高に笑いながら、女性の背中にあらゆる道具を振りおろしているところが目に浮かんだ。

女を叩きたがる男。どうして彼がそんなふうに？　理解できない。理解したいとも思えない。

ずっと自分にそう言い聞かせているのに、彼への気持ちをとめられない。いまでも彼を求めているし、次の展覧会のカタログを校正する仕事でわたしを多忙にしようとしたジェイムズの配慮にもかかわらず、一日じゅう彼のことを考えていた。そのドミニクからはなんの連絡もなく、時間がたつにつれて、もう二度と彼に会えないのではないかと思ってますます落ちこんだ。

その夜、わたしは帰りに食料品の買い物をしただけで帰宅し、向かいのフラットに何か動きがないか気にしていないふりをした。でもわたしは薬物依存症の患者が麻薬を欲しがるように、ドミニクの姿を求めていた。もし彼の姿が見えたら、自分は向かいのフラットに行ってしまうのではないかと心配だったほどだ。

八時になったけど向かいのフラットはまだ暗闇に包まれたままで、わたしは部屋のなかを行ったり来たりして、携帯電話を持ってメールを打ったが、なんとか送信は思いとどまった。そのあいだずっと、彼はどこにいて何をしているのだろうと考えていた。〈ジ・アサイラム〉に彼がいるかどうか見にいこうかと思ったとき、玄関からノックが聞こえた。

わたしは立ちすくんだ。ドミニク。間違いない。それともポーターだろうか……。

わたしは心臓をどきどきさせながら、そっとドアをあけた。彼がいた――片腕をドア枠にもたれさせて。こんなひどい顔をしている彼ははじめてだ。あごには無精ひげが伸び、目の下には隈《くま》ができ、目は充血している。一睡もしていないようだった。それに服装もだらしなかった。しわくちゃのジーンズに灰色のスウェットシャツ。うつむいて床を見ていたが、わたしがドアから出ると、ゆっくりと顔をあげた。

「やあ」彼は低い声で言った。「すまない、きみはぼくなんかに会いたくないのはわかっている。だがどうしても、きみに会わずにいられなかったんだ」

「いいえ」わたしは弱々しくほほえんだ。「わたしもあなたに会いたかった。ずっとあなたのことを考えていたわ」

彼は悲痛な顔をした。「だが昨日の夜きみは逃げていった。ぼくにぞっとして。ショックを受けて。おぞましいと思って」彼が手で黒髪をかきあげると、あちこち毛がはねていた。あきれるほどセクシーだ。自分は洗練されておしゃれなドミニクを好きだと思っていたけど、むさくるしい彼のほうが好きなのかもしれない。彼の黒い目が懇願していた。「ベス、ぼくは話し方を失敗した。あんなふうに話すべきではなかったんだ。きみに誤解させてしまった」

わたしは喉がからからになった。「わたしが何を誤解したの？」

「きみは、ぼくがただ女性を叩きたがっていると思っている。そうじゃないんだ、本当に。ぼくの説明を聞いてくれるかい？　頼むよ」

わたしはしばらく彼をじっと見ていた。彼を追い返したり拒絶したりすることは考えられない。でもあまりにいろいろなことがありすぎて、情報を処理する速度が半分になっている。「もちろんいいわ、入って」

わたしが暗い廊下に一歩さがると、彼はわたしのほうへ近づいてきた。それだけでもうだめだった。彼がそばに来た瞬間、わたしは彼のすてきな匂いを胸いっぱいに吸いこんだ。甘くて、レモンみたいで、麝香の匂いも混じっていて、たまらなく引きつけられてしまう。彼がそばにいるとからだが熱くほてり、脚ががくがくして、その唇を見つめてしまう。自分の唇を少し開いて。

「ベス」彼がしわがれた声で言い、次の瞬間、彼の口がわたしの口を覆い、わたしたちは無我夢中でキスしていた。すごくすてきだった。まるでビロードの竜巻――力強くわたしを翻弄し、くらくらさせ、同時にやわらかくて暗いつむじ風――に吹きあげられたみたい。彼の味とその欲望の強さが、わたしのなかの、自分でも知らなかった性欲を揺り起こす。彼が欲しくてたまらず、舌がふれ合った瞬間に準備ができた。熱く湿って、欲しがっている。押しつけられた彼のものの硬さから、彼も準備ができているとわかる。わたしたちは本能のままに、自分を抑えられず、相手を求める欲望に駆りたてられていた。

わたしのシャツのなかに入ってきた彼の両手にシャツをもちあげられ、頭から脱がされて、ブラだけになってしまった。彼は一瞬頭をさげ、カップの上のふくらみに熱いキスを降らせ、すぐにまた唇に戻ってきた。わたしは貪るようにその唇を味わった。わたしも彼のスウェットシャツを脱がせようとしたけど、彼が自分でつかんでいっきに脱ぎ去り、わたしたちは裸の胸を密着させ、肌と肌がふれ合うとびきり強烈な快感を味わった。

彼はわたしの唇を軽く噛み、舌を吸った。さっきより切迫した情熱にわたしも夢中で応える。彼の広い筋肉質の背中に爪を立てると、彼は唇を合わせたままわたしの口のなかにうめいた。わたしは彼のジーンズのボタンを手早くはずした。硬くなった彼のものが熱を発し、やわらかな綿のボクサーショーツを押しあげているのが感じられる。あわせから手を差しいれると、それは熱くて硬くてビロードのように滑らかだった。やさしく皮をこすり、彼にうめき声をあげさせる。今度は彼が片手でわたしのスカートのホックをはずして床に落とすと、あっという間に指をパンティーに侵入させて熱く濡れた場所に達した。ふくれた唇をこすられ、なかに指を入れられてわたしは息をのみ、お返しに彼の口に舌を差しいれた。彼は蕾に指を滑らせ、そのちいさなボタンを指先で押しながらくりくりと円を描く。わたしは強烈な快感に身震いし、彼の大きくなったペニスをぎゅっと握った。ふたりとも相手をよろこばせるのに忙しかった。彼は指をわたしの入口にあて、一本、二本と挿入した。わたしは頭をそらして思わず大きな声をあげた。彼はどんどん速く、奥まで指を突きたてる。

「ファックしてからきみのことしか考えられなかった」彼は言った。「きみを感じ、味わいたいと」

わたしは彼のジーンズを脱がせにかかった。彼がいったんパンティーから手を離し、わたしは引き締まった太ももとふくらはぎからジーンズとボクサーショーツを引きおろした。そのままわたしは彼の前にひざまずく姿勢になった。彼の股間に顔を押しつけ、ほおに硬いコックがあたる感触をたのしみ、彼の毛のかすかないい匂いをかぐ。彼の指がわたしの髪を撫で、そっと指にひと房巻いているのが感じられた。彼のペニスは信じられないくらい大きく、それがわたしをよろこばせてくれるのと同じくらい、彼をよろこばせてあげたかった。わたしはペニスに唇を滑らせ、やわらかな皮とその下の硬さを味わった。唇が先端まできたとき、わたしは片手でペニスを持ち、もう片方の手で睾丸を包んでやさしく愛撫した。わたしが人差し指で睾丸にふれると彼の息が乱れた。すばやくペニスの先をくわえ、吸いながらそのまわりと先端に舌を巻きつけるようにして愛撫し、同時にペニスを握った手を上下させる。ドミニクは腰を振り、わたしの髪をつかむ指に力をこめた。これが彼に強烈な快感を与えていると知って、わたしはしゃぶりながらしごきつづけた。彼のよろこびがわたしを興奮させ、あとどれくらい耐えられるだろうと思ったとき、彼がペニスを引き抜いてしわがれた声で言った。「このまま続けたらいってしまう」

彼もひざまずいてわたしにキスしてきた。深く激しくキスしながら、わたしをそっと押して冷たい大理石の床に仰向けにさせた。ほてったからだにその冷たさが気持ちよく、わたしは身をよじって吐息をつく。そのとき彼がわたしに入ろうとして押しつけているのを感じた。次の瞬間、彼がなかに入ってきて、わたしを官能的でみだらな快感で満たした。わたしは彼がもっと奥まで入れるように、その背中に脚を巻きつけた。自分の中心に彼を感じたい――いいえ、わたしの中心まで突きあげ、あの激しいよろこびを感じさせてほしい。

激しく猛《たけ》り狂ったセックスだった。彼は力強く腰を振り、それに合わせて浮かしたわたしの腰とぶつかり合って、何度もそれをくり返した。わたしたちは彼が突きあげる動きに合わせて舌を絡ませた。

突然、ドミニクがわたしの手首をつかんで頭の上に固定した。興奮がわたしの全身を駆けめぐる。拘束されるってこういう感じなのね。彼のからだの下に閉じこめられて支配されるのは、信じられないほどすてきだった。

「ああ、きれいだよ、すごく」彼は言って歯を食いしばり、焼きつくような熱のこもった目でわたしを見つめた。「いけ、ぼくのために」

　彼の言葉でさらに興奮した。まるで彼がわたしの絶頂を所有しているみたい。この激しく官能的な瞬間にも、わたしはこれがドミニクのサブミッシヴであるということなのだろうかと考えていた。もしそうなら、思っていたよりたのしいかも。彼が腰を突きだすたびに恥骨がわたしのクリトリスにあたり、彼のペニスは奥に侵入する。わたしのあそこで快感の波が生まれ、うねるようにして下腹部全体に広がっていくのを感じる。波によって高く、もっと高く、感覚の頂点まで引きあげられ、いま感じている快感がさらに耐えがたいものになった。その瞬間、限界を超え、絶頂が舞いおりて、すばらしいよろこびの混沌のなかにわたしは投げいれられた。叫んだけど何も言葉にならず、手脚を硬直させて痙攣した。彼は短く強く何度か押しいれたあと、しっかりと大きく動かし、最奥まで突きあげながら声をあげていった。

　わたしたちはしばらくぼうっとしたまま横たわり、息を切らせながらからだを休めた。ドミニクはまだわたしのなかにいた。わたしが満ち足りた気分でほほえみ、彼の背中を撫でたとき、彼がからだを離した。顔をしかめている。

「どうしたの？」わたしは訊きながら、太ももに彼の精液が流れるのを感じた。

「コンドームをつけなかった」

「そう……じつはわたし、ピルを服用しているわ」わたしは言った。「何年も前からずっと。アダムと別れたときもやめなかった。でも……」

彼はうなずいた。「わかっている。セーフセックスのことは。大事なことだ。ぼくはこんなふうにわれを忘れるべきじゃなかった」彼はまじめな顔になった。「聞いてくれ。ぼくは検診の一環として定期的に検査をしている。健康だと証明されているから、心配する必要はないんだ」

わたしも同じことを言おうとして、そのときはっと気づいた。アダムはわたし以外の女と寝ていた。彼女が何人のパートナーとセックスしたのか、コンドームを使ったのかなんてわからない。涙がこみあげてきた。

「どうしたんだ、スイートハート?」ドミニクはやさしく言って、わたしの髪を撫でてくれた。わたしが泣きながら説明すると、彼は言った。「心配しなくてもいいよ。だがそれで安心できるなら、ぼくのかかりつけの医師に検査してもらうといい。ハーレー・ストリートの近くだ。いいやつだよ。ぼくが予約しておくよ。その病院には女医もいる。もしそのほうがよければ、きみがそれで安心できるならね」

わたしは彼の心遣いに感謝して、ほおにキスした。「ええ、そうしたいわ。そうしたらアダムと彼にかかわることすべてを頭から追い払えると思う」

「よし」彼はわたしの唇に軽くキスをした。「それなら——起きようか? 床が急に冷たくて固くなってきたみたいだ」

わたしたちは交代でシャワーを浴びた。ドミニクがシャワーを済ませてまたスウェットシャツとジーンズを身に着けてやってきたとき、わたしは居間に彼のワインを用意して、自分もワイングラスを手にシルクのバスローブ姿でソファに座っていた。

「きみに会いにきたときはこんなつもりはなかった」ドミニクはわたしの向かいの肘掛け椅子に座り、ほほえんで言った。「だがもしかしたらあったのかもしれない、わからない……」

わたしもほほえみ返した。「今日はずっと落ちこんでいたわ」

「ぼくもだ」彼はまた顔を曇らせた。「だがぼくたちには話し合わなければいけないことが残っている」

「そうね」わたしはため息をついた。「ドミニク、わたしにはどうしても理解できないのよ。どうして、さっきわたしたちがしたことであなたが満足できないのか。あなたはあれ以上のものを必要としている。ヴァネッサが教えてくれたもうひとつの変わった世界を」

彼はゆっくりとうなずいた。「うまく説明できない。もしかしたら麻薬のようなものなのかもしれない。一度でもそのやり方で興奮を味わったら、それなしではいられなくなる。いま現在は、ぼくたちふたりのセックスは信じられないほどすばらしいよ。掛け値なしに。それは否定できない」彼の顔に悲しみがよぎった。「だがいずれどうなるか、ぼくにはわかっている。しばらくするとぼくは、こんなふうに満足できなくなる。もっと、危険な激しさを求めてしまう。支配するスリルが欲しくなる」彼は澄んだ、射るような目でわたしを見つめた。「そしてきみは支配されたくはない」

「それはわからないでしょう」わたしは抗議した。「もしかしたら支配されたいと思うかもしれないわ」

彼は首を振った。「いや。ほとんどのサブミッシヴには幼いころからその衝動がある。性的成長とともに衝動も強くなるんだ。いいかい、ぼくは女性を叩きたいわけじゃない。それとはちょっと違う――ぼくに折檻されたいと望むサブミッシヴを支配したいんだ。そしてぼくは異性愛者《ヘテロセクシャル》だから、相手は女性になる。誰かを虐待するということじゃない。すべて合意の上のことだし、安全で、プレイの範囲はあらかじめ決まっているんだ。だがそれはきみの望みではない。もしきみに、鞭打たれたりスパンキングされたりお仕置きされたりしたいという欲求があったら、もう自分でわかっているはずだよ」

わたしは鋭く彼を見つめ返した。「あなたはわかっていなかった」

彼は驚いた顔をした。「どういう意味だ?」

「あなたから聞いた話では、あなたはヴァネッサがそういうことを求めるまで、自分にそんな願望があると知らなかった。そしてじっさいの鞭打ちを見るまで、自分がドミナントだとも知らなかった」

彼がわたしの言ったことを考えるあいだ、長い沈黙があった。彼の片手はぼんやりと椅子の肘掛けを撫でていた。それからようやく、彼は言った。「きみの言うとおりだ。ぼくは知らなかった。だがそれがサブにもあてはまることなのかどうかは、わからない」

「でもどうして、このまま続けてみたらいけないの？」わたしは絶望的な気分で尋ねた。

「ひょっとしたらあなたは、今回はその衝動が起きないかもしれない」

「そんな約束はできないんだ、ベス。そしてじつを言えば、これまで何度も、そうなってきた。きみにぼくを好きにならせておいて、うまくいかないからと言って別れることはしたくない」

「もう遅いわ」わたしは静かな声で言った。

「わかっている。すまない」彼はわたしと目を合わせられず、椅子のカバーをぎゅっとつかんだ。

わたしは、セリアの華奢《きゃしゃ》な肘掛け椅子には大きすぎる彼の引き締まった長身を眺めて、いったいなぜこんなことになってしまったのかと思った。「つまりあなたが言いたいのは、さっきみたいなセックスをしても、やっぱりわたしたちは終わりで、これ以上続けられないということね？」

ドミニクは悲しそうな黒い目でわたしを見た。「そうだ」

わたしはひどくみじめな気分だった。「つまりあれは、さよならのセックスだったたってことね？」考えていたより辛辣な言い方になってしまった。

「そんなんじゃなかったということは、わかっているだろう」彼は穏やかに言った。

わたしは腹立たしさと悲しみをどちらも同じくらい感じていた。「どうしてそんなことができるのかわからないわ。わたしを欲しい、わたしのことしか考えられないと言い、さっきみたいなセックスをしておきながら――去っていくなんて」

彼は一瞬、目を閉じた。ふたたび目をあけたとき、セックスする前よりも悲しそうに見えた。彼はゆっくりと立ちあがって言った。「ぼくにもわからない。でもこうするのがいちばんなんだ、ベス。本当だよ」

彼はわたしの前にやってきて、かがみ、唇にキスした。彼がそばに来ただけでくらくらしそうだったけど、わたしは目を閉じて彼を遮断しようとした。

「ベス」彼の声は聞こえるか聞こえないかのつぶやきだった。「ぼくのいちばん暗い部分まできみを連れていけたらどんなにいいかと思う。ぼくがきみに抱いている欲望の最後の一片まできみに見せ、きみを完全にぼくのものにできたら。だがそこまで行ったら、きみは戻ってこられなくなる。ベス、ぼくはきみをそこまで連れていって失いたくない」一瞬の間があり、彼はささやいた。「すまない」

わたしは目を閉じたまま、彼が離れていく気配を感じていた。そして部屋を出ていく足音も。玄関ドアのしまる音がして、わたしは胸が張り裂けてしまったように感じた。

11

「いいえ、だいじょうぶよ、ママ」わたしは机にコーヒーのカップを置いてくれたジェイムズに顔をしかめ、もうすぐ終わると伝えようとした。彼は〝どんなに長くかかってもいいよ〟という身ぶりをして、わたしが気兼ねなく話せるように、少し距離をおいてくれた。

「本当に?」母は心配しているようだった。「都会にひとりきりなんて心配だわ」

「だいじょうぶだってば。それにいまは仕事中だから、あまり……」

「あとで電話してくれる?　もしあなたがそうしてほしければ、いつでも列車に乗ってそっちに行ってあげるわよ」

「その必要はないわ、でもまた近いうちに電話する。もう切らないと」

「わかったわ。気をつけるのよ。じゃあね、愛しているわ!」

「わたしも愛しているわ、ママ。じゃあ」わたしは母の言葉にだいぶ慰められて電話を置いた。ドミニクとのあいだのことを話したわけではないが、母は鋭いアンテナで、わたしの声にどうしても出てしまう憂鬱《ゆううつ》を感じとったのだろう。

ジェイムズが、カタログの校正の進み具合を見にやってきた。わたしはあと少しで終わると示した。

「ようし」彼は言った。「きみは細かいことも見逃さない目をもっている。肩の荷がおりたよ。校正は苦手なんだ。ときどきアーランドにもチェックしてもらっていたんだが、彼の英語は完璧ではないから、間違いを減らすのではなくかえって増やしてしまっていた」彼は首を振って、笑った。「ぼくたちはいいペアだ。さあ——校正が終わったら、あたらしい仕事があるぞ」

わたしたちは予定を確認した。わたしは二週間後に開催される内覧会の準備を手伝う。そして現在の展示作品を片付け、次の展示作品を配置する。わたしのやることはたくさんあり忙しかったが、ジェイムズは得意にしている接客に時間をかけられるようになった。わたしは彼のテクニックを見たことがある。通りから迷いこんだお客が、壁にかかった作品についてジェイムズと話をはじめる。お客は何か売りつけられるのではと警戒しているが、ジェイムズのやさしい誘導によって、とても気に入った絵を見つけ、やがて契約が成立する。

たいしたものだった。そんなふうに誰かに五千ポンドのものを買わせるなんて、簡単なことではない。

「いまのように景気が悪いと、人びとは芸術作品を投資として考える」ジェイムズは説明した。「わたしは彼に、この作家は価値が下がることはないし、たぶん値上がりするだろうと安心させてやったんだよ。最近の客がいちばん心配するのはそこだね――だがもちろん、客がその作品を気に入らなくてはだめだ。これは大きなよろこびをもたらす投資なんだ」

眼鏡越しに経験豊富な目つきでわたしを見た彼は、絵本に出てくる賢いふくろうを思いださせた。「今日はなんだかぼんやりしているね。何かあったのかい?」

「なんにも」わたしは反射的に答えたが、声の暗さで嘘だとわかってしまったようだ。

「なるほど。どうやらじっくり話したほうがいいみたいだね。店は静かだし、校正はほとんど終わっている」彼は椅子を持ってきてわたしの向かいに座り、ほおづえをついた。「さあ、話してごらん」

わたしは彼を見た。知り合ってまだ数日なんて信じられない。わたしたちはとてもうまが合う。しかも、彼は気さくで、何を言っても驚かないで聞いてくれるタイプだ。ジェイムズは人生経験も豊富で親切だし、相談するのにうってつけの相手だと思えた。それに彼は本気で心配してくれている。本当のことを話す?

まるでわたしの考えを読んだみたいに、彼は言った。「なんでも話していいんだよ」

「それなら……」わたしは大きく息を吸って、すべて打ちあけた。最初にフラットにいるドミニクを見たことから、昨夜、この関係にチャンスをくれないと彼が言ったことまで。わたしは人に話したことで心が軽くなった。話し終えたとき、ジェイムズは困惑した顔をしていた。

「ベス」彼は首を振りながら言う。「これはありがちな恋愛問題とは違うと言わざるをえない。難問だ」

「どうしたらいいのかわからないの」わたしは沈んだ声で言った。「彼が望まないのに、無理やりいっしょにいてとは言えない」

「それは問題じゃないよ、ダーリン、彼はいっしょにいたいはずだ」ジェイムズは言った。

「そう思う？」わたしは期待をこめた。

「もちろん。彼はきみに夢中だが、きみに正しいことをしようとしているんだ。きみのために自分を犠牲にして」

「でもその必要はないのに！」わたしは言った。「そんなことをしてほしくない」

「そうだ――きみも彼に夢中で、そこまで強い感情にとらわれれば、人はなんでもしてしまう。彼は将来の問題が予測できて、きみにそれを経験させたくないと思っているが、きみはいまがたのしければ、あとで代償を払ってもいいと思っている」

わたしは白木の机の表面と明るい色で印刷されたカタログの校正紙の束を見つめながら、彼とのことを考えてみた。それから低い声で言った。「わたしがいま、代償を払ったら？」

ジェイムズは怪訝そうな顔をした。「どういう意味だい？」

「ドミニクは支配することへの欲求を、薬物依存のようだと言っていたわ。ひょっとしたら、わたしが彼と同じ世界に入っていけば、ふたりで治療法を見つけられるかもしれない。依存から抜け、それなしの関係になれるかも」そう言いながら、わたしは本当にそのとおりだと思えてきた。偶然に完璧な解決策を見つけたような幸福感に満たされる。そうよ。あの世界に入ることでドミニクといっしょにいられるのなら、そうする。セックスの最中、彼に手首をつかまれたこと、彼にいけと命じられて興奮し、絶頂に達したことを思いだし、全身がぞくぞくするのを感じた。もしかしたらその道に分けいることで、隠されたよろこびを見つけられるのかも……。

「これは重大な問題だよ、ベス」ジェイムズは心配そうに顔を寄せた。「ドミニクは、自分の人生のその部分にきみを入れたくないとはっきり宣言したんだ。ひょっとしたらそれは、彼が心の奥底で、きみに知られたくないと思っている一面なのかもしれない」

「もしそれをわたしに知られたくないと思っているなら、わたしたちはけっしてつきあえない」わたしは言った。「でもわたしはどうしても、彼といっしょにいたい。それに……」わたしは、いままで誰にも言うつもりはなかったことを口にしようとして赤くなった。まして自分のあたらしい上司に。「……知りたいという気持ちがあるの。その世界が人びとにどんな力をもっているのか。わたしは何年間も半分しか生きてこなかったようなものよ。もうあんな退屈な人生に戻りたくない」

ジェイムズは両方の眉を吊りあげた。「なるほど。それなら話は違ってくる。もしきみが彼のためだけでなく、自分のためにもやってみたいと思うなら……それもありだろう。つまり危険は少ないと言える。きみがただ彼をつなぎとめるためだけにその世界に入ろうとするなら反対だが」彼は何事か考えているようだった。「わたしは興味がなかった嗜好だ――BDSMと呼ばれているのだが。ボンデージ、ディシプリン、サディズム&マゾヒズム――しかしその世界に行くゲイの男性は多い。彼らは束縛、緊縛、お仕置きに没頭し、レザーを好む。わたしの友人に、自宅と信頼できる友だちの前では、完全な主従関係というカップルがいた」ジェイムズは思いだしたように顔をしかめた。「正直言って、ひどく奇妙だと感じたよ。わたしの趣味ではなかったね。ふたりがその関係を実演しているのを見るのは気まずかった――ガレスが主人でジョーは彼に仕えていた。ガレスはジョーを〝おまえ〟とか〝一番〟と呼んでいた。ジョーはガレスのために料理、掃除、何もかもやってガレスに気に入られようとしていた。両手両ひざをついて這いまわっていることもよくあった。彼らの家には地下牢があって、そこでふたりは彼らのゲームをプレイした――ガレスがジョーを何時間も拷問するんだ。もちろん合意の上で」彼は急いでつけ加えた。「だが本当に、わたしには理解できなかった。ジョーはめちゃくちゃに痛めつけられてもそれをよろこんでいたんだ」

わたしは目を大きく見開き、なんだか落ち着かない気分になった。「ドミニクはそういうのを求めているのかしら？」

「拷問する相手を？」ジェイムズは首を振った。「そうではないだろう。サブミッシヴはただ単に拷問されたがっているのとは違うはずだ。ガレスがわたしに言ったことがある。ジョーは完全なマゾヒストで、〝苦痛の好きな豚〟だと」

「ええっ？」

「確かにひどい言葉だ。つまりそれは、ＢＤＳＭの基準でも、彼は一般的に安全と考えられるような範囲をはずれて、厳しいお仕置きを好むという意味だろう。ドミニクはそこまでではないはずだ。じっさい、レザーの匂いをかぐ前にごく普通のセックスをしたことを考えれば、彼は根っからのサディストではありえない」

わたしはまた赤くなったが、彼の話はすごく勉強になる。この興味深く妖しい世界を少しだけ理解できたような気がする。「いろいろ教えてくれてありがとう、ジェイムズ」わたしは心から言った。

「どういたしまして、ダーリン。だがわたしにできるのはこれくらいだよ」

「えっと……」わたしは言った。「じつはひとつお願いがあるの。ずうずうしい頼みだと思うのだけど……」

彼は身を乗りだした。「言ってごらん。なんだい？」

ある思いつきがわたしの頭のなかに生まれていた。考えをまとめてから、彼にしてほしいことを頼んだ。

その日の夜、帰宅したわたしは、ここ数日のとんでもないできごとに疲れていた。信じられないほどのエクスタシーから深い絶望まで、感情的に過酷な試練を受けているみたいで、くたくただった。でも夕食、熱いお風呂、デ・ハヴィランドとのおしゃべりで少し元気になった。それに、これからしようとしていることを思うとどきどきしてきた。そのことを考えるだけで下腹部がうずいてくる。自分がそんなことを計画するなんて信じられなかったけど、すごく興奮している。

お風呂に入ってさっぱりしたわたしはシルクのバスローブを羽織り、その冷たくすべすべした感触を肌に感じながら、居間に入っていった。はじめて、向かいのフラットが暗いといいのにと思ったけど、やはりそんなことはなかった。今夜はブラインドはあがっていて、カーテンもあいている。やわらかな明かりのともったドミニクのフラットの室内が見えたが、彼はそこにはいなかった。美しい光景だ。一瞬にして彼を近く感じる。いつもはセリアのフラットの電気は消したままで、彼からこちらが見えないようにしているが、今日は違う。わたしは部屋を歩きまわって照明をつけ、部屋はやわらかな光に包まれた。銀色のパネルは電灯の光に照らされて、まるで水面のようにきらきら輝いた。

それから、わたしが期待したとおり、ドミニクが居間に入ってきた。濃い色の飲み物――ウィスキーかブランデーか何か――の入ったグラスを手に、〝いま仕事から帰ったばかり〟のような感じで、ジャケットとネクタイはベッドに置いてきたけど疲れていてまだ完全に着替えてはいない、という格好だ。わたしは彼を見て胸がいっぱいになり、彼を抱きしめ、あの完璧な唇に口づけ、疲れた顔をそっと包み、黒髪をかきあげてあげたいという欲望が押し寄せてくるのを感じた。彼の肌のすてきな匂いさえかげるようだった。でも現実は、わたしたちは離れている。居間に入ってきた彼はこちらのフラットを見て、わたしがいるのに気づき、はっとした。彼からわたしがはっきり見えるのはわかっていたけど、わたしは彼と目を合わさないようにした。彼がどこにいるか、何をしているか知っていながら、彼に見られているとはまったく気づいていないふりをしたのだ。

観客のことなど眼中にない、舞台女優のように。

わたしは居間を歩きまわり、写真立てや飾りを直したり、本を手に取って開いてみたり、小物を片付けたりした。ドミニクが窓のそばに来たのがわかった。彼は向かいの窓辺に立ち、片手にグラスを持ち、もう片方の手はポケットに入れて、わたしを見ている。彼はわたしが窓のそとを見て、コミュニケーションをとるのを待っている。でもそんなことはしない。

彼が思うようなやり方では。

わたしはまず、自分のために、ＣＤプレーヤーのスイッチを入れた。セリアの机の上に置いてあったクラシックギターのＣＤの穏やかな調べが、フラットを満たす。最高のサウンドトラックというわけではないけど、ないよりはましだろう。わたしはまた部屋を歩きまわり、緊張したからだをほぐし、リラックスしようとした。さっきテーブルの上に置いたグラスの芳醇《ほうじゅん》な赤ワインを飲むと、すぐに胃が温められ、アルコールが血管をめぐるのを感じた。これはいいわ。

ドミニクは動かなかった。彼はまだわたしを見ている。わたしは窓のそばに行って、自分の腕をマッサージし、片手で首と胸を撫で、ローブの襟元に差しいれた。冷たい指先を胸の上に滑らせる。薔薇の香りのバスオイルのおかげで、肌はやわらかく滑らかになっていた。わたしは髪をもちあげ、そのままふんわりと流した。

官能的に見えるかしら、とわたしは思った。セクシーに？

でもこれを成功させるためには、そんな自意識は忘れてこの瞬間のことだけを考えなければ。自分のためだけにするのよ。

わたしは目を閉じ、向かいに立ってこちらを見ているドミニクを忘れた。代わりに、すばらしいファックをしてくれたドミニクを思いだす。欲望に駆りたてられた彼の顔、力強くわたしのなかに押しいる彼の真剣な表情。大きくなった彼のものを口に含み、先端をしゃぶって彼にうめき声をあげさせたときのことも。わたしはぶるっと震えて、欲望が全身に広がり、神経が目を覚ましてぴりぴりとし、蜜が湧きでてくるのを感じた。全部これからすることの準備だ。

わたしは手をふたたびローブのなかに入れたが、今回は乳房を包み、すでに硬くなって突きだしている濃いピンク色の乳首を親指でこすった。ふれた瞬間、あそこがうずき、吐息が洩れる。反対側の胸も同じようにこすったりつまんだりして刺激し、さらにうずかせた。それから、ゆっくりとローブを肩からおろした。まだベルトで留まっていたが、胸は完全にあらわになった。大胆なカットのアンダーワイヤーの黒いレースのブラだから、ちいさなカップの上に丸いふくらみが露出している。

わたしはなかば目を閉じていたが、向かいの窓に立つドミニクは見えた。彼は見ている。わたしが何をしているのか気づいた彼の呼吸が、荒く速くなるところを想像した。そのとき、突然彼が動き、一瞬のうちに彼のフラットが真っ暗になった。彼は窓際に戻ってきたが、今度はその輪郭しか見えない。さっきより窓から離れて立つ彼は影になっていて、どこにいるかもよくわからなくなった。

いつもとは逆の状態になった。暗闇にいる彼が、光のなかのわたしを見つめる。でもわたしは自分が何をしているかわかっている。彼が見ていることも。

あらためて興奮の波に乗り、両手で胸を愛撫して乳首をもてあそぶ。乳首が張り詰め、レースの生地にこすれる。それから両手を腕、肩、首、お腹に滑らせ、また胸に戻る。今度は乳房をカップから出し、ブラに押しあげられているせいで上を向いている乳首をあらわにした。わたしはグラスを取ってワインを飲み、指先をワインで濡らして、赤い液体を乳首に塗りつけた。

このプレイでものすごく興奮してしまった。息が荒くなり、あそこの唇はふくれて、熱い蜜がたまってくる。わたしのからだはドミニクによって目覚め、もっとと求めている。あのよろこびを欲しがっている。本能で手を下におろした。片手をローブの前から差しいれ、あそこをさわり、しばらく脚のあいだのほてりを感じていた。

見ている？　ドミニク、興奮する？

ローブを留めているベルトをゆっくりとはずし、落とした。ベルトがはずれるとローブもわたしの脚を滑り、床に落ちた。レースのブラとパンティーだけの姿になる。片手で胸を愛撫しながら、もう片方の手をパンティーのなか、ひそかな場所へ侵入させる。指を一本、熱く濡れたなかに沈める。ああ、こんなに準備ができている。ずきずきとうずき、ほんの少しふれるだけで快感が解き放たれるはず。わたしは指を唇の上に滑らせ、たまった蜜で湿らせて、クリトリスにふれる。敏感な蕾は全身の神経細胞へ甘美なメッセージを送る。

唇を舐めながらクリトリスを指先でこすると、それはちいさく歓喜に震えた。もっと強く円を描いてさらに快感を得る。もっと荒っぽく、強くしてと訴えてくるそれは、絶頂まで連れていってと求め、わたしの全身もそれを望み……。

ドミニク。彼にさわられていると想像する。あの形のいい指先でわたしを刺激し、親指でくぼみを押しながら指をわたしのなかに沈める。

もう我慢できない。わたしは指をせわしなく動かし、自分のからだでいちばん敏感なところを、大きなストロークで強くこすりつづける。

「ドミニク」声に出して呼んだ瞬間、いってしまった。全身がはじけ、震えた。強烈な快感に脚ががくがくして、倒れないように、一方の手をテーブルにつかなければならなかった。激しい痙攣は数回押し寄せてきてからだを震わせたが、やがて引きあげ、息を切らすわたしが残された。

わたしは頭を垂れ、目を閉じていた。深呼吸してからローブを拾い、それを羽織って、部屋の電気を消してまわった。

向かいのフラットがどうなっていたかはわからなかった。真っ暗だったし、あえてそちらを見なかったから。わたしは彼に自分のいちばん恥ずかしい部分を見せた。これで彼も、彼が考えるより先までわたしが行くつもりだとわかったはずだ。

ドミニク、これははじまりにすぎないのよ。

12

「心の準備は？　本当にいいのかい？」ジェイムズは、自分がこれから、足を踏みいれないほうがいい道にわたしを連れていくのではないと確認するため、わたしの顔を心配そうにのぞきこんで尋ねた。

「完璧よ」わたしはきっぱりと言う。イメージチェンジの日に買ったセクシーな黒いドレスを着て、あの日学んだメイクのテクニックを駆使して、できるだけおしゃれしていた。

「いいだろう」彼はひじを差しだしてわたしに手を通させた。「きれいだよ。きみをエスコートできて誇らしいね」

わたしたちは薄暮の迫るなか、ソーホーに向かった。わたしは自分が正しいことをしているのだと思いたかった。昨夜あんなことをしたのに、ドミニクからはなんの連絡もない。彼はすべてを見ていたはずだけど、わたしの携帯電話は鳴らなかった。メールも、電話もなし。逆効果になっていないことだけを願うしかない。

とにかく、もうやってしまったのだから。

でもいまからやることは違う。招かれざる客として彼の世界に入っていく。ドミニクがどんな反応をするかまったくわからないという危険な賭けだった。あっちの世界の彼のキャラクターは、わたしが知っている彼とは違うかもしれない。

ジェイムズは話しつづけて、わたしの胸を締めつけている不安から気をそらしてくれた。

「この店について少し調べてみたよ」彼は言った。知らない人が見たら、わたしたちはこれから劇場か高級レストランに向かう都会的なカップルに見えるだろう。真実はそとから見るのとはまるで違っている。

「何かわかった？」

「簡単ではなかったよ。店のウェブサイトがあるんだが、非常にあいまいで、ほとんどのコンテンツがメンバー専用だ。メンバーになる方法も書いていない。たぶん紹介が必要なんだろう、よくあることだよ。だが何本か電話をかけてみたら、メンバーだという知り合いが見つかった」

「本当？」わたしは興味を引かれた。「その人はなんて言っていた？」

「褒めちぎっていたよ」ジェイムズは簡潔に答えた。「ものすごく気に入っていると。彼は運命の恋人を見つけてからメンバーになったんだそうだ。まだ恋人には、自分がとくに快感をかきたてられるのは浣腸と〝黄金のシャワー〟だという話はしていないらしい。だから彼はときどきそれ目的でクラブに通っているそうだ。メンバーになるのには大金が必要だが、それ以上の価値があると彼は言っていた」

わたしはあんぐりと口をあけ、ジェイムズはその顔を見て笑った。

「ああ、マイ・ディア、きみには想像もつかないんだろう？」彼は父親がするようにわたしの腕を軽く撫でた。「きみのうぶなところを見ていると幸福な時代を思いだすよ。いや、気にしないで。心配無用だ。堂々とそういうことをしている人びとを見ることはないだろう。あの店はそれには洗練されすぎている。入ればわかる」

ジェイムズがこれからわたしたちが行く店を知っていてくれてよかった。なぜならわたしは吐き気がしてきてしまったから。彼が自分の隣にいて、自信に満ちた足取りでエスコートしてくれなかったら、店までつきあうと言ってくれなかったら、わたしはきっとおじけづいて、フラットに逃げ帰っていただろう。間もなく、わたしたちはソーホーのにぎやかな通りを抜けて、妙に静かな場所へと続く路地を曲がった。一九世紀初頭の背の高い屋敷が立ち並び、古風な街灯とそれに照らされて光る鉄の柵が目につく。まるで時代をさかのぼったみたいだった。いまにも馬の蹄《ひづめ》の音、馬車の車輪がきしむ音が聞こえてきたり、長いフロックコートを着てシルクハットをかぶった謎の男が出てきたりしそうだった。

「さあ」あの屋敷のそとまで来て、ジェイムズは言った。「ここだ。〈ジ・アサイラム〉。

ではわれわれも仲間入りをしようか？」

わたしは深呼吸した。「ええ」力をこめて言い、わたしたちは地下の黒いドアへと続く鉄の階段をおりていった。

なかに入ると、わたしがこのあいだ見たドアマンがテーブルの席に座っていた。わたしが憶えていたとおり、彼は頭を剃りあげ、顔と頭皮の半分に渦巻くような刺青を入れ、ほとんど白に近い淡い色の目をしていて、妙に薄気味悪い。彼は入ってきたわたしたちを見て、すぐにジェイムズに視線を移した。彼はたぶんわたしのことを忘れていると思ったけど、念のため、目を伏せていることにした。

「ご用は？」つっけんどんな言い方だ。

「やあ。わたしはメンバーではないんだ、残念ながら」ジェイムズはわたしには到底まねできない自信たっぷりな口調で言った。「だが友人のセシル・ルイスはメンバーだ。彼から、今夜わたしたちが入店できるように手配しておくと言われたんだが」

「セシル？」ドアマンは首をかしげた。まだ冷ややかだが、さっきのとげとげしさはなくなった。「セシルはお得意さまです。少々お待ちを」彼は立ちあがり、左手の暗くなっている出入口から出ていった。たぶん舗道の下のアーチ形の空間に通じているのだろう。ジェイムズとわたしは目を見交わした。わたしは心配し、彼はおもしろがっていた。

彼はわたしに中指と人差指を十字に交差して見せる。幸運を祈る仕草だ。ドアマンはすぐに戻ってきた。「確かに、セシルからお話をうかがっています。あなたがたに臨時カードを発行します。今夜のおたのしみの料金はお支払いいただきますが」

「それはかまわんよ」ジェイムズはそつなく言って、財布に手を伸ばした。

「ここでは会計はしていません」ドアマンはまるでそれがものすごく下品なことのように、あきれた口調で言った。「請求書をお送りします。こちらにご記入願います。セシルのご紹介ということですから、もしお支払いいただけない場合は彼に請求がいきますよ」

「それはそうだ。わたしのクラブもまったく同じ規則があるよ」ジェイムズは気にさわった様子もなく答えた。かがみこみ、古風なペンを取って、銀色のペン先をインク壺に入れる。彼はさらさらとペンを走らせて、名前と住所を書いた。「さあ、これでいい」

ドアマンはわたしのほうを見た。「あなたも」

わたしはペンを取って自分の名前とセリアのフラットの住所を書き、ペンを返した。

ドアマンは厚手のクリーム色のカードを二枚取りだした。黒い文字で〝〈ジ・アサイラム〉臨時メンバー〟と書かれている下に、〝他言無用に願います〟とあった。わたしは自分のカードをしっかりと握った。秘密の世界への入場券だ。

「どうぞなかへ」ドアマンはうなずき、右側のドアを示した。わたしはそれがどこにつながるかわかっていた。クラブそのものだ。

「ありがとう」ジェイムズは言い、わたしたちはドアをくぐって暗い室内に入っていった。部屋はこのあいだ来たときと同じだったが、今度はゆっくりと見る時間があった。あまりじろじろ見ないようにと思ったが、どうしても部屋の奥にある檻に目が引きつけられてしまった。檻は同じように吊りさげられていたが、なかはからで、まるで大きな鳥籠のように見えた。なかの鎖はだらりと垂れている。

「このあいだはあのなかに人がいたのよ」わたしはあごで檻のほうを指し、ひそひそ声でジェイムズに言った。「ボンデージの衣装を着た女性が」

「なぜ今夜は入っていないのだろう?」彼は言った。彼はテーブルを縫って歩き、あいているテーブルを見つけた。「ここに座ろう」

部屋はとても暗かった。明かりはテーブルの上に置かれたちいさな赤いガラスのランタンと厚いシェードのかかったウォールライトだけで、妖しい雰囲気が漂っている。わたしたちのまわりのテーブルにもお客が座っていて、黒いポロシャツと黒いズボン姿のウエイターが回り、トレーで飲み物を運んでいた。誰も食事はしていなかった。ここは別の欲求を満たす店なのだろう。

ウエイターがわたしたちのテーブルにやってきて、飲み物のメニューを手渡した。ジェイムズはそれを見て言った。「九六年のシャトー・ピション・ロングヴィル・コンテス・ド・ラランドをボトルで」

「承知しました。それから……」ウエイターはわたしたちを無表情で見つめた。「どんな種類のお部屋をご用意いたしましょうか?」

「ああ……」ジェイムズははじめてまごついて見えた。「うん、その、じつはよくわからないんだ。まだ決めていない」

ウエイターは驚いた顔をした。「本当に?」

「つまり――わたしたちは臨時メンバーなんだ。どんなサービスがあるのか知らなくてね」

「そうでしたか」ウエイターは納得したように言った。「それならメニューをお持ちします、お客様、それにどんな部屋があるか書いてありますから」

「これでわかるだろう」ウエイターがいなくなってから、ジェイムズはわたしに小声で言った。わたしはまわりの人びとを見てみた。一見、普通の人びとに思える。いい服を着て、一風変わった店で高価なワインやカクテルを堪能し、リラックスしているように見える。でもよく見ると普通とは違うことがわかる。あるテーブルには女性がふたり座ってお酒を飲んでいるが、しかしその片方は、完全に女装してメイクしている男性だった。彼は目を伏せ、連れのグラスにお代わりを注ぐときしか動かなかった。そして話しかけられたときしか、口を利かなかった。

「見て」わたしがジェイムズに言うと、彼はさりげなくそちらを見た。「女装趣味かしら?」

ジェイムズは小声で返事した。「そうは思わないな。だが彼らが何をしているかわからない」

別のテーブルでは、女性がひとりで飲んでいるようだったが、わたしがふと動きに気づいてテーブルの下を見ると、そこに男性がいて彼女の足の上にかがみこみ、彼女のレザーブーツを舐めていた。まるで猫が足を舐めるように入念にリズミカルに。

ウエイターはわたしたちの飲み物と部屋のメニューを持って戻ってきた。ワインの瓶をテーブルに置きながら、彼は言った。「今夜はキャバレーナイトです。一部のメンバーの方々にとても人気があります。ショーのあと、部屋のご注文が多いので、早目のご予約をお勧めします」

彼は瓶とメニューを置いていった。わたしはメニューを手に取り、暗い室内でできるだけ読んでみた。

「〝保育室〟」ジェイムズにだけ聞こえるような声で言った。「ふた部屋。あらゆる赤ん坊用品完備。〝教室〟。生徒の教育と折檻に最適。〝謁見室《えっけん》〟。女王さまにふさわしい豪華な部屋。〝オリュンポス山〟。神々の住まい。女神とその僕《しもべ》用に設計されているが、神とその僕の使用も可。〝ウエットルーム〟。あらゆるプレイに最適。〝地下牢〟。あらゆる道具を備えた三つの地下個室。主人《マスター》および女主人《ミストレス》がサブミッシヴにたっぷりお仕置き可能」わたしは少しくらくらしてきて、メニューをテーブルに置いた。「びっくりしたわ。この店はいったいなんなの？」

「ドミニクに聞かなかったのかい？」ジェイムズは眉を吊りあげて尋ねた。

「ここは、人びとが自分の嗜好をたのしみ、なんの心配もなく欲求を満たすことができる場所だと。どんな嗜好かは知らなかったけど」

ジェイムズは首を振った。「嗜好にはなんの制限もない。なんでもありうるよ」

「でも……〝保育室〟？」

「きっと男らしい大きな赤ん坊がいるはずだよ」ジェイムズは笑った。「だが考えてごらん。野心的で成功した男性だって、ときには休憩したくなる。四六時中、彼らの仕事や財産につきものの大きな責任を背負って世界を牛耳《ぎゅうじ》るのに疲れ、子どもに返りたくなるときだってあるさ」

「それならわかるわ」わたしはためらいながら言った。「でも赤ん坊になるなんて……それが彼らにとってはセクシーなの？」

「人びとがどんなもので性的満足を得るか知ったら、きみは驚くよ。なかには所得税申告で満足感を得る人間もいるだろうね。わたしの友人に、ナンバープレースパズルを解くたびにたまらなく興奮するという女性がいる。彼女はベッド脇にパズル本を何冊も置いていて、ボールペンのインクがなくなったらパニックになるらしい」彼は笑った。

「まあそれは大げさだが、言いたいことはわかるだろう?」

ジェイムズはグラスにワインを注いだ。それは蠟燭の火でルビー色に輝いて見えた。

「きっと気に入る。わりとおいしいよ」彼は言って、グラスのワインを眺めた。ひと口飲む。「ああ、うまい」

わたしも飲んでみた。彼の言うとおりだ。ワインには詳しくないけど、これは特別だとわかる。滑らかな口あたりのフルーティな味わい。

ワインを味わっていたら、一部の照明がつき、わたしは部屋の正面に小ぶりな舞台があるのに気づいた。淡い青色のスポットライトふたつが舞台を照らしていて、その光のなかに女性がひとり進みでてきた。彼女は豊満で魅力的なからだつきで、赤く美しいフレアドレスとハイヒールというでたちだった。髪型とメイクは昔の映画女優のようだ。音楽が流れ、彼女は低くハスキーな声で、少しだけ愛されたいと歌いはじめる。普通のキャバレーのようだったが、やがて彼女はストリップをはじめた。ドレスをふたつに分けて脱ぎ、ほっそりしたウエストを強調して大きな胸をもちあげるコルセット、シルクの下着、ガーターベルトとストッキングだけになった。

「確かにすごい美人だ」ジェイムズはつぶやいた。

最近人気のバーレスク風のパフォーマンスだった。女性がきわどいナイトクラブ定番の歌を歌いながらコルセットを脱ぐと、思った以上に大きな乳房が見えた。彼女はなまめかしく身をよじって腰を振り、ハイヒールで洗練されたポーズをとった。それから靴とストッキングも脱いでしまい、残ったのはシルクのパンティーだけになる。そして歌がサビにさしかかったとき、彼女が後ろのボタンをはずすとパンティーがはずれ、つるつるの睾丸に挟まれた大きなペニスがあらわれた。観客が驚く声とため息をつく音が入り混じって聞こえた。歌手はペニスをひっぱってぶらぶらと揺らし、自分のものへの称賛を求めるように観客にほほえみかけた。

「おやおや」ジェイムズが驚いた声で言った。「これは驚いた」

わたしは笑った。

コルセットを着けた別の女性が登場して、歌手をがみがみ叱りつけ、歌手は驚き恥じいっているような演技をした。この女性――わたしが見る限り本物のようだった――が乗馬用の鞭を取りだすと、歌手はおびえて身をすくめた。彼女は床にしゃがみこみ、あとから登場した女性は、歌手のとんでもない露出行為を叱りながら、鞭を振りまわして真っ白な背中と肩に打ちつけた。

観客は明らかにショーをたのしんでいる様子だった。ひょっとしたら、今夜ドミナントの女性とそのサブが多いのは、このショーのせいなのかもしれない。

「どの部屋がいいかと訊かれたら、なんて答えたらいいだろう」ジェイムズは言い、ワインのお代わりを注いだ。

「何か言い訳を考えて断るとか」わたしは舞台のショーを見ながら言った。暗闇のなかを、誰かがわたしたちのテーブル目指してやってくるのが見えた。「ウエイターが来る。言い訳を用意しておかないと」

でもやってきたのは、ウエイターではなかった。ドミニクだった。顔色は真っ青であごをこわばらせ、氷のように冷たい目をしている。わたしはよろこびと恐れとで胸が締めつけられるように感じ、彼が近づいてきても動けなかった。

「ベス」彼は低い声で言った。「ここでいったい何をしているんだ?」彼はジェイムズを激しい敵意をこめてにらみつけた。「それにこの野郎はいったい誰なんだ?」

「こんばんは、ドミニク」わたしはできるだけ平然と言おうとしたが、彼がこんなにそばにいては難しかった。黒いカシミアのセーターと黒っぽいズボンを身に着けている彼はすてきだった。「今夜ここにいるとは思わなかったわ」

「それがいたんだ」彼の声はかすかに震えていた。なんとか感情を抑えようとしているのがわかった。

どうして彼はわたしに怒っているの? そんな権利はないわ! わたしは彼のものじゃないし、彼はわたしを捨てたのだから。

そう思ったら強気になれた。

「どうしてわたしがここにいるとわかったの?」わたしは思いきって訊いてみた。

「システムにきみの名前があがってきた」彼は短く説明したが、どうやってその情報が彼に届いたのかは依然としてわからなかった。ドミニクはまたジェイムズを見た。「こいつは誰だ？」

「お友だちよ」わたしはあわてて言った。

ドミニクは黒い目をわたしに向けた。彼はわたしがロンドンに友だちがいないのを知っているが、ジェイムズの前でそれ以上追及しようとはしなかった。彼はしばらくわたしを見つめて、冷たく言った。「きみにここにいてほしくない」

内心ものすごく傷ついたけど、平気なふりをした。「あなたがどう思うかなんて知らないわ」わたしは冷淡に言った。「わたしはフリーなのよ」

「ここに来るのはそうじゃない。ここは会員制のクラブだ。きみたちに出ていくよう求めることもできる」

「わたしたちは出ていってもいい」ジェイムズが口を挟んだ。「だがこのワインを飲んでからでいいかな？　なかなかうまいワインなんだ……」

ドミニクは虫唾《むしず》が走るといった目つきでジェイムズを見て言った。「いいだろう。飲んだら出ていってくれ」そしてわたしのほうを見る。「ベス、こいつといっしょでだいじょうぶなのか？　うちに帰るタクシーを呼ぼうか？」

わたしは背筋を伸ばし、昂然《こうぜん》とあごをあげた。「あなたの助けはいらないわ。自分で自分の面倒は見られるから」

ドミニクは口をあけ、それからまた閉じた。彼は燃えるような目でわたしを見つめ、ひと言つぶやいた。「そうか」彼は踵《きびす》を返して戻っていった。わたしたちは彼の後ろ姿を見送り、ほかの観客たちは舞台で展開されるお仕置きを見守っていた。

「なるほど、ひとつわかったことがあるよ」ジェイムズはワイングラスを唇に持っていきながら言った。「彼はきみを忘れてなんかいないね。ちっとも。じっさい、その反対なんだろう」彼はわたしにほほえんだ。「彼の心をかき乱そうというのが今夜の目的なら、それはじゅうぶん達成されたよ」

ジェイムズが住むイズリントンは、うちとはまったく逆方向だったが、彼はタクシーでわたしを送ってくれた。

「べつにかまわない」彼は言った。「遠回りしたってイズリントンには帰れる。今夜ひとりでいて、本当にだいじょうぶかい？」

わたしはうなずいた。「ええ。慣れているから。それにデ・ハヴィランドもいっしょだし」

失望の暗雲が垂れこめるのを感じ、わたしは自分が今夜のことで何を期待していたのかわからなくなってしまった。ドミニクがわたしを歓迎してくれると思っていたなら、それは大きな勘違いだった。

「それならいいが」ジェイムズは言い、タクシーを降りるわたしのほおにキスして手をぎゅっと握ってくれた。「また明日。もし話したくなったら電話しておいで」

「ありがとう。おやすみなさい」

わたしはひどくみじめな気分でフラットまであがっていった。今夜のクラブでのできごとで、わたしは自分の決意に自信を失いかけていた。わたしはドミニクに近づく一歩をおずおずと踏みだし、そうすれば彼もわたしのほうへ歩み寄ってくれるのではないかと期待していたが、そうはならなかった。これ以上どうすればいいのかわからない。ジェイムズにはもう迷惑はかけられないし、ほかに頼れる相手もいない。

でも……ヴァネッサの顔が頭に浮かんだ。わたしのロンドンでの知り合いは、あとは彼女だけで、ドミニクに影響力をもつ唯一の人間でもある。ひょっとして……彼女がわたしの力になってくれるだろうか？　無理だろう……でも……。それに彼女にどうやって連絡をとったらいいの？

フラットに入り、わたしは居間の窓際に行ってそとを見たが、向かいのフラットは案の定真っ暗だった。ドミニクがどこにいるかはわかっている。わたしは昨日の夜自分がここに立って何をしたかを思いだした。

恥をかいただけだったの？

わたしはため息をついた。わからない。でもドミニクの世界に入るのは、考えていたほど簡単ではないということはわかった。

13

次の日、画廊は忙しく、わたしはジェイムズに頼まれて残業し、現在の展示作品の撤去を監督した。自分の作品が適切な扱いを受けているか確かめるために画家本人もやってきたので、ジェイムズが白ワインをあけて、わたしたちはたのしい夜を過ごした。本気でこの仕事をやっていきたい、とわたしは思った。作家とおしゃべりして、ボスといっしょに酔っぱらう？　最高だわ。

わたしは極力ドミニクのことは考えないようにして、ヴァネッサにどうやって連絡すればいいのかという課題に集中しようとした。唯一考えられる方法は、〈ジ・アサイラム〉に行って、彼女に会いたいと言うことだった――でもドミニクもいるかもしれないから、この案はだめだ。わたしはヴァネッサの苗字も何も知らなかった。

その夜遅く、わたしはひどく落ちこんでいた。すでにここに滞在する期間の半分近くが終わり、時間が飛ぶように過ぎていくと感じる。いまの仕事は好きだけど、セリアのフラットを出なければならなくなったら、続けるのは難しい。給料が安いから、もしわたしがこの先もロンドンにとどまるつもりなら、いろいろと考えなくては。いまはほかにしたいことはない。実家に戻るなんてぜったいにいや。せっかくあたらしい人生に踏みだしたのだから、後戻りするなんて考えられない。

でも、ヴァネッサをつかまえられる見込みはない。

唯一明るい材料は、ジェイムズが週末誘ってくれたことだ。劇場に出かけて、そのあとで彼のお気に入りのレストランに連れていってくれる。そのレストランはいつも有名人が来ているから、きっと誰かには会えるだろうと彼は言っていた。

わたしは自分のノートパソコンで、昼休みに買ったDVDを観ることにした。テレビがないから、夜にフラットで観ようと映画をいくつか買ってあり、今日は大好きな古い映画『レディ・イヴ』に決めた。バーバラ・スタンウィックとヘンリー・フォンダ主演の一九四〇年代の白黒映画だ。剃刀《かみそり》の刃のような切れ味鋭い会話にいつも笑ってしまう。

オープニングの画面が流れはじめたとき、ドアがノックされた。

その瞬間、わたしの心臓は早鐘を打ちはじめた。わたしは映画を一時停止して、ほとんど息もできないほど急いで玄関に向かった。ドアをあけると、彼がいた。ジーンズと淡い色のシャツに濃灰色のカシミアのセーターという服装で、くすんだ色合いが彼の黒い目を引きたてている。

「こんばんは、ドミニク」わたしはささやいた。

「やあ」彼は無表情で、その目は冷たかった。「ちょっといいかな？　話があるんだ」

わたしはうなずき、彼を通した。「もちろん」

彼は居間に入り、映画が静止しているパソコンの画面に気づいた。「ああ、何か観ていたのか。じゃましてすまない」

「何を言っているの。あなたと話すほうがいいに決まっているわ」わたしはソファに座った。彼が来るとわかっていたら、髪を梳かしてメイクをチェックしておいたのに。

彼は何も言わずに窓のそばに行って、そとを見た。ガラスを背景にすると横顔の輪郭がはっきりして、わたしは彼のすっと高い鼻に見とれた。その唇の様子から、あごをこわばらせているのがわかる。彼は緊張しているのだ。

「どうかしたの、ドミニク？」わたしは訊いてみた。デ・ハヴィランドがわたしの隣に来て、まるで黒くてふわふわのひな鳥みたいに、足をそろえてちょこんと座っていた。わたしがそのやわらかい毛に指を通すと、デ・ハヴィランドはごろごろと喉を鳴らした。

ドミニクはふり向いて鋭い目でわたしを見た。「ぼくは離れていようとしたんだ」彼は突然言った。「だがたまらない。あの男が誰で、きみとどういう関係なのか教えてくれ」彼は二歩で部屋を横切ってわたしの目の前に来た。「ベス、お願いだ、あいつは誰なんだ？」

わたしは、自分の手の下でごろごろというのんびりした音に意識を集中させ、できるだけ冷静に彼を見あげた。デ・ハヴィランドは平然とわたしの横に座っている。嘘をつくべきだろうか、それとも本当のことを話す？　わたしはこの答えに、すべてがかかっているような気がした。

「友だちよ」わたしはそっと言った。ドミニクがこんなにそばにいるのに、彼にさわれないのがつらかった。「わたしを手伝うと約束してくれたの」

彼はその言葉に嚙みついた。「何を手伝うんだ？」

わたしは彼の顔を見つめたまま、しばらく答えなかった。知り合ってからまだ日が浅いのに、彼はわたしにとってこんなに大事な人になった。これから自分が言うことでなにもかも変わるのかどうかわからないけど、このままではいやだということははっきりしている。わたしは小声で言った。「彼はわたしがあなたの世界に入るのを手伝ってくれるの」

ドミニクは顔色を失った。青ざめた唇で彼は言った。「あいつがどう手伝ってくれるんだ？」

「あなたはわたしにはできないと思っているのね」あらゆる感情が表面に湧きたち、わたしは彼を真剣な目で見つめた。「でもできるし、そうするつもりよ。彼はそれを手伝ってくれる」

「なんてことを」彼は肘掛け椅子に座りこみ、両手で顔を覆った。彼の頭のなかに浮かんでいるイメージが見えるようだった。ジェイムズとわたしがいっしょにいるところだ。

ジェイムズがわたしに、ドミニクがしないと言ったあらゆることをしている場面を思い浮かべているのだろう。その想像が彼を苦しめている。彼が顔をあげてわたしを見たとき、その黒い目には苦痛が宿っていた。「きみは彼にそれをさせるのか」

わたしはドミニクのほうにからだを寄せて、なんとかわかってもらおうと言った。「あなたの近くに行きたい。あなたといっしょにいたいの。そのためなら、するわ」

「だめだ」彼は打ちのめされたように言った。「そんなことは。きみをあきらめることには耐えられても、それには耐えられない」

わたしは立ちあがって彼のところへ行った。床に座り、懇願するように彼の脚に手を置いた。「でもその必要はないのよ」わたしは言った。「彼である必要はないわ。あなたでもいいのに」

ゆっくりと彼は顔をあげ、熱望とためらいが半々に浮かんだ表情でわたしを見た。「本気で言っているのか？　それがきみの望みなのか？」

「ええ。本気よ。もしあなたが断ったら、わたしは誰か見つけるわ。それしか方法がないのだから」

わたしたちは見つめ合った。彼を見ていると自分が完全になった気がする。彼は腰をかがめてわたしを抱きあげた。「ベス」彼はしわがれた声で言った。「ああ、ぼくはきみが欲しくてたまらない。きみは自分が何を言っているかわかっていない。だがきみがほかの誰かといっしょにいると思うと、ぼくはもうだめだ」

「それならあなたといっしょにいさせて」わたしは彼の手を自分の唇に持っていってキスした。その指を一本一本くわえてそっとしゃぶり、舌を巻きつけて愛撫する。それを見る彼の目が欲望にけむり、まぶたが重たげになる。わたしはさらに彼に身を寄せて手を離すと、彼はその手でわたしのうなじをつかんで引き寄せた。ゆっくりとじらすように、わたしたちは唇を近づけ、ふれ合わせ、強く重ねた。彼の温かい舌に唇を舐められるのを感じ、唇を開いて受けいれる。彼の舌に口のなかをまさぐられ、すぐになつかしい味を思いだした。今度はわたしが舌を差しいれ、わたしたちはキスに没頭し、彼はわたしをさらに引き寄せた。

ようやく離れたとき、ふたりとも息を切らしていた。互いに見つめ合うふたりのあいだには信じられないほどの熱が感じられた。彼が口を開く。「きみを見た。このあいだの夜。この部屋にいた」

「それは……」

「そうだ。きみはひとりだった」彼の目は暗く輝いた。「すごくよかった」

「あなたは……たのしんだ？」

「たのしんだ？」彼はわたしの手を撫でた。「あんなのははじめてだった」

わたしは恥ずかしかったけど、うれしくなってほほえんだ。「あなただけのためにしたのよ」

「わかっている。あれは美しい贈り物だった」彼は笑ってつけ加えた。「ぼくの上の階に住むミスター・ラザフォードが窓のそとを見ていないといいけどね。もし見ていたら、いつも心配している心臓発作を起こしただろう」

ようやくわたしたちはふたりとも、リラックスした。

「泊まっていく？」

「とても帰れないよ」彼は目に欲望を浮かべて言う。

「それなら来て」わたしは立ちあがり、彼の手を取って寝室に行った。

彼はゆっくりとわたしの服を脱がし、何度も手をとめてあらわになった肌にキスしてくれた。彼の唇がかすめる感覚、舌が軽く打つ感覚に、おかしくなりそうなほど感じてしまう。下着だけになったときには、彼にさわりたいという気持ちが抑えられなかった。

「わたしにやらせて」わたしは彼のシャツとセーターのなかに手を入れて言った。彼のセーターを頭から脱がし、ゆっくりとシャツのボタンをはずしていき、ひとつはずすごとにあらわになる彼の胸に口づけた。ジーンズの形から、彼のものが大きくなり解放されたがっているのがわかったから、ジーンズのボタンもはずして、おろしてしまった。

ボクサーショーツだけになった彼の手を取って、ベッドの上に連れていく。わたしたちは横になり、わたしは彼の引き締まった筋肉に、彼はわたしのやわらかな胸とお腹に手を滑らせる。

わたしは彼のおへそからボクサーショーツのウエストに続く黒い毛に沿って手をさげていった。ペニスの先にふれると、それは脈打ち、手の下で動いた。

わたしは少し手を上下させてから、かがんで彼のお腹に口づけ、その肌を舐めながら彼のものに近づいていった。

彼はちいさくうめいた。「ああ、ベス……すごくいいよ」

わたしはボクサーショーツを引きさげ、彼のふくらはぎと足首を通して脱がせた。それからゆっくりと彼のからだの上に乗り、その太ももにまたがる。彼の目はぼんやりと、まだブラとパンティーをつけたままのわたしのからだを見ている。

彼の上にのしかかり、髪が彼の肌をこするようにした。それから両手で彼のものをつかんでやさしくしごく。

「すごく大きいわ」わたしは小声で言った。

彼は何も言わなかったが、唇をあけて荒い息を吐いた。

「あなたにキスして、口に含んで、しゃぶりたい」わたしは彼の目を見つめたままかすれた声で言い、その目に宿る欲望がさらに燃えたつのを見た。それから下にずれて、彼のペニスのいちばんやわらかく、いちばん甘い先端部分に息を吹きかける。舌でそのまわりを舐め、舌を巻きつけ、唇で挟み、頭の部分をすっぽりとくわえこむ。片手で硬くなったペニスを握り、もう片方の手でそっと睾丸を愛撫しながら人差し指でその下のスポットをこすると、彼が息をのむのがわかった。

彼が声を洩らし、少し腰を浮かすようにして、ペニスをわたしの口の奥に突きあげる。わたしはしばらく彼をしゃぶったり愛撫したりして、彼を責め、彼の引き締まった太ももに濡れたあそこを押しあて、クリトリスが刺激される感触を味わった。

「ベス」ドミニクが苦しそうに言う。「もう我慢できない。きみの口のなかでいってしまいそうだ……」

口で彼をいかせたいという気持ちもあったが、わたしは欲張りだった。口を離してパンティーを脱ぎ、また彼にまたがって上にずりあがった。わたしはひざで自分の体重を支えながら、彼のペニスをまっすぐ立たせた。彼はわたしがこれからすることへの期待になかば目を閉じていた。わたしは彼の先端が濡れたあそこでぴくぴくと動くのを感じた。大きくなった彼のものが欲しい。わたしの全身はそれを求めていたが、このじれったい時間もたのしかった。

ドミニクはわたしの腰に、そしてお尻に手をまわした。

「入れろ」彼は言った。「いますぐにだ」

その言葉で、わたしは腰をおろし、彼を包みこんだ。彼のものでいっぱいに満たされ、一瞬、彼はわたしのなかの何かを貫いたかと思った。それほど深く奥まで入っていた。

わたしはあえぎ、頭を振って、すばらしい快感に背を弓なりにした。彼は自分の動きに合わせて両手でわたしの腰を動かし、わたしたちは完璧にシンクロしていた。彼が突きあげる動きをわたしのからだが迎え、スイートスポットにあたってふたりとも息をのむ。わたしは自分のなかでどんどん快感が高まるのを感じ、それに合わせるようにドミニクのスピードも速くなる。長時間の口での崇拝のおかげで彼はものすごく張り詰め、爆発的なオーガズムに向かって激しく突きあげていく。彼の興奮が信じられないほどわたしを感じさせる。彼のものが突きあたるたびに、快感はより強烈に、より強く響き、ぴりぴりと刺激してくる。そしてわたしの下で彼の太ももがこわばり、その顔が押し寄せる快感に歪み、彼はわたしのなかで爆発するようにいった。同時にわたしもオーガズムの波に襲われ、激しく痙攣し、彼のものを絞りつくして、その胸の上に倒れこんだ。

ドミニクはわれに返ってため息をつき、わたしを抱き寄せて髪を撫でてくれた。

「わが家に帰ったみたいだった」

「もう二度とわたしから離れていかないで」わたしはそう言いながら、手を彼の肌に滑らせた。激しいセックスでしっとり汗ばんでいる。「あなたといっしょにいたい。そのためならなんでもするわ。だからあなたが教えてくれる？　わたしをあなたの世界に入れてくれる？」

彼はぎゅっとわたしの手を握り、わたしの肩に唇を這わせた。それからわたしの目をじっと見つめて言った。「ああ、教えてあげよう。ぼくがきみを連れていってやる。約束する」

わたしは心からの安堵《あんど》を感じた。この勝利が幸福につながるものではないかもしれないとわかっていたけど。

「ありがとう」わたしはささやいた。

彼はわたしを深く暗い目で見つめ、何も言わなかった。

第三週

14

ベス
すばらしい夜をありがとう。
ぼくは今週末出張でいないけど、月曜日からはじめよう。仕事が終わったら迎えにいくよ。夕食に出かけよう。

D×

翌朝わたしが目覚めると、隣の枕の上にこのメモが置いてあった。何度も読み返し、胸に抱きしめて天井を見あげた。これは、わたしが自分で目指したことを達成した証だ。ドミニクはわたしを、想像もできない暗い場所へ連れていってくれると約束した。いったい何が待っているのかわからない。いままでわたしは一度も本気で叩かれたことはない。両親はわたしを叩かなかったし、兄弟は男どうしでけんかして、わたしを相手にしなかった。

わたしは世界でいちばん好きになった男性に、叩いてほしいと言った。それがどういうことなのか、本当にはわかっていないのに。

起きあがってバスルームへ行った。その前に週末がある。ジェイムズに誘われていて、お天気もよく、わたしは若くて、いまは夏。そしてわたしの人生にすごく魅力的な男性がいる。全体的に見ればまあいいほうだろう。


週末はずっと、自分を待つもののことが頭から離れなかった。劇場や派手なレストランに行ったり、川辺で日光浴をしたりしているあいだも、暗くぞくぞくするような期待をいつも感じていた。

ジェイムズはドミニクとどうなったのか知りたがった――「かなり気性が激しい人間だ」彼は言った。「だがものすごくハンサムだ！　きみが夢中になるのも無理はない」――わたしは詳しくは説明しなかったが、どうなったかをほのめかすと、ジェイムズはすぐに理解してくれた。

「気をつけるんだよ、ベス。人は心とからだを切り離せないということを忘れたらだめだ。きみは気持ちが何よりも強い。からだがどこまで我慢できるかは……それはきみ自身がどこまで耐えられるかということだ」彼は本気で、もし必要ならいつでも助けになると言ってくれた。

そんなことにならないといいのだけど。

月曜日がやってきて、それとともに恐ろしい不安も高まった。昼間のあいだほとんど仕事に集中できず、化粧室の鏡のなかの自分と問答しなければならなかった。

鏡に映った自分は、どういうわけかいつもと違って見えた。ひょっとしたらそれは、ぱりっとした白いシャツ、黒いスカートとベルト、黒いカーディガンという仕事着と、髪をきっちりしたポニーテールにまとめて艶を出しているせいかもしれなかった。でもわたしは自分が、数週間前より大人になり、賢くなった気がしていた。ちょっとした冒険をしてもいいくらいに。

「さあ、ベス」鏡のなかの自分に言った。「彼は、やあ、と言ってすぐに鞭を取りだしてそれをふるうわけじゃないわ。そういうことではないはず」

わたしは不安だったが、ドミニクはきっと上手だし、やさしく導いてくれるはずだということは疑っていなかった。リラックスして彼を信じるのよ。彼に任せておけばいい。

つまりこれがいちばん肝心なことなのかもしれない。わたしはすでに彼に服従し、彼が望む支配を与えているのだろうか？

わたしはこのパラドックスに驚いた。つまりわたしが意志の力と決意で入りこんだ世界は、そういうものを完全に相手にゆだねる場所だ。でもわたしはドミニクが自分を守ってくれると感じていた。そう思うと心から安心できた。

とにかく、今夜になればわかる。

わたしの目は輝いていた。こうなったことに興奮している。それに待つのはあと数時間で終わる。


ジェイムズが画廊に閉店の札を出すと同時に、ドミニクがやってきた。店に入ってきた彼を見て、わたしはとても自慢したい気分になった。長身でハンサムで、濃灰色のスーツに金色のシルクのネクタイを合わせ、とてもすてきだ。いつもどおり完璧だったが、彼はジェイムズを見て〈ジ・アサイラム〉で会った男だと気づき、驚いた顔をした。

「また会えてうれしいよ」ジェイムズはいつもどおり、泰然《たいぜん》として言った。「いい夜を」

「ありがとう、ジェイムズ、あなたも」わたしはバッグを持ち、ドアのところで待っているドミニクのところに行った。

「彼はきみのボスだったのか？」ドミニクはわたしの唇にキスしながら言った。

わたしはうなずき、いたずらっぽく笑った。「わたしたち、すぐに仲良くなったの」

わたしたちは画廊から通りに出た。ドミニクが顔をしかめ、その目にかすかに嫉妬が浮かんでいるのにわたしは気づいた。「あまり仲良くなりすぎてはいないだろうな。彼は本当にきみとつきあうつもりだったのか？」

「じつはね」わたしは彼の頭を引きさげ、耳元に唇を寄せて言った。「彼はゲイなの」

ドミニクは少し意外そうな顔をしたが、それでもうなるように言った。「それはぼくの世界ではなんの意味もない、本当だ。すべての障壁がとり払われてしまえば、なんだって起こりうるんだ」

「どこに行くの？」わたしは歩きながら彼の腕に腕を絡ませ、からだをくっつけて尋ねた。なぜかはわからないが、いままでいちばん彼に愛情を感じ、そのからだにふれたい、抱きしめたいと感じている。一瞬、この計画をすべて中止して、ふたりでうちに帰ってソファでごろごろできたらという思いが心をよぎる。でもすぐに考え直した。ドミニクはソファでごろごろするタイプの男性ではないのよ、忘れたの？　こうするか、彼とは別れるか、どちらかなの。

「〈ジ・アサイラム〉に行く」彼は答えた。少し上の空のように見えたが、仕事帰りの人びとでにぎわう通りを早く抜けてしまいたいと思っているのかもしれない。

「そう」わたしはなんとなくがっかりした。あたらしい場所に行くのではないかと思っていたけど、よく考えれば当たり前なのだろう。〈ジ・アサイラム〉はドミニクの生活に大きな意味をもつ場所なのだから、わたしももっとよく知らないと。

わたしたちは鉄の階段をおり、ドアの前に来た。時間が早いのでほとんど人がいなくて、さびしい感じがする。ロビーのテーブルには誰もいなかったが、ドミニクはかまわずなかに入っていった。刺青の男性はバーの後ろにいて、クリップボードに何か書いていたが、わたしたちに気づいて顔をあげた。

「こんばんは、ドミニク」彼は恐ろしい外見には似つかわしくない愛想のよさで言った。

「やあ、ボブ」ドミニクは返した。「彼女は？」

「上に。いま呼ぶよ」刺青の男性は電話をとり、静かな声で何事か話した。

「彼はボブというの？」わたしは信じられないという感じでささやいた。おかしくて笑ってしまう。

「ああ。何がおかしい？」

「だって……彼はボブという感じがしないもの。それだけ」

「ふむ。彼は確かに見た目は奇妙かもな」ドミニクはほほえんで認めた。「ぼくはもう慣れてしまったよ」

「ボブ」わたしはまた言って、笑った。

　わたしはからっぽのバーを見た。誰もいないと雰囲気が違って、まったく別の場所のようだ。そのときバーの後ろのドアがあいて、ヴァネッサが入ってきた。

　彼女は深紅のパンツスーツに、真っ白なシルクのシャツとハイヒールを合わせていて、驚くほど魅力的だった。唇はスーツの色と同じで、ウェーブがかった短い髪が全体の印象をやわらげている。でも近づいてくる彼女の目は、とても歓迎している感じではなかった。

「ダーリン」彼女は明るく言って、ドミニクにほほえみかけ、そのほおにキスした。それから打って変わって冷たい目でわたしを見た。「こんにちは。また会ったわね。思いがけないよろこびだわ」

わたしは突然恥ずかしくなって、うなずいた。自分は逆立ちしたって彼女みたいになれるはずがない。

「わたしのアパートメントに行きましょう」彼女は言い、来たほうへ戻っていく。「ついてきて」

さあ覚悟して。ここから先は安全地帯ではないのよ。

わたしは彼女についていった。ドミニクはすぐ後ろにいて、わたしたちは黒っぽい色のベーズ地で覆われたドアを抜け、クラブのもっとも奥へと入っていった。最初は何も変わったものはなかった。廊下、階段、閉じたドア。わたしたちが二階に登ると、ヴァネッサはドミニクのほうを向いた。

「彼女は部屋を見たいかしら？」

「直接訊けばいい」ドミニクは静かに言った。「彼女はここにいるのだから」

ヴァネッサはまた冷たい目でわたしを見た。「どう？」

わたしは深呼吸した。せっかくだ。「ええ、お願いします」

「わかったわ」ヴァネッサはいちばん近くのドアのところに行って、それをあけた。「今夜はすいているの。この部屋はあいているわ。保育室のひとつよ」彼女が通してくれたので、わたしはなかに数歩入って、あたりを見まわした。

少し前の時代の保育室そのままだった。青とピンクのギンガムチェックの内装、かわいらしいウサギが描かれた白い簞笥、おもちゃ箱、フリル飾りの付いたベビー・ベッド――違うのはそのサイズがすべて、非常に大きいということだ。ベッドは大人の男性が眠れるほどの大きさで、部屋の隅には、脚の部分をフリルの目隠しで飾った巨大なおまるもあった。大人が横になれるくらい大きなテーブルの上には、赤ちゃんのお尻拭き、タルカムパウダー、巨大な使い捨て紙おむつが入ったバスケットが置いてあった。棚には、テディベア、ガラガラ、絵本と並んで、おしゃぶりとさまざまな哺乳瓶がトレーの上に載せて置いてあった。

驚いた。本当だったんだ。人びとが自分の嗜好を実現するというのは。

「保育室はとても人気があるわ」ヴァネッサは言った。「もう一室は使用中よ。あの音からすると、赤ちゃんはとても悪いことをしたみたいね。行きましょうか？」

彼女について部屋を出たわたしは、ふいに笑いがこみあげてきた。でも同時に、誰かがこんなふうな保育室に戻りたいという欲求を感じたらここに来ればいいのだと思うと、なんだか安心した。

「ここも見てもいいわよ」ヴァネッサは言って、向かいの部屋の前にわたしを連れていった。彼女がドアをあけ、わたしたちはなかをのぞきこんだ。昔風の教室で、黒板、古い机と椅子、教科書やドリルの並ぶ本棚、ペンや鉛筆が立ててあるペン立て、ブリキの地球儀などがあった。でもそこには折檻の道具もそろっていた。怠け者の生徒がかぶらされる先のとがった帽子、長いステッキ、レザーの輪で吊られている大きなパドル、革紐。さらに木でできた拘束具もあった。これも罰を与えるためのものなのだろう。

「とても人気なのよ。ものすごく」ヴァネッサは言った。「問題は、家庭教師《ガヴァネス》が人材不足だということ。よく訓練された家庭教師は、体重と同じだけの金の価値があるわ」

彼女はドアをしめ、わたしたちは先に進んだ。わたしがドミニクに問いかけるような視線を投げると、彼は首を振り、ほほえんだ。つまり、こういう部屋は興味深いけど、わたしたちには関係ないということだ。

「ほかの部屋は使用中だわ」彼女は言った。「ではわたしの部屋に行きましょう」

わたしたちはまた階段を登って、屋敷の最上階にやってきた。ヴァネッサが緑色のドアの前で立ちどまり、鍵をあけて、わたしたちはなかに入った。ここはまったく違った。すっきりとして美しい居住空間が広がる、息をのむほどすばらしい景色を望むペントハウス・アパートメントだった。彼女はわたしを招きいれ、座るように身ぶりで示し、飲み物をとりにいった。

「どうしてわたしたちはここに？」緑色の滑らかな革製の大きなソファに座り、わたしはドミニクにささやいた。

「ヴァネッサにきみを受けいれてもらうためだ。それにきみも、彼女に訊きたいことが出てくるだろう。彼女のほうが女性の視点で理解しているから」ドミニクはわたしの手を唇に持っていって口づけ、温かくやさしい目でわたしを見た。「ベス、ぼくは正しいやり方で進めたいんだ。これがそのやり方だと思う」

ヴァネッサがワインの瓶、グラス、塩味をつけたアーモンドをトレーに載せて運んできた。彼女はワインを注ぎ、わたしたちにグラスを渡してから、向かい側の優美な茶色のスウェード張りの椅子に腰掛けた。彼女がわたしに向けるまなざしには、敵意とまでは言わないが、警戒の色が浮かんでいる。「それで、ベス、ドミニクから、あなたがこのメンバーになりたがっていると聞いたけど」

わたしはうなずいた。

「わたしたちのたのしい世界をどうやって知ったの？」彼女は眉を吊りあげた。「あなたはミストレスになりたいの？」

彼女が何を言っているのかよくわからなくて、わたしは言った。「わからないわ」

「わからない？」彼女は横目でドミニクを見た。「あら。それなら違うのね。ミストレスは自分が欲しいものをよくわかっているものよ」

ドミニクが口を挟んだ。「ベスはサブミッシヴに興味があるんだ」

「ああ、なるほど。それなら、ミストレスの世界はあなた向きではないわね。女性のサブもいるけど、たいていは女性が支配し、男性が服従するということだから。さっき見せたプレイ・エリアからもわかると思うけど、男性が力のある女性に折檻されたり懲らしめられたりするのよ。その場合、彼は支配され、罰されることで満足する――お仕置きされることだけではなくて、反抗してまた懲らしめられるという恐怖、そして最後には自分が耐え忍ばなければならないものを受け入れるよろこびにね」ヴァネッサは、まるでたのしかったときを思いだしているように、うっとりとため息をついた。彼女がワイングラスを持ちかえると、その片手は爪が長く、もう片方の手は爪が短いことにわたしは気づいた。それから彼女はまたわたしを見つめて、話を続けた。「ミストレスの世界はお仕置きと調教の世界よ。衣装を着て、小道具や装置を使うたのしさはあるけど、厳しいわ。いけない男の子は、あなたが想像しただけで涙が出てくるようなお仕置きを受けるのよ。でもいけない女の子は……」

彼女は目を輝かせてわたしのほうに身を乗りだし、低く、愛撫するような声で言った。「いけない女の子はどんなお仕置きを受けるべきだと思う、ベス？」

地球の回る速さが増し、自分もいっしょに回っているようにくらくらしてきた。「わ、わたしには……わからない」わたしはつかえながら言った。

彼女は催眠術をかけるような声で続けた。「ご主人さまのお怒りにふれてお仕置きされたいと願う女性がいるわ。乗馬用の鞭の衝撃、猫鞭が背中を打つ音、そういう鞭打ち《フロッギング》のすばらしい世界に身を任せることで、自分が本当の自分でいられると考える女性。手首足首をロープで縛られて、飢えたプッシーにおもちゃを入れられなくては満足できず、痛みをものすごく強烈なよろこびに変えたいと思う女の子もいるわ」彼女は首をかしげて、わたしにとびきり甘くほほえみかけた。「あなたはそういう女性なの、ベス?」

心臓は早鐘を打ち、呼吸が浅くなったけど、それを見せないようにした。声がうわずってしまう。「わからないわ。もしかしたらそうかも」

ヴァネッサのほほえみは消え、彼女はドミニクのほうを向いた。「自分が何をしているかわかっているんでしょうね」彼女は感情のこもらない声で言った。「あなただってわかっているでしょう――」

ドミニクはすぐに遮った。「だいじょうぶだよ、ヴァネッサ、本当に」

彼女は一瞬考えて、それからまたわたしを見た。「あなたに言っておくことがあるわ、ベス。大人の嗜好のなかには、世間が嫌悪したり、憎悪したりするものもあるの。それは一般に認められたセックスの範疇《はんちゅう》には入らず、わたしたち人間の不快な面をあらわにするものよ。でもわたしは、人は誰でも幸せに生きる権利があり、それに必要なのがたまのスパンキングといった簡単なことだとしたら、それをたのしめるようにすべきだと思っているの。わたしはここを、そういう人びとの安息の場所、彼らが自分の嗜好をたのしめる場として提供している。安全と同意は、この屋敷で起きるあらゆることの鍵なの。それを理解したら、あなたはこれからすることにもっと自信がもてると思うわ」

「わたしは理解しているわ」わたしはふいに、ここでこんなに経験豊富な専門家の話を聞いていることが、ある種の特権に思えてきた。

「それならいいわ」ヴァネッサはワインを飲んだ。「わたしはもう行かないと。今夜はとても忙しいのよ。ドミニクがまた別のものをあなたに見せてくれるはずよ」彼女はグラスを置いて立ちあがった。ほほえみながら、ほとんど友好的といってもいいような口調で言った。「さよなら、ベス。お話しできてよかったわ」

「さよなら。今日はどうもありがとう」

「ドミニク――あとで話しましょうね」そう言うと彼女はドアから出ていった。

わたしはドミニクのほうを見た。「すごいわ」

彼はゆっくりとうなずいた。「彼女はよくわかっている。さあ、行こう。もう一箇所、行くところがあるんだ」

わたしたちはまた地下に戻ってきたが、バーへの入口のドアの前を通りすぎて、厚い強化ドアをくぐった。その奥にまた別のドアがあった。いやな感じがする。そのドアにはごつごつした金属の飾り鋲が打ってあり、まずドミニクが真っ暗な室内に入っていった。彼がスイッチを押すと、天井のスポットライトがともった。

わたしは思わず息をのんだ。部屋のなかは中世の拷問部屋のようだった。手足を縛りつける手枷と鎖付きの大きな木製の装置、壁際には大きなX形の十字架、これにも縛めをとりつける輪が付いていた。天井から床まで鎖が垂れさがっているが、いったい何に使うものなのかわからなかった——少なくともいまはまだ。奇妙な形をしたベンチがいくつかあった。人びとがその上にさまざまな格好で横になるのだろう。部屋の隅には垂直に立てられた大きな箱があり、それにはたくさんの穴があいていた。これだけでもおぞましかったが、わたしの目は壁に引きつけられた。並んだフックにかけられていたのは、多種多様な道具で、わたしには何もかも恐ろしげに見えた。これは鞭打ちの道具だ。太いハンドルに何本ものレザーテイルがついているもの。テイルの本数は少ないが、より太くより重そうで結び目が付いているもの。なかにはほっそりしたハンドルで、馬毛を使った、やわらかくてふわふわしたものもあった。先が三つ編みになっていたり、ヘビのような編み紐の先に痛そうな枝分かれした舌が付いていたりするものもあった。そして乗馬用の鞭に似たものも。ぴんと張った弾力のある細いレザーは、肌に振りおろされたときにはとても痛そうだった。太いハンドルが先端に向かって細くなり、長い鞭につながっているものもある。さらに丈夫そうなステッキ、あらゆるサイズの櫂状の道具も。なかには叩く部分がふたつあったり、穴があいていたり。ごく普通に見えるパドルもあったが、わたしにはなぜかそれがいちばんこわかった。

「ドミニク」わたしは彼にしがみついた。「わからない……ここはなんなの」

「しーっ」彼はわたしを腕に抱きしめ、髪を撫でてくれた。「ここはあえて恐ろしげな造りにしてあるんだ。想像が最悪の悪夢になった空間なんだ。だがそれほど悪くない、本当だよ。よろこんでこの部屋に来て、ここで過ごしてくれ。きみが望まないことは何も起きない」

信じられなかったけど、彼はやさしい笑顔でわたしを見おろしていた。

「約束するよ。ぼくはきみを傷つけたくない——きみが考えるようなやり方ではね。それに心配いらない。ぼくたちはここからはじめるわけじゃない」

わたしは恐ろしさに身震いし、自分が何をしでかしてしまったのか、何に同意してしまったのか、心配になってきた。自分にはこんなことができる自信がなかった。

ドミニクはわたしの両手を取ってキスしてくれた。彼が口を開いたとき、その声は低くしわがれていた。「ぼくを信じてくれ。きみがしなければいけないのはそれだけだよ。ぼくを信じること」

15

　フラットへと帰る道すがら、わたしたちはほとんど何も話さなかった。わたしはいつもの自分ではないような気分で、胸がむかむかしていた。あの部屋のイメージが頭から離れず、あそこで行われていることを考えるとたまらなかった。逆上した目。泡を吹く口。悲鳴。鞭がやわらかい肌にあたる音。わたしにはわからなかった。どうしてそんなことが愛に関係あるのだろう――誰かを愛し、いつくしみ、その人にやさしく親切にしたいと思う気持ちと。

　ドミニクはわたしの不安を感じとり、今日見たものを頭のなかで整理する時間をくれたが、そのあいだもわたしに腕を回して頭を寄せていてくれた。彼の力と自信がしみこんでくるようで、少し楽になった。

「きみに見せたいものがある」ランドルフ・ガーデンズに着いてタクシーを降り、舗道に立っているときに彼が言った。「ぼくたちふたりだけのものだ」

　わたしは面食らった。

「おいで」彼は興奮に声を弾ませ、わたしの手を取って建物のなかに入り、彼のフラットのほうのエレベーターに乗りこんだ。でもエレベーターは五階ではとまらなかった。着いたのは七階、最上階だった。

「どこに行くの？」わたしは驚いて尋ねた。

彼はうれしそうに目を輝かせた。「見てのおたのしみだ」

彼はわたしを連れて、七階のドアのひとつの前に立ち、鍵を使ってあけた。

今夜はたくさんの閉じたドアの向こうに、おかしいこと、びっくりすること、恐ろしいことを見てきたけど、ここはそれらとはまったく違った。なかに入って、わたしはとまどった。ここもフラットで、セリアやドミニクのフラットより狭いけど、似たような間取りだった。見たところ、すっきりした内装でシンプルな家具が置かれていた。

「こっちだよ」ドミニクは言い、短い廊下を通って寝室のドアをあけた。「週末に用意したんだ」

ドアの向こうは、美しい閨房《ブドワール》になっていた。大きなベッドが部屋を支配している。古風な鉄の寝台に清潔そうな白いシーツがかかり、たくさんの枕とラベンダー色のシルクの上掛けが載っている。部屋にあるものは、ビロードの肘掛け椅子から、毛足の長い白い絨毯、ベッド脇のテーブルの上にある小ぶりな羽根ぼうきのようなものまで、すべてがやわらかく官能的だった。アンティークのチェストと濃い金色の戸棚もあった。ドミニクのフラットにあったのと似た奇妙な椅子もあったが、ここにあるのはあれより大きくて長く、白い革張りで、シートの端にはレザーの固定用ベルトが付いていて、低い足置きがあった。

「これを見てごらん」ドミニクがクローゼットをあけると、たくさんのすてきなランジェリー――ほとんど黒のレース――とほかのものがかかっていた。大きな輪になったシルクや革製の、衣装というより乗馬道具のようなもの。輪っかやバックル、ちいさなスチールのリングもかかっている。そのほかに、長いレース付きのコルセット、バックルとファスナーの付いた幅広のレザーベルト。シルクのネグリジェはやわらかく、贅沢な感じがした。

わたしはびっくりして彼を見つめた。「これ全部、わたしのために買ってくれたの？」

「もちろんだよ」彼は手ぶりで部屋全体を示した。「それが肝心なんだ。すべてきみとぼくだけのためだよ。真あたらしく、ほかの何ともかかわりがなく、ぼくたちがプレイするためだけの」彼は期待のまなざしでわたしを見た。「気に入ったかい？」

「地下牢より百万倍すてき」わたしは熱をこめて言い、彼を笑わせた。「本当に週末だけでこれを全部？」

その手配の大変さ、まして費用を考えたら、とても信じられなかった。フラットをもう一室手に入れて、こんなふうに何もかもそろえてくれるなんて。

彼はうなずき、意味ありげな目をしてわたしのそばに来た。「重要だと思えば人は驚くべきことをなしとげられる」ドミニクは手を伸ばしてわたしのあごをもちあげ、彼に顔を向けさせた。「ぼくたちが互いにもたらすことのできるよろこび、到達できる高みを知ってほしい」

わたしのからだに欲望が押し寄せ、恐怖と痛みのイメージは消えた。すべてが美しく、陽気で、やさしく感じられた。

「わたしには何もかもがはじめてよ」わたしはかすれた声で言った。「でも学びたいと思っている」

「レッスンはきみが心配しているより簡単でたのしいはずだ」彼は言った。「それにゆっくり一歩ずつ進めていこう」彼の唇が蝶の羽のように軽く唇をかすめ、わたしがもう耐えられないと思ったとき、彼はしっかりと唇を押しつけ、舌でわたしの唇をこじあけ、思う存分まさぐってきた。わたしたちのキスは激しさを増し、じょじょに高まっていた欲望に火がつく。わたしは自分たちがこの――セリアのフラットでもなく、ドミニクのフラットでもなく、わたしたちだけの場所にいることに興奮していた。

彼はキスしながらすばやくわたしを脱がせ、わたしもそれに協力した。すぐに裸で彼の前に立たされ、見定めるようなまなざしで見つめられて、乳首が硬く敏感になる。

「きみはすごい」彼は驚いているように言った。「きみのからだは快楽のためにできている」彼はわたしのお尻を撫でた。「すてきだ。考えただけで硬くなるよ」彼はわたしの手を取って自分の股間にあてた。硬くなっているのがわかる。「言っただろう？」もうだめ。いますぐ欲しい。わたしが彼のジャケットを肩からおろそうとすると、彼はジャケットもほかのものも、すぐに脱いでしまった。わたしたちはふたりとも裸になり、欲望に息を荒らげながら、互いの裸体に見とれた。

「これがはじまりなの？」わたしは胸をどきどきさせながら訊いた。下のほうも同じくらい激しく脈打っている。自分がこんな、肉体的に痛いほどの欲望を感じられるなんて、思ったことさえなかった。

ドミニクはほほえんだ。彼は頭をさげてわたしの首に舌を這わせ、耳たぶまで舐めあげていった。それから耳たぶを軽く噛んでひっぱり、耳元でささやいた。「味見だよ。ほんのちょっと味見するだけだ」

耳に彼の息を吹きこまれ、耐えがたいほどの欲望をおぼえ、わたしは息をのみ、からだをくねらせた。

彼はわたしの手を取って口元に寄せ、人差し指と中指を唇に挟んだ。指先に彼の舌の温かな湿り気と歯の摩擦を感じる。危険な行為に背筋がぞくっとする。彼はいつでも指を強く噛み、わたしに痛みを感じさせることができる。そんなことはしないと信じているけど、その可能性はある。ただ指をしゃぶられるのがこんなに官能的だなんて知らなかった。指をくまなく舐められ、もっと奥まで吸いこまれる。そのとき、彼のもう片方の手がわたしのあそこにふれているのに気づいた。本当に軽く茂みを撫でられていただけだったから、気づいていなかった。でもいま、その手の動きは力を増し、意志を感じさせる。指が一本、わたしのなかに強くすばやく侵入し、突きあげてくる。気持ちいいけど、これでは足りない。もっと欲しい。そのあいだも指をじらすように舐められて、どうしようもなくほてってくる。わたしは頭をそらして吐息をついた。ドミニクはすぐにわかってくれて、指をもう一本増やし、わたしは押し広げられるのを感じた。でも、これでもまだ足りない。自分が何を欲しいかわかっている。わたしは彼の硬く大きなものに手を伸ばしたが、彼はからだを引いてさわらせてくれなかった。

彼はわたしの指を口から出して導いた。彼のペニスに、あのすてきな熱い部分にさわらせてくれるのだと思ったのに、彼はまったく別の場所にわたしの手を持っていった。とまどって彼の目を見ると、彼の黒い目が力強く見つめ返してきて、わたしの手をわたし自身の茂みにふれさせた。彼のもう一方の手はわたしのあそこに押しつけられ、指を突きあげる動きが感じられる。快感をもたらすその動きに、もっと興奮してしまう。それなのに彼は指を引き抜き、濡れた指先でわたしのお腹をこすり、自分の手でするように促した。

「自分でさわるんだ」彼はつぶやいた。

わたしは、窓越しの彼に自分でいく姿を見せたことを思いだした。いまさら恥ずかしがっても遅い。わたしは三角形の茂みの下の、熱くほてった唇に指を滑らせた。

「そうだ」彼はわたしの指が自分のあそこを愛撫するのを見つめていた。「なかに入れて」

わたしは指を一本、熱いなかに沈め、奥に入れた。

「それを出して舐めるんだ」

わたしはためらった。

「さあ」彼の声に、厳しさの最初の兆しがあった。これが味見なの？

わたしは自分の指をゆっくりと口に持っていく。指を口に入れるのを、彼にじっと見つめられる。

「しゃぶれ」彼はささやき、わたしは言われたとおりにして、唇をすぼめてその味が口のなかに広がるのを感じた。つんとして、甘く、セックスの味がする。「きみはすてきだ」彼は言った。「さあ、ベッドに行くんだ」

わたしは向きを変え、ベッドのところに行った。「今度は何？」わたしは尋ねたが、彼の顔を見て黙った。

「しゃべるな。しゃべるのはぼくだけだ」彼は言った。

もう本当にはじまっているんだ。でも、これはただの味見だって言っていた。こわくはない。わたしの服従の最初の一歩はわりと簡単だった――いまのところは。

「ベッドに寝るんだ。仰向けに」彼は言った。「両手を頭の上に置き、目を閉じろ」

言われたとおりにした。ぱりっとしたコットンと光沢のあるシルクが、むきだしの背中にあたってひんやりと心地いい。わたしは目を閉じ、両手を頭の上にやった。枕の上で少しひじを曲げている。

彼がそばに来る気配、そして抽斗をあけしめする音がした。

「はじめはシンプルなものにしよう」彼は言った。顔の上に、やわらかくすべすべした布を感じた。次の瞬間、彼はそれでわたしを目隠しし、頭をもちあげて後ろで縛った。真っ暗になり、わたしはちいさなパニックを感じた。見えない。こんなのいや！

「リラックスして。これはすべてきみのためだ」彼は、わたしの心を読んだみたいになだめた。「きみは安全だ」

手首がもちあげられ、やわらかな布でベッド枠の鉄の棒に縛りつけられた。もう片方の手首も。縛り方はそれほどきつくなく、痛くもなかったが、拘束されているというのが奇妙な感じだ。ひっぱってみると、手首を動かせるのはほんの一、二センチだとわかった。

「ぼくを信じて」彼はささやいた。「これはきみの快感のためだよ。本当だ。さあ、今度は脚を広げて」

ドミニクが見えないせいで不安になった。彼がどこにいるのか、何をしているのかわからないまま脚を開いて、自分のもっとも秘密の部分をさらけだすのは無防備に感じる。でも目が見えないことで、あらゆる感覚が研ぎ澄まされている。自分のほてったあそこがむきだしになって、部屋の空気さえ感じられる気がする。部屋は静かになったが、彼が動きまわっている気配はした。マッチを擦る音がして、無煙火薬の燃える匂いがした。すぐにくらくらするほど甘いジャスミンとシーダーの香りがしてきた。

そういうことね。彼は香りつきの蠟燭に火をともした。いい感じだわ。

ここまで、わたしはこの経験のすべてが気に入っていた。豪華な部屋、美しい寝具、いい匂い。でもわたしは面食らってもいた。この中断で少し興奮が冷めてしまった。自分自身をとり戻し、雰囲気にのまれた感じはなくなった。

そのときふいに、彼がわたしのそばに来た。ベッドにのぼってきてわたしの開いた脚のあいだにひざまずく。

「用意はいいかい？」彼が低い声で言う。

「ええ」その言葉を口に出したとたん、ふたたび欲望が目覚め、血液が全身を駆けめぐった。わたしは暗闇の世界で無防備だ。両手首は縛られている。

「よし」

一瞬の間があり、また奇妙な感覚にとまどった。熱い滴《しずく》がわたしの胸に落ち、心地よい熱を感じた。そして反対の胸にも。お腹にも。これは何？

彼は指でわたしの胸に渦巻き模様を描き、熱いものの上に滑らせた。そうか。温めたオイルを落として、肌に擦りこんでいるんだわ。彼の指がわたしの肌の上を滑り、オイルを塗り広げていく感触はたまらなくみだらでなまめかしい。彼は乳首にもオイルを塗ってつまんだ。オイルのせいで指先が滑りやすくなっているから、彼は指に力をこめ、きゅっとつまみあげ、わたしの下腹部をきゅんとさせた。

どうして乳首はあそこと直結しているのだろう？　わたしは強烈な感覚に身をよじりながら、ぼんやりと考えた。彼がますます指先に力をこめると、乳首がつんとなり、すごく硬くなるのを感じる。乳首が硬くなればなるほど、あそこがどんどん濡れてくる。

「じっとしていろ」彼に言われて、動きをとめた。でもわたしの息は荒くなり、彼に与えられる強烈な快感に反応しないのは不可能だった。彼はわたしの乳房をもみ、手で包み、乳首に戻って、またやわらかなふくらみを愛撫する。それからお腹にさがってきて、オイルを擦りこみ、肌をすべすべにしていく。

「きれいだよ、ベス」彼は言いながら大きな力強い手でわたしのお腹を撫で、わたしがさわってほしくてたまらない場所へ近づく。「こんなふうにきみが、ぼくのために手脚を広げているのを見るとたまらない。きみの全身がぼくに服従している」

わたしはその言葉に震えて、何も言えなかった。わたしの肌を撫でながら脚の開いた部分に近づいていく彼の指に集中することしかできなかった。彼を求めてずきずきとうずいている。その指を挿しいれてほしい。いいえ、それより、彼のコック、あの硬いものをわたしのなかに入れてほしくてたまらない。いますぐ。

「お願い」声が切なげになってしまう。「ドミニク、もうだめ」

「きみは少し忍耐を学ばないとな」彼はおかしそうに言った。

もどかしいことに、彼はあそこを素通りして太ももと脚に温かいオイルを落とした。最初に脚からつま先までくまなく、ゆっくりと、丹念にオイルを擦りこんでいく。最初に片足片足に集中し、次にもう片方の足。つま先とかかとにオイルを塗り、土踏まずもマッサージする。たまらなく刺激的だ。自分の足がこんなに感じやすいなんて知らなかった。でもわたしがフットマッサージの快感にリラックスしはじめたら、彼はすばやく脚を伝って腰に戻ってきた。

一瞬、彼の顔が見たいと思ったけど、次の瞬間には忘れてしまった。彼が茂みにオイルを落としたからだ。彼は両手の指を広げるようにして腰を抱き、親指を使ってオイルを擦りこみ、クリトリスにどんどん近づいていく。いまにも彼にさわられると思うとずきずきとうずき、それはまるで乳首くらい大きく、硬くなっているように感じられた。からだを動かしたかった。腰を突きだして背をそらしたかった。でもドミニクにじっとしていろと言われたから、できるだけ動かずにいた。

もう一秒も耐えられないと思ったそのとき、彼の親指の腹がクリトリスをつま弾き、わたしは思わず声をあげてびくっと動いてしまった。

「今日はルールは厳しくない」彼はしわがれた声で言った。その声で、彼もわたしの反応に興奮しているのがわかる。「だからいまは動いてもいい」

そう言うと彼は蕾をくりくりとこすり、わたしをぞくっと震わせた。真っ暗な世界では快感が強烈に高まり、またベッドの上で動くたびに手首の縛めを感じて、さらに興奮が増す。自分は何もできない。すべて彼にやってもらわないといけない。彼がいなかったら、欲しくてたまらないエクスタシーの頂にたどりつけない。

そのとき、彼がからだを引いた。「まだ終わってないんだが」とつぶやく。「だがぼくももう我慢できない」

彼が起きあがる気配がした。ああ、あのすばらしいコックを見たい。彼はわたしの脚のあいだに来て、ペニスを入口にあてがい、オイリーで滑りやすい感触をたのしんだ。

わたしは腰を突きだして催促したけど、彼はしばらくそこにとどまった。

「きみは準備万端だ」彼は言った。そしていっきにわたしのなかに押しいった。

思わず声をあげてしまう。彼はゆっくりと腰を引くと、すばやく、力強く、深く突きあげる。ゆっくりと後退し、鋭く前進する。彼はリズムをつかみ、しっかりと何度も腰を突き、わたしの恥骨に打ちつけ、クリトリスにこすりつけた。

「きみをいかせたい、いますぐ」彼はうなった。彼の口がわたしの口を覆い、わたしたちはみだらに舌を絡ませる。

わたしはいままで出したことのない声を出していた。こんな強烈な感覚ははじめてだった。彼のペニスがわたしのなかの秘密のスポットにあたり、わたしは目隠しのやわらかな暗闇と、渦巻きながら押し寄せるクライマックスにのみこまれた。

「いくんだ」彼が命じた。

その言葉でめくるめく陶酔の大波がわたしを押しつぶし、数分間にも思われる時間のあいだ、深い力でわたしの全身を揺さぶった。ドミニクのからだがこわばり、奥まで突きあげてとまり、さらに張り詰めたペニスをもう一度押しいれたとき、彼がオーガズムを迎えて激しく痙攣するのを感じた。見えないせいでより鮮明に感じられ、自分のなかで彼が脈打つ感覚にわくわくした。そして彼はベッドのわたしの横に倒れこみ、あえいだ。

わたしがまだ息を切らし、いま起きたことの強烈さにあっけにとられていると、ドミニクが縛めをほどき、目隠しをはずしてくれた。

彼はほほえみ、わたしの唇にキスをしてくれた。「それで」彼はやさしい声で言った。「最初のレッスンはどうだった?」

「すごかった」わたしは満ち足りたため息をついて言った。「本当に……衝撃的だったわ」

「それは感じたよ。オーガズムのとき、きみはものすごくきつく締まった。すばらしかった」彼はまたキスを、今度は鼻の頭にした。「このベッドはこれで正真正銘、ぼくたちのものになった」

「ええ」わたしはうれしくて身をよじった。「すてきだわ」

「気に入ってくれてよかったよ。すべてきみのためなんだ。この部屋ではなんでもぼくたちのしたいことをできる」彼はわたしを鋭い目で見た。「明日から、本格的にはじめよう」

16

翌日も、わたしは幸せな気分のままだった。ジェイムズははっきりとは訊かなかったが、わたしを〝猫《ブス》〟と呼んだ。「ミルクをもらった猫みたいな顔をしている」彼は訳知り顔で言った。

彼の言うとおりだった。わたしは一日じゅう、喉をごろごろ鳴らしているような感じだった。昨夜経験したことは何もかも最高で、むしろいままで知らなかったことを残念に思いはじめていた。

でもこれは相手がドミニクだからだ。

今夜は彼と出かけることになっていた。これ以上先に進む前に、話しておかなければいけないことがあると彼は言った。なんとなく恐ろしげに聞こえたけど、彼はわたしの不安を察し、簡単なことだし心配無用だからと言った。

七時ぴったりに、わたしのタクシーはドミニクが待ち合わせに指定したレストランの前に着いた。ロンドンのこのあたりはよく知らなかったけど、ロンドン塔とタワーブリッジのそばを通ったのはわかった。街の東のほうだろう。

レストランはテムズ河畔にあった倉庫を改装した建物で、川とその向こうのサウスバンク地区がよく見えた。

レストランの支配人《メートル・ドテル》は、わたしがミスター・ストーンと待ち合わせだと告げると、立ちあがってお辞儀をした。そう言いながらわたしは、それがドミニクの苗字なのかどうかさえ知らないことに気づいた。その名前を出すようにと言われただけだった。

「マダム、どうぞこちらへ」支配人はお客でにぎわう一階を縫って歩き、エレベーターに乗って倉庫の屋上につくられたガラス張りの部屋にわたしを案内した。ここは食事客の頭上にも広がるかのような夜景がすばらしかった。

「ミスター・ストーンはプライベート・テラスでお待ちです」支配人は言い、屋外だけど両側をガラスの壁に囲まれ、さらにその前に置かれた御影石のプランターに植えられた植物でそとから見えなくなっているすてきな場所にわたしを案内してくれた。涼しい風が植物の葉を揺らし、川の潮の匂いが強く漂っていた。

ドミニクはテーブル席に座っており、彼の前には白ワインの入ったグラスがあった。わたしに気づいて立ちあがると、かすかに口元をぴくっとさせてほほえんだ。彼は濃紺色のスーツに淡い青のシャツと銀色のシルクのネクタイを合わせていて、いつも以上にすてきだ。

「ミス・ヴィラーズ、よく来てくれたね」

「ミスター・ストーン。またお目にかかれてうれしいわ」

支配人がわたしの椅子を引いてくれて、わたしたちは礼儀正しく互いのほおにキスをした。

「時間どおり来られたんだね」ドミニクは言った。

支配人がそっと椅子を押してわたしを座らせてくれた。彼はテーブルの横に置いてあったワインクーラーからワインの瓶を出して、わたしのグラスに注ぎ、お辞儀をして出ていった。

彼がいなくなるとすぐに、ドミニクは身をかがめ、黒い目を輝かせて言った。「今日一日じゅう、指をしゃぶってきみを味わっていた」

わたしはさっきまでの礼儀正しさと、みだらでセクシーな彼の言葉の対比がおかしくて笑った。「今朝、シャワーを浴びたんでしょう」わたしは言った。「だからそれはまったくのでっちあげだわ」

「それならぼくの空想だったんだろう」彼は言い、グラスをもちあげた。「ぼくたちのあらたな発見に」

わたしもグラスをあげた。「あたらしい発見に」そう言うとわたしたちはワインを飲んだ。わたしはぽつぽつと街灯がつきはじめた暮れゆく夏の夜の景色を眺めた。テムズ川にかかるライトアップされた橋や、川岸のにぎわいも見える。世界はわたしたちのまわりで生き生きと動いているが、わたしには、このテラスが世界のすべてだった。わたしが欲しいもの、必要なものはすべてここに存在する。ドミニクはわたしの理想の男性だった。頭がよくて、教養があって、ウィットに富んでいて、魅力的。やさしくて愛情深く、わたしがまったく知らなかったようなよろこびを味わわせてくれる。彼のことを考えるたびにうっとりする。わたしは彼に恋しているのだ。その気持ちはアダムに感じたよりずっと深くて刺激的だった。あれは甘く、でも薄っぺらな十代の恋愛で、それなりにたのしかったけど、これからわたしを待っていることにくらべたら影のようにしか思えなかった。

「きみの分も注文しておいたよ」ドミニクは言った。

「ありがとう」少し驚いた。彼がそんなことをしたのははじめてだったから。

でももう、最初の一歩を踏みだしたのだから。これもその一部なのよ。

いいわ、とわたしは思い、気にしないことにした。ドミニクを信じている。食物アレルギーがあるというわけではないのだから——彼に訊かれたこともないけど——大事なのは、彼はわたしを教え導いてくれるということ。彼が注文してくれたならそれでいい。

彼は少しまぶたが重たそうな目でわたしを見た。昨日のわたしたちの激しいセックスを思いだしているのだろうか。そうだといいけど。わたしは思いだして、からだに快感のさざ波を感じた。

「それでは」彼は言った。「基本ルールを話し合おう」

「基本ルール？」

彼はうなずいた。「基本ルールなしで、ぼくたちのような道に踏みだすことはできない」

わたしはヴァネッサが言っていたことを思いだした――安全と同意は、この屋敷で起きるあらゆることの鍵なの。それを理解したら、あなたはこれからすることにもっと自信がもてると思うわ。

「そうね」わたしは慎重に言った。「でもわたしたちにそれが必要なのかしら。わたしはあなたを信じているわ」

ドミニクの唇にほほえみが浮かんだ。「ぼくのような男にはたまらない言葉だ。だが基本ルールは必要だ。基本ルールなしで機能するのは極めて過激な関係だけだし、ぼくはそういうのには引かれない。ぼくはドミナントだが、純粋なサディストではないからね」

「違いがあると聞けてうれしいわ」わたしは言った。まださまざまな言葉を学んでいるところだが、サディズムという言葉は聞いたことがある。大学のパーティーで、ある学生がたびたび余興でマルキ・ド・サドの作品を朗読することがあったが、わたしはいつも、数分もたたないうちに気持ち悪くなって中座していた。

ドミニクは言った。「ぼくは痛みを与えるが、本物のサディストのような拷問をしたいわけじゃない。そんな人間はほとんどいないよ」

考えたくなかったから、わたしはさっきの話に戻った。「それなら、基本ルールを決めましょう」

「いいだろう」彼はわたしのほうへ身を乗りだした。「最初にきみが理解しなくてはならないのは、セックスのときのドミニク——またはきみの好きな呼び名でいいが——は支配する主人であり、きみは彼の言うことを聞く。あの部屋のそとでは、ぼくたちは普通の行動原則が適用される現実の世界で生活する。しかし部屋のなかでは、まったく違う。このシナリオがはじまるしるしに、きみに首輪をはめてもらいたい」

「えっ」わたしは驚いた。「ボンデージの衣装みたいな？」

彼はうなずいた。「首輪は服従のシンボルにふさわしい」

わたしは考えてみた。彼の言うとおりだ。首輪は所有をあらわす。動物は首輪をつけられる。飼い慣らされたしるしだ。それがわたしの望み？　飼い慣らされることが？

「わたしは飼い慣らされる必要があると思ったことはないわ」思わず声に出していた。

ドミニクはすぐに心配そうな顔になった。「そういうことじゃない」彼は言った。「現実世界のきみとは関係ない。ファンタジーの世界でのきみのことだ。現実世界のきみをしつけたり、飼い慣らしたりしたいわけじゃない。だがぼくたちの特別な世界では、きみはぼくのサブミッシヴになると同意するんだ。わかるかい？」

わたしはうなずいた。確かにそうだ。わたしたちのセックスライフでドミニクとすることに、現実のわたしを映す必要はない。そう思ったらなぜか安心できた。

「きみは首輪に同意するかい？」彼は確認した。

「ええ」

「よかった。フラットにすてきな首輪を用意してあるんだ」

彼がわたしのために用意してくれた豪華なフラットを思いだし、わたしのなかの何かがとろけた。「いまあの部屋にいたらよかったのに」そっとささやいた。

風が彼の髪を乱した。彼は両手の指先を合わせて考えこんだ。「ぼくもそう思う」彼はつぶやいた。「だがこうした境界を決めるのが先だ……」

そのとき、テラスへ出るドアがあき、ウエイターが大きなケーキスタンドのようなものを運んできた。どの皿にもシーフードが盛りつけられている。

彼はそれをテーブルの上に置いた。「海の幸《フリュイ・ド・メール》でございます、お客様」

また別の係がフィンガーボウル、小ぶりなフォーク、くるみ割り器のようなものを持ってやってきた。さらにマヨネーズ、玉ねぎのみじん切り入りの紫色の液体、モスリンで包んだレモン半分、タバスコの瓶も。

すべてをテーブルに並べて、わたしたちのグラスにワインを注ぎ足すと、ウエイターはまたいなくなった。

「牡蠣《かき》だよ」ドミニクは言って、片眉を吊りあげた。「セレンと亜鉛が豊富だ。とても健康にいい」

でも牡蠣だけではなかった。どの皿にも氷が敷かれていて、その上にアカザエビ、ロブスターの鋏、タマビキ貝、小エビなど、さまざまなシーフードが載っていた。

ドミニクはワインを飲んだ。「リースリングはこのコースにぴったりだ」彼は満足げに言った。「さあ、食べよう」

わたしは彼をお手本に、小ぶりなフォークを使って貝の身をはずし、くるみ割り器のような道具でロブスターの鋏を割って、マヨネーズにつけて食べた。エシャロット・ビネガーを振った牡蠣をつるりと食べると、海の味がした。エロティックな食べ物だと言われているのも納得だった。殻からはずす儀式、しょっぱくてぴりっとする味が、感覚を刺激する。牡蠣を食べるのははじめてだったけど、ドミニクのまねをして、ビネガーやレモンを振ったり、タバスコをかけたりした身をつるりと飲みこんだ。奇妙な味――クリームみたいに滑らかで――でもおいしかった。

「ほかにも話し合うことがある」ドミニクは言った。

「まだ？」おいしい食べ物、川面を渡ってくる風、贅沢な雰囲気で、わたしはすっかりリラックスしていた。それにすごく辛口のリースリングは、いままで飲んだなかでも最高においしいワインだった。

「そうだ。まず、これはすべてきみのためだということを理解してほしい。人びとはよく、ドミナントの快感がすべてのように考えるが、それは完全に間違っている。ぼくたちの世界では、きみがぼくの世界の中心なんだ。ぼくのすべての関心はきみに集中し、きみの褒美《ほうび》は、激しい体験、ファンタジーの実現……」彼は口の端をかすかに吊りあげてほほえんだ。「……強烈なオーガズム」

わたしの下腹部がうずく。ノーとは言えない。「でもあなたもよろこびを得るんでしょう？」

彼はうなずいた。「きみを所有して、服従させることでね。きみはぼくの支配を受け、ぼくの言うとおりにする。ぼくもそのファンタジーから激しい体験を得る。すばらしいのはぼくたちのファンタジーがぴったり合って、互いに高め合うということだ」

「そうね」わたしは本気でそう答えた。閨房での体験で、サスペンスがどれだけあらゆるものを強烈にするかわかったつもりだ。

ドミニクはエビにマヨネーズをつけてゆっくりと味わい、それから続けた。「あの部屋では、きみが首輪をつけたら、ぼくを〝ご主人さま〟と呼ぶこと。それはきみがぼくに服従するというサインのひとつだ」

「あなたはわたしをなんと呼ぶの？」

彼の目が一瞬、きらりと光った。「ぼくが好きなように。それが肝心だ」

わたしは叱られたように感じたけど、言った。「でもそれではフェアじゃないみたい」

「ぼくはたぶん、きみの名前は使わない」ドミニクは言った。「でもそのときそのときに合った呼び方をする。さあ、次は、こういった関係ではかならず決めることだ。ファンタジーの世界に入ると、あまりに入りこみすぎてわれを忘れてしまう恐れがある。だから〝セーフワード〟というものがある。それは〝もうたくさん、やめて〟という意味だ」

「〝もうたくさん、やめて〟と言うだけではいけないの？」

「〝やめて〟〝いや〟〝耐えられない〟と言っても、本気ではない場合がある。一瞬にしてファンタジーに押し入り、やめさせる言葉が必要だ。普通は〝赤《レッド》〟という言葉を使うんだが、ぼくたちは少し変わった言葉がいいと思う。だから〝深紅《スカーレット》〟にしよう。憶えられるかい？」

わたしはうなずいた。「もちろんよ。〝深紅〟は〝やめて〟という意味」でもわたしは自分がそれを使うとは思えなかった。ドミニクがわたしにするすてきなことを、やめてほしいと思うはずがない。

「それに、きみがすることとしないこと、さまざまな制限を決めることもできる。だがとりあえずは、ぼくを信じてほしい。ぼくがゆっくりときみを導き、過激なことはしないと約束する」

「たとえば？」わたしは顔をしかめた。「たとえば、地下牢でするようなこと？」

彼はうなずいた。「ぼくはきみの過去の経験ときみの本質をわかっているつもりだ。きみはぼくがしたいと思っている多くのことを受けいれると思う。そういうことをきみに教えるのが、ぼくのよろこびなんだ――そしてきみがいやだと思ったら、セーフワードが安全網になる。同意できるかい？」

わたしはそのことについて考えてみた。とてもあいまいだったけど、閨房の道具は地下牢のとはまったく違った。セクシーで、女らしくて、官能的だった。地下牢にあった道具のように、苦痛をもたらすものではないはず。「同意するわ」

「よし」ドミニクはにっこり笑った。「ではあとひとつだ。三夜連続でぼくに任せてほしい。木曜日から三日間。土曜日で終わるから、日曜日は休める。その時点でぼくたちどちらも、条件を再交渉する権利を保有する」

わたしは驚いて彼を見つめた。いったいいつから、わたしたちの関係はこんなビジネスの契約みたいになったの？　わたしたちはうまくいっていて、恋人どうしの関係になりつつあると思っていたのに。それがすべて今週末までに、契約更改のオプション付きで終わってしまうみたい。

「これはきみのためなんだ」ドミニクはわたしの表情を読んだように言った。「きみを守るために。誰かへの服従に同意すると、自分が無力になったように感じるかもしれない。だがじっさいには、きみの力は保留の状態になっているだけだ。きみははじめたときにもっていたもの、すべてをもっている。それを忘れないことが大事だ」

「わかったわ」わたしはささやいた。確かに力をもっているのかもしれないけど、ノーと言う理由は見つからない。

「よし。これでぼくたちの基本ルールができた。食事をたのしもう。それからきみを家に送っていくから、よく寝るんだよ」

わたしはがっかりした。「今夜はいっしょにいられないの？」

彼は首を振り、やさしく笑った。「今夜はだめだ。木曜日の夜に会おう。ぼくたちどちらにとっても期待を高めておくのはいいことだよ。それにぼくは明日出張で、夜明け前に発つことになっている」

「どこに行くの？」

「ローマだ」

「何をしに？」

「会議だ。とても退屈だよ」

「ローマは退屈ではないでしょう」わたしはうらやましそうに言った。

「退屈なのはローマではないよ。会議だ」

「会議って何をするの……」

「ほかのことを話そう」彼はグラスを取りあげ、話題を変えた。

「画廊で今度展示する画家のことを教えてくれ。興味があるんだ」

わたしたちはまるで普通の恋人どうしのように、夏の夜の風が吹き抜けるテラスでの食事をたのしんだ。本当はついさっき、奇妙に官能的なパワー・エクスチェンジの契約を結んだばかりなのに。でもこれから待っていることを考えて、わたしは下腹部に暗い昂りを感じた。

彼はわたしをどこへ連れていくのだろう？　わたしは本当にそれでいいの？

その答えはもうすぐわかる。

17

翌日、ドミニクはローマに行ったとわかっていたから、彼からの手紙が画廊に直接配達されたのは意外だった。

わたしが受けとりのサインをしているところに、ジェイムズが裏から戻ってきた。

「わたしに？」彼は尋ねた。

「いいえ」わたしは自分の名前がタイプしてある厚手のクリーム色の封筒を見た。「これはわたしに」

「ふむ」ジェイムズは怪訝そうな顔をしたが、すぐに合点がいったようだ。「ああ、すてきなドミニクからだね？」

「たぶんそう」わたしは封を切った。なかには鍵と畳んだ紙が入っていた。広げて読んでみる。

ベス

木曜日の夜、フラットで待っているように。これが鍵だ。シャワーを浴びてきれいにしておくこと。髪をアップにして首を見せておくこと。そしてベッドの脇に置いてある首輪を着けておくように。ベッドの上には、ぼくが選んだ下着が置いてある。ぼくが七時半に到着するまでに用意しておけ。ぼくが部屋に入るときには、ベッドの横にひざまずいていること。

ドミニク

わたしは赤くなってすぐに元どおりに畳んだ。

「ラブレター?」ジェイムズが言った。彼は約束で出かけるところで、あまりこちらを気にしていなかったからよかった。

「ええ、そんな感じ」ばかばかしいかもしれないけど、この奇妙なちいさな紙には一種のやさしさが感じられた。奇妙でわくわくすることを予感させる。

「それはすてきだ」ジェイムズは言った。

そうとも言える。

わたしは手紙を見て、自分が大変なことに足を踏みいれたのだとあらためて感じた。彼はわたしに、時間をつくって身も心も準備しておけと警告している。ドミニクは自分のしていることをよくわかっている。

――木曜日の夜

わたしは約束の時間よりずっと前にフラットに着き、手紙の指示どおりにして待っていた。シャワーを浴びてからだをきれいに洗い、脚とわきの下を剃り、完全に滑らかになるようにローションを擦りこんだ。髪は高い位置でおだんごにまとめ、顔と首を出しておいた。わたしは儀式にのっとって清められたように感じた。まるで人生のあらたなステージに入る前に浄化されたように。

水曜日、わたしはハーレー・ストリートの診療所を訪ね、落ち着いた豪華な室内で、詳細な健康診断と血液検査を受けた。結果はその日のうちにわかり、いまのところ何も問題はなかった。

わたしは何かに合格したような、検査によって体内まで浄化されたような気分だった。シーツ一枚だけになっていたベッドの上に、黒いそろいの下着が置いてあった。それは一見シンプルで、そこに置いてあると、ただのすべすべの黒いシルクにしか見えない。パンティーをはいてみる。シルクとメッシュでできていて、腰の部分は透けて見えるようになっている。その端がクロッチのところでダイアモンド形の窓をつくっていた。鏡で見てみると、お尻はいちおう包まれているが、いちばん下のカーブははみだしているし、お尻の谷間も露出している。白くてやわらかいお尻が黒い布地からのぞいている。ブラはシルクの細い布にすぎなかった。カップは浅く、乳房を覆うのではなくて、ただ輪郭に沿って乳房を押しあげるだけのものに見えた。しかし着けてみると、その効果は驚くほどすばらしかった。真っ黒な細いラインがわたしの乳房を包み、そのふくらみを強調しておいしい果実のように見せている。

こんな高級なランジェリーを着けるのははじめてで、そのさりげなく洗練されたデザインがとてもセクシーだった。真っ黒なラインにかすかに厳しさを感じたけど、気にならなかった。パンティーの前のあいているところから、わたしのあそこの唇がはみだし、乳首はすでにピンク色に染まって突きだしている。わたしはお腹と胸に手を這わせて、少し身震いした。期待のせいで熱くほてっている。

ベッド脇のテーブルの上に、首輪が置いてあった。わたしはそれを手に取って見つめた。想像していたような、鋲飾り付きの犬の首輪とは違った。ラテックス製で、繊細なレースのようにちいさな穴があいていて、正面にはちいさなラテックスのリボンが付き、後ろには留め金の役目をする飾り鋲が付いていた。もちあげて、首に巻いてみる。

首輪が肌にふれ、その象徴するものを実感して、わたしは胸がどきっとした。これはわたしの服従のしるし。これを着けたとき、わたしは自分をドミニクにゆだねる。驚いたことに、その感覚は震えるほど官能的だった。

もしかしたらわたしの心の奥底には、こういう嗜好があったのかもしれない。わたしは飾り鋲を穴に通して、首輪を着けた。ぴったりとはまり、まるで美しい黒いレースのネックレスのようだった。

わたしは壁の時計をちらっと見た。そろそろ七時半だ。指示を思いだす。装いはこれでいいから、ベッドの足元に敷かれている毛足の長い白い絨毯の上に行ってひざまずかないと。最初は照れくさかった。自分しかいないのに。しばらく手もちぶさたで、指に絨毯の毛を巻きつけたり、少しでも物音がするたびにびくっとしたりしていた。七時半が過ぎ、わたしは待ちつづけたが、何も起きない。

彼はどうしたのだろう？　遅くなるのだろうか？

立ちあがって彼にメールを送ったほうがいいのか、このままここで待ったほうがいいのか、迷った。

コチコチと時計の針が動く音を聞きながら、ひざまずいていた。五分、十分がたち、もう我慢できなくなった。わたしは立ちあがって、ドミニクからメールが来ているか確かめるために、廊下に置いたバッグのところに行こうとした。大理石の廊下に出たとたん、鍵が回る音が聞こえた。わたしはどきっとして、恐怖が全身を駆けめぐり、手のひらがちくちくした。あわてて寝室に戻り、すぐに床にひざまずく。玄関ドアがあき、ゆっくりとした足音が廊下を進んでくるのが聞こえた。その音はそこでいったんとまって、しばらく動いたり歩いたりしていたが、すぐには寝室に入ってこなかった。わたしはその間がありがたかった。彼が来るまでに、胸の鼓動を落ち着け、乱れた息を整えようとした。彼のいうことを聞かなかった後ろめたさに胸がいっぱいで、指先が震える。

彼は何をしているの？　早く来てくれればいいのに！

そのとき足音が寝室のドアに近づいた。彼はドアのところに立っているが、わたしは目をあげなかった。

「ただいま」彼の声は深く、低く、力が感じられた。

「おかえりなさい」わたしは言い、彼の脚が見えるくらい目をあげた。ジーンズをはいている。そこで長い間があり、わたしは思いだしてつけ足した。「ご主人さま」

彼がそばにやってきた。「ぼくの指示に従ったか？」

わたしはうなずく。「はい、ご主人さま」わたしはまだ彼の顔を見ない。このあたらしいドミニク、自分が服従すると同意したドミニクに緊張している。

「本当に？」さっきより小声だったが、その柔和な口調のなかに間違いようのない厳しさがあった。「立つんだ」

わたしは立ちあがった。カップの浅いブラからみだらに突きだしている胸と、大胆にクロッチのところがあいているパンティーを意識してしまう。でも同時に自分が美しく見えるということもわかっていた。ドミニクが鋭く息をのんだことで、彼もそう思ったのだとわかる。わたしははじめて彼の顔を見た。彼はいつもと違っていた。ものすごくハンサムなのは変わらないけど、黒い目は冷たく、その唇は、もしそこに見えるやさしさがなかったら、残酷と呼びたい形に歪んでいた。

「ぼくの指示に従ったのか？」

「はい、ご主人さま」わたしは答えたが、はっと気づいて顔色を失った。わたしは嘘をついている。彼は知っているのだろう。心臓が早鐘を打ち、指先が震え、脚ががくがくしてきた。

「最後のチャンスだ。ぼくの言うとおりにしたか？」

わたしは震える息を吸った。「いいえ、ご主人さま。あなたがいらっしゃらないのでわたしは廊下に行きました」

「そうか」彼の目がうれしそうに輝き、唇がぴくりとした。「不服従か、こんなに早く。まったくな。そうだな、すぐにレッスンをはじめよう。反抗的な態度は蕾のうちに摘《つ》まなくては。クローゼットのところに行って、右側の戸をあけろ」

わたしは呼吸を落ち着けて緊張をほぐそうとしながら、クローゼットのところに行って、彼の言うとおりにした。なかにはさまざまなものがしまってあった。

「赤い縄を」

いちばん下の棚に真っ赤な縄があり、わたしはそれを取りあげた。想像していたような粗い素材ではなく、やわらかくすべすべしている。

「ここに持ってこい」

ドミニクのところに行く。彼は黒いTシャツとジーンズ姿で、髪を後ろに撫でつけ、たくましく力強く見えた。縄を渡しても、彼はほほえまなかった。

「不服従はとても悪いことだ、ベス」彼はささやいた。彼は赤いワックスでほつれ止めをほどこしてある縄の端を持ち、それでわたしのからだをなぞりはじめた。乳首のまわりに円を描き、お腹に滑らせる。

わたしはすごく興奮して、あそこがうずき、濡れてくるのを感じた。ああ、もうほてっている。

それから彼はわたしに後ろを向かせた。「ベッドの柱の横にひざまずけ」

わたしは縄でぶたれるのだろうかと考えながら、ベッドのところに行った。

「腕で柱を抱えるようにして、両手を組み合わせるんだ」

言うとおりにすると、彼はすぐにわたしの手首に縄をくるくる巻きつけ、上手に結んだ。それから残りの縄を床に落とした。

「脚を開け」彼は命じた。

わたしは従い、自分の白いお尻がむきだしになり、お尻の穴とその下の唇が彼に見えているのを感じていた。しかもすでに濡れている。彼にもわたしが濡れているのがわかるはずだと思うと、ますますほてってあふれてしまう。わたしは熱くなった顔を、ベッドの柱に押しつけられている腕に乗せた。縛めのせいで腕は動かない。

あそこに何かを感じた。一瞬、ドミニクの指かと思ったけど、それにしては大きすぎるし太すぎた。それに彼のコックのように硬くも温かくもない。そのとき気づいた。彼は縄のワックスが塗ってある端をわたしの濡れた部分に滑らせている。すごく気持ちいい。

「ああ」わたしはささやいた。

「静かに。声を出すな。それに動くんじゃない」

お尻を軽くぶたれた。縄のやわらかい部分で。痛くはなかったけど彼の意図ははっきりわかる。わたしはじっと動かずにいようとした。

「では。お仕置きの道具がいるな」

わたしは視界の端で、彼がわたしから離れて戸棚のところに行くのをとらえた。戻ってきた彼は、出してきたものを、わたしにも見えるベッドの上に置いた。大きくて、美しい、ガラス製の何かだ。滑らかでかすかに曲がっていて、長さは十センチくらい。わたしが見たのを確認してから、彼はそれを持ってわたしの後ろにやってきた。突然、彼がわたしの後ろにひざまずいたので、わたしは背中に彼の体温を感じた。彼はわたしの首に顔を寄せ、指で首輪をなぞった。

「これはいい」彼はささやいた。「かわいらしい。きみによく似合っている」彼は顔をさげてわたしの首に口づけ、軽く肌を噛む。快感のため息をついてしまいそうになったが、彼に言われたことを思いだして我慢する。

何かあたらしいものがわたしの入口をうかがっていた。冷たくてつるつるしたもの。あのガラス製品だ。

「これは人工ペニス――ディルドだよ、ベス」彼は言った。「これからきみのなかに入れる。入れたままにしておくんだ。出したらだめだぞ」

彼がそう言うあいだに、冷たいものが挿入された。いっぱいに満たされてすごく気持ちいい。冷たさもその刺激に輪をかける。でもディルドはすごくつるつるしているし、わたしはすごく濡れている。ドミニクがそれをなかに入れ、一瞬押さえてから手を離すと、すぐにディルドが滑りでてしまう。

「いけない子だ」それを見て彼は叱った。「ぼくがさっきなんと言った？」

彼がまたぐいとそれをなかに押しこみ、わたしはまた声をあげてしまいそうになる。わたしはあそこに力を入れて、ディルドを締めつけようとした。

「いいぞ。がんばっているな」彼はつぶやいた。「さあ、きみのお尻がぼくに何かしてほしそうだ」

彼はわたしのお尻を愛撫した。シルクのメッシュに包まれた部分も、はみだしている部分も両方。そしていきなりぶった。強くはなかったけど、一瞬痛かった。わたしは飛びあがり、なかでガラスのディルドが動き、突きあげられるような快感をおぼえた。ドミニクはまたお尻を撫で、またばしっと平手でぶった。痛みはそれほどでもなかったが、なかが震えて、ディルドがもっと奥に押しあげられた。

ああ。

「きみの尻は美しい」彼は抑揚をつけて言い、またぶった。ああ、わたしの快感はどんどん高まっている。

ベッドの柱に額を押しつけると、その下に縛られた手があった。手首に真っ赤な縄が巻かれているのを見て、わたしは興奮した。敏感になっている胸も冷たい鉄の柱に押しつけられ、乳首はこすれている。下ではもう温かくなったディルドがまた滑りでそうになっている。わたしは筋肉に力を入れて、それをとめようとした。また下腹部に快感が押し寄せてくる。

「ああ、なかに入れておけないのか、ベス」彼はいたずらっぽく脅した。「それほど無理な頼みではなかったはずだ。それなのに……」

彼が三回連続して平手打ちし、熱い快感がわたしのお尻から全身に広がっていった。それから彼はディルドを激しく出し入れした。驚いたけど、すごく感じてしまった。ドミニクの前でひざまずき、お尻をむきだしにして、彼にガラスのディルドでファックされるなんて。彼はもう片方の手を前に回した。クリトリスはものすごくずきずきと硬くなっていたから、さわられたらすぐにいってしまうかもしれないとわたしは思っていた。彼が指でつま弾き、濡れたなかに指を入れてまた戻り、より強く愛撫しはじめると、強烈な快感がわたしの全身を何度も襲った。脚が力を失い、もし縛られていなかったら、ベッドの柱から滑りおちていただろう。クライマックスが迫り、わたしは全身が震えはじめた。

「きみは初心者だから」彼はわたしの耳に押し殺した声でささやいた。「いくのを許可してやろう。だが思いっきりいかなければだめだ。さあ、いってごらん。ぼくにすべて与えるんだ」

それが合図だった。わたしは張り詰め、次の瞬間、全身を揺さぶり、あらゆるものを包みこむオーガズムにのみこまれた。

「そうだ」彼は言った。「これが見たかったんだ。さあ、まだ終わりじゃない」彼はディルドをするりと引き抜いた。彼はそれを上に向けてお尻のあいだに滑らせ、先端をもうひとつの入口にそっと押しつけた。もしかしてそこに挿入するのだろうかと、心配半分、興味半分で待っていたら、彼はそれをどけた。

そしてわたしの手首をほどいた。でもこれで終わりだと思ったら、それは間違いだった。

「床に寝ろ」彼は命じた。「尻をできるだけ高くあげて、頭を腕に乗せろ」

わたしは絨毯の上を這っていって、言われたとおりにする。お尻を突きだして、どうしようもなくみだらな気分だった。クライマックスで満たされ、びしょびしょに濡れてふくれた唇が彼に丸見えだとわかっていたから。彼の指がそのまわりをなぞり、毛と濡れた肌をこするのを感じた。

「いい眺めだ」彼の声は欲望でくぐもっていた。「すべてぼくのものだ」

ジーンズのボタンをはずす音が聞こえたが、彼は脱がなかった。わたしの後ろにひざまずき、硬くなったものを入口にあてがう。「これから激しくファックする」彼は言った。「声をあげてもいいぞ」

そう言ってくれてよかった。彼が押しいってきたとき、まるで自分の中心を貫かれたみたいで、思わず声をあげてしまったからだ。もしだめだと言われていても、抑えられなかっただろう。彼のコックは何度も何度も激しく突きたててきて、そのたびにあのスポットにあたる。一歩間違えれば快感が痛みに変わってしまいそうだったが、わたしはこの甘美な苦しみをもっと与えつづけてほしかった。彼が与えてくれた強烈なよろこびを、彼にも感じてほしかった。自分のすべてをひとつ残らず、彼に与えたかった。

彼のジーンズの生地がお尻にあたるのを感じ、それもすごくよかった。彼は片手でわたしの腰をつかみ、もう片方の手で胸をもみながら乳首をもてあそび、荒い息遣いをしている。彼のものはどんどん大きさを増し、わたしをいっぱいに満たす。そしていく直前に彼のからだがこわばるのが感じられ、彼は、わたしのなかで射精した。

激しいセックスの余韻がおさまってきて、わたしたちは息を切らしていた。ゆっくりと、彼はわたしのなかから抜けた。立ちあがってベッド脇のテーブルのところに行き、ティッシュで自分のものを拭く。彼のものが出ていってからも、わたしは絨毯に倒れこんでまだあえいでいたが、心臓のどきどきはしだいに落ち着き、太ももに温かな精液が流れでてくるのを感じた。

「ドミニク」わたしは言った。「すごかったわ。本当に」わたしは彼にほほえみかけた。彼をとても近く感じていた。彼を抱きしめ、その匂いを吸いこみ、唇にそっとキスしたかった。

彼はふり向いて、冷たいといっていいような目でわたしを見た。でも次の瞬間、彼はわたしにほほえんで言った。「ありがとう、ベス。最初のお仕置きはたのしかった。きみは勇敢に耐えたが、まだこれは序の口だよ」

わたしは彼が向こうに歩いていってジーンズのボタンをはめるのを、驚いて見つめた。

これはわたしがまだ首輪を着けているせいなの？　わたしはそう思って、首輪をはずそうとした。

すると彼はそばに来てひざまずき、わたしの手を取ってキスしてくれた。「ありがとう」彼は言った。「次の会合をたのしみにしているよ」

そう言うと彼は立ちあがり、部屋を出ていった。太ももに彼の精液を流しながら、まだ床に横たわっているわたしをひとり残して。

わたしは驚き、傷ついていた。こういうものなの？　ぞっとした。彼を抱きしめ、抱きしめられて、彼にキスをし、キスされたいのに。

でも彼に服従すると約束した。これは最初の夜だし、彼がわたしをどんな世界に連れていくつもりなのか、まだわからない。でもドミニクは自分がすることをわかっている。彼を信じないと。

――金曜日

セリアのベッドに寝ていたわたしは、早朝に目が覚めた。午前四時を少し過ぎたところだ。どうしてこんなに早く目覚めてしまったのかわからなかった。昨夜のことで疲れているはずなのに。肉体的にもきつかったし、感情的にも疲れた。デ・ハヴィランドがベッドのわたしの横で寝ている。セリアが寝室に猫を入れていたかどうかはわからないけど、わたしは彼がそばにいて慰められた。そのやわらかい毛を撫でてやると、すぐに反応して、喉をごろごろと鳴らしはじめた。

「あなたはわたしが必要なんでしょ」わたしはデ・ハヴィランドに言った。「撫でてあげるだけであなたは幸せなのよね、子猫ちゃん」

どうして愛はこんなに複雑なのだろう？　どうして、世界にはたくさんの男性がいるのに、よりによって彼――外側はやわらかいのに中身は鋼のような男性――を好きなのだろう？　なぜなら彼を愛してしまったから。こんなに切羽詰まって混乱し、胸がいっぱいで、彼のことばかり考えているのは、愛でしかありえない。彼はわたしを求めている。彼はわたしがきれいで、性的魅力があり、彼をよろこばすことができると思っている――わたしのためにフラットをもうひとつ買って用意するほど。

いったいいくらかかったのだろう？　三日間のセックスのために？

別の考えが浮かんだ。彼はこれをもっと続けるつもりなのだろうか？

自分がどう思うようになるかわからなかった。いままでやったことはたのしめたけど、それは限度があるとわかっていたからだ。もしこれがずっと続くとしたら、いまみたいには思えないかもしれない。なぜなら……。

わたしが欲しいのは愛で、お仕置きではないから……？

わたしは与えてもらうだけではなくて、与えるほうにもなりたいから……？

なぜなら……。

意識のすぐそとに、何か暗く恐ろしいものがひそんでいた。わたしはため息をついて寝返りを打ち、デ・ハヴィランドにぶつかった。デ・ハヴィランドは伸びをして、ひと声にゃあと鳴いて、また丸くなって喉をごろごろいわせた。

わたしはもう一度眠ろうとしたけど眠れなかった。中国風の壁紙を眺め、鸚鵡を数え、その羽を見つめる。そのうち目覚ましが鳴って、起きる時間になった。

午前中は睡眠不足のせいで頭がふらふらし、いらだっていた。

「だいじょうぶかい、ベス?」わたしがパソコンの遅さに文句を言ったとき、ジェイムズが尋ねた。

「ええ、ごめんなさい」わたしは恥ずかしくなって言った。「ひどい夜で。眠れなかったの」

「読書にいい季節だからね」彼は軽い口調で言ったが、コーヒーを持ってきてくれたり、わたしの好物の薄いジンジャービスケットを運んできてくれたり、なにかとやさしくしてくれた。

昼前に、またわたし宛のクリーム色の封筒が宅配便で届いた。すぐになかの手紙を読む。

親愛なるベス
昨夜の初体験、おめでとう。ぼくと同じくらい、きみもたのしんだならいいんだが。今夜も七時半にフラットで、準備してぼくを待っているように。ベッドの上のものを身に着けること。ぼくが到着する前に、テーブルの上の道具を洗い、潤滑ゼリーをつけて、それを並べておくこと。昨夜と同じようにひざまずいていること。

ドミニク

わたしは二度、手紙を読み返した。胸がどきどきしたけど、昨日ほどよろこびでいっぱいではなかった。昨日ドミニクがわたしにしたスパンキングはとくに痛くはなかったけど、それはされたときのわたしが興奮していたせいだ。自分はもう、痛みとよろこびが紙一重の世界に足を踏みいれた。お尻をぶたれるのは興奮を高めるためだった。でも彼がもっと先に進みたがったら、どうしたらいいのかわからない。

そして彼は、きっともっと先に進みたがる。

「ベス、顔が真っ青だよ」ジェイムズがわたしの机のところに来て言った。「どうしたんだ？」彼はわたしの顔をよく見た。「ドミニクとはうまくいっているのかい？」

わたしはうなずいた。

ジェイムズは何か考えているような顔つきでわたしを見た。彼はなんでも冗談にする人間で、わたしがドミニクのことを打ちあけてからは、ボンデージやお仕置きのことで軽口を叩いて、わたしをからかっていた。いまみたいなときでも、いつもの彼なら何か冗談を言ったはずだが、なぜかそうしなかった。代わりにわたしの目をじっと見つめて言った。

「ベス、きみは実家から遠く離れてひとり暮らしだ。もしドミニクがきみにいやなことをさせたり、きみが彼のしていることをたのしめなくなったりしたら、わたしに相談してほしい。わたしはきみの友人のつもりだし、心配している」彼の目はやさしかった。

「きみはまだ子どもなんだよ」

そんな親切なことを言われて、胸のなかで感情が渦を巻いた。泣きたくないのに、涙がこみあげてくる。

「ありがとう」わたしはうわずった声で言った。

「どういたしまして、スイートハート。世のなかはこわいところだが、ひとりで悩む必要はない。わたしに電話していいから。休日でもね」

彼が行ってしまうと、わたしの目から涙がひと粒こぼれてほおを伝った。急いで拭いて、手紙を畳み、ドミニクとの約束の時間までできるだけ仕事に集中するようにした。

フラットのベッドの上に、あたらしい下着のセットがわたしを待っていた。それは下着とも呼べないようなものだった。一種のハーネスだが、レザーではなくやわらかく黒い伸縮性のある飾り紐《リボン》でできていた。どうやって身に着けるのかわかるのにしばらくかかったが、ちゃんと着けてみたら、それはわたしの白い肌に大胆な模様を描いた。二本の黒い紐が肩からクロッチまで大きなV字を描き、途中で胸の上を通るが、乳房はむきだしだった。腰には二本紐がかかり、その一本は太くて、ストッキングを吊るストラップが付いていた。すべてがわたしのおへその下でつながり、ちいさなファスナーで留める形になっている。クロッチ部分の紐は、わたしのあそこを挟むようにして後ろに回り、背中で一本になっていた。ふり向いて自分の後ろを見ると、紐が交差して模様を描いていた。腰回りの紐からストッキング用のストラップが垂れ、Tバックのように一本の紐がお尻の割れ目に沿って下のほうに続いている。それを留める腰のところに、ちいさな蝶結びの飾りがあった。どこか幾何学的で美しい。

ハーネスを着けてから、ストッキングをはき、ストラップで留めた。ベッドの上にはスティレットヒールもあったので、それもはいた。ぴったりだった。

そして首輪。今日の首輪は、昨夜のかわいいラテックスのものとは違った。艶のある黒いレザーで、首の後ろでバックルで留めるタイプだ。鋲に似せたスパンコール飾りが付いていて、全体としてはすごく豪華だった。鏡に映った首輪を見る。わたしの服従のしるし。

それからベッドのところに戻った。青い大きなラテックスの――ペニスの形そのものではないけどかなり近い――ヴァイブレーターが紫色の瓶の横に置いてあった。わたしはヴァイブレーターを手に取って、よく観察した。すっきりしたラインと曲線が美しい。それに青という色のおかげで、人体に似せてつくられたもののような気味悪さを感じさせなかった。そのつけねにちいさな突起があるが、これはきっとクリトリスを刺激するためのものだろう。

わたしはバスルームに行って、ヴァイブレーターを水でよく洗った。きっといままで一度も使われたことはないとわかっていたが。それからタオルで水気を拭き、寝室に持って帰って、ベッドに座った。紫色の瓶からオイルのような潤滑ゼリーを手のひらにとり、青いヴァイブレーターに塗りはじめる。ラテックスにオイルを塗るだけで自分のからだが反応していることに気づいてびっくりした。無機物なのに、それにオイルを塗ることが、親密な行為であるかのようだった。それとつながり、それをよく知り、それがもたらしてくれる快感を期待しているみたいに。わたしはそのゆるやかな曲線と上向きの形に愛情のようなものを感じはじめ、オイルでつやつやになると、まるでそれが、わたしをよろこばせるのを期待して興奮しているような気がした。

そのとき時計を見て、ドミニクが来るまであと数分しかないことに気づいた。わたしはオイルを塗ったヴァイブレーターをベッドに敷いたタオルの上に置き、ほかの道具を見つめた。ヴァイブレーターもそうだけど、ここにある道具は地下牢で見たおぞましい拷問具とは違う。おしゃれで美しくて、しまっておくより飾っておくべきもののようだ。そのひとつは短くて太い、黒いレザーハンドルのバラ鞭だった。ハンドルの端はスチールの玉になっていて、何十本もスエードのテイルが付いている。わたしは指を通してみた。やわらかくて、イソギンチャクの触手を思いださせる。バラ鞭の隣にはほっそりとした長い乗馬鞭があり、それは黒いレザーでできていて、先端に輪が付いていた。

ああ、どうしよう。

わたしはぞくっとした。自分が耐えられるかどうかわからない。

もし愛されているなら、なんでも耐えられるはず。その考えにふと思いいたったが、それがどこからやってきたのかはわからなかった。わたしが彼の愛にふさわしいとドミニクに認めてもらう。なんとしても。

ドミニクは今日は五分遅れただけだったが、わたしは教訓を学んでいた。彼が来るまで床にひざまずいて待ち、彼が入ってきても目をあげなかった。白い絨毯をじっと見つめていると、視界の端に彼のジーンズと黒いポール・スミスの靴が見えた。

彼はしばらく何も言わずわたしを見ていたが、やがてそっと言った。「よろしい。今日はぼくの言うとおりにしていたね。いいぞ。気分はどうだい、ベス?」

「とてもいいです、ご主人さま」うつむいたままささやく。

「今夜をたのしみにしていたか? 青いやつを洗っているとき、何を感じた?」

わたしは一瞬ためらったが、答えた。「あなたがこれを入れてくれたら、どんな感じがするだろうと想像しました、ご主人さま」

かすかなため息のような音がした。「よろしい」彼はつぶやいた。「だがあまり夢中になるな。今日はほかにもおたのしみがある。立て」

わたしは立ちあがったが、慣れないスティレットヒールで少しよろけてしまった。まだ目を伏せていたが、彼が荒く息をのむ音が聞こえた。

「すごくいい。後ろを向け」

わたしは後ろを向いて、彼にリボンが交差した背中を見せた。下のほうはリボンが檻のようになって、紐がお尻の割れ目に消え、ハーネスとストッキングのあいだの白い太ももを強調している。

「きれいだ」彼はしわがれた声で言った。「前を向け。ぼくを見るんだ」

わたしは言うとおりにして、おずおずと目をあげた。彼はたくましい胸と肩にぴたりと張りつく黒いTシャツを着ていた。これは彼がわたしを支配するときのユニフォームなの？　彼の顔を見て、わたしの全身が激しい愛情に震える。ハンサムだからではなく、彼の顔だからいとしかった。その顔を近くに感じたかった。キスして、ほおをすり寄せてほしかった。

彼は手を伸ばして首輪を撫でた。「これは愛らしい」彼は物思いにふけっているような口調で言った。「それにとても機能的だ」そう言って、首輪に指をひっかけ、わたしを自分のほうへ引き寄せた。そして唇を重ねて激しくキスした。舌を挿しいれて、強く口を押しつけてきた。

すごくひさしぶりのキスだったが、このあいだのようなやさしいキスではなかった。激しく荒々しくわたしの口をもてあそび、わたしがどう感じているかなんてまるで気にしていないキス。

そして彼は顔を離し、にやりと笑った。「さあ」彼は言った。「最初の課題だ。ベッドから道具を拾ってベッド脇のテーブルに置くんだ。それから仰向けに寝て腕を頭の上にあげて、脚を開け」

わたしはおなじみの下腹部のうずきと、速まる脈を感じた。これからどうなるの？　彼はわたしに何をするの？　痛みは恐ろしかったが、わたしはあのものすごい、苦しいほどのよろこびを期待していた。

言われたとおりに横になった。

「目を閉じろ」

わたしは目を閉じ、彼が近づく気配を感じた。次の瞬間、滑らかな感触の目隠しをされた。また何も見えない。手首がもちあげられ、やわらかな裏打ちをしたブレスレットをはめられ、それがベッドの柵につながれるのを感じた。手錠。彼はわたしの脚のほうへ移動し、足首にも同じような拘束具をはめ、ベッドの足元にバックルで留めた。足枷。そっとひっぱってみると、腕も脚も、ほんのわずかしか動かないとわかった。

「動くな」ドミニクが厳しい声で言った。「一度しか言わない。動くな。声をあげるなさもないと後悔することになる。さあ、じっとしていろ」

また彼がそばにやってきた。わたしは彼の温かなからだの気配を感じ、さわりたくてたまらなかった。指先で彼の肌にふれたい。この取り決めのいちばんつらい部分は、彼がわたしからの愛情を求めていないらしいという点だ。サブミッシヴになったとき、それは予想していなかった。

耳に彼の指を感じ、彼が何かを耳のなかに入れた――それはやわらかいパッドで、すぐにわたしの耳のなかでふくらみ、音が聞こえなくなった。これでもう、からだのなかで響く拍動や呼吸の音しか聞こえない。すごく奇妙な感じがする。そういう音がとても大きく聞こえて、こわいほどだった。もしわたしが声を出したら自分の声が聞こえるだろうか？　でもやってみる勇気はなかった。ドミニクの警告が頭のなかで響いている。

わたしはこの暗い、しゅーっという音やどきどきいう音だけの世界にひとりぼっちだった。ドミニクの体温と重みはどこかに行ってしまい、彼がいまどこにいるのかわからない。いつまでわたしをこんなふうにしておく気なのか、見当もつかなかった。でも一秒ごとに緊張が増していった。これから何かが起きるという予感が大きくなり――何かの感触、何かの刺激、それはよろこびかもしれないし、痛みかもしれない――なんでもいいから早く起きてほしいという期待で、わたしは叫びだしてしまいそうだった。

もう我慢できない、自分は何か言うか動くかしてしまうと思ったそのとき、それを感じた。わたしの胸の上の部分にそれがふれ、熱いと思った。何か熱いもの。いいえ、違う……熱いんじゃない。冷たい。わたしの肌はそれにふれてきゅっと締まるような感じだった。氷。

お腹にも焼けるような感覚があり、思わず筋肉を縮めて身をよじってしまいそうになる。わたしは必死で自分をコントロールした。氷はわたしの肌をちくちくさせ、焼くようだった。さわりたくてたまらなかったけど、もしそうしようとしても、手脚は動かない。見えない力は氷をわたしの胸の上に滑らせ、乳首を愛撫した。氷は冷たくすると同時に熱くする効果があったけど、そのおかげでわたしの感覚は研ぎ澄まされた。下腹部から、燃えるようなメッセージがほてった脚のあいだに送られ、そこはさらに濡れてまわりまでびしょびしょになっているのを感じる。たったひとつの氷で。

お腹の上の氷が融けはじめ、滑りおちて、そのあとに冷たい流れをつくった。氷は滑らかなハーネスの紐にぶつかり、それに沿って、わたしの腰のほうへ滑る。背をそらして氷を落とし、この拷問を終わりにしたいという衝動を抑えるだけでやっとだった。

そのとき、かすかに、何かがわたしのふくれた唇にふれた。前にドミニクがわたしにディルドを使ったときもこんな感触だったけど、少し違う。温かくて、太くて、すべすべしている。あのヴァイブレーターだとぴんときた。彼はあれを使うつもりだ。興奮に刺激され、わたしのあそこは期待にひくひくと震えた。彼はしばらく入口でそれを使い、わたしをじらすだろうと思っていた。でもそうしなかった。すぐにそれを押しこみ、わたしのなかをいっぱいにした。いったんヴァイブレーターが挿入され、ちいさな突起がわたしのクリトリスに押しつけられると、それ以上は何も起きなかった。何分間もそのまま放置された。わたしはたまらずきゅっと締めつけ、自分でもっと奥へと導こうとしたが、それは許されないことだった。お腹をびしっとぶたれ、わたしはすぐに動きをとめた。

やりすぎてしまったのだろうか？　恐れと昂りが入り混じった感情で胸がどきどきする。これからどうなるの？　その答えがわかるにはしばらくかかった。驚いたことに、わたしのなかのヴァイブレーターがウィーンと音をたて、振動しはじめた。ああ、いい。すごく。

すごくセクシーな感じだった。ヴァイブレーターが脈打ちながら震えると、ちいさな突起も音をたててクリトリスを刺激する。何も見えず聞こえないわたしの胸の奥で、まるで猫が喉を鳴らしているみたいな気がした。わたしはじっとしたまま、ヴァイブレーターが生みだす快感を受けとめていたが、いまにも限界を超えてしまいそうだった。どうしても動いてしまうだろう。もし動かなくても、もうすぐいってしまう。それは確かだった。わたしは歯を食いしばってじっと我慢し、与えられた命令に従おうとした。

そのとき、何も外部の働きかけを感じなかったのに、ヴァイブレーターのスピードが変わり、そのペースと動きが激しくなった。まるでちいさな硬い玉がヴァギナのなかを上下して壁をこすり、脈打っているようだ。いままでこんなふうに刺激されたことはなかった。

ああ、どうしよう。すごい。いい、いくのを我慢できるかどうかわからない。

ちいさな突起がさっきより強くクリトリスにあたって、休みもテンポの変化もなく、ものすごいクライマックスへとわたしを押しあげていく。

だめ。もう考えられない……。

頭がくらくらして、真っ暗な視界に色とりどりの星が見える。思わず内部で脈動するリズムに合わせて腰を振り、まるで遠くから聞こえてくるような自分の声を聞いた。わたしは大声をあげていた。真っ暗なぼうっとした意識のなかでそれに気づいた。

突然、振動がとまり、ヴァイブレーターは乱暴にわたしから引き抜かれた。わたしは奪われ、狂おしい気分で、あと少しでわたしをいかせてくれるはずだったオーガズムの強さに震えていた。

それから耳のプラグがはずされ、わたしは現実世界で自分があえいでいる音を聞いた。

「いけない子だ。動いた。声をあげた。いきたいと思ったんだろう？」

「は、はい」わたしはなんとか答えた。

「はい、だけか？」

「はい、ご主人さま」

「こんなにもがつがつと貪欲《どんよく》で、快楽を欲しがるからだをもつみだらでいやらしい女には、お仕置きする必要がある」彼はわたしの手首と足首の縛めをはずしながら言う。その声には、よろこびが感じられた。目隠しはそのままだった。わたしは一瞬混乱して、突然、またひとりぼっちの世界に取り残されたように感じた。

彼の手がわたしの腕をつかんだ。「立て。こっちに来るんだ」

わたしは彼についてベッドからおりた。脚がゼリーになってしまったように感じ、立っているのも難しい。彼に連れていかれるまま部屋のなかを移動したが、自分がどっちを向いているのかさえわからなかった。そして彼はわたしの両手を、滑らかで傾斜したレザーの表面におろさせた。これでわたしたちがどこにいるかわかった。レザーの椅子だ。低い足置きとレザーのベルトがついた、あの奇妙な白い椅子。

いったい何が起きるの？

こわがるべきなのだろうけど、わたしはこわくなかった。彼は目の見えないわたしにやさしくふれている。わたしが何を受けいれられて、彼がどこまでやれるのか、彼はちゃんとわかっている。彼の怒りはファンタジーで、わたしたちをもっと近づけ、魅惑的な禁じられた場所へと連れていってくれる手段だ。そうわかっていたから、わたしは安心して、これからはじまることへの期待に身を震わせていた。

ドミニクはわたしを、その椅子の長く弧を描くほうを向いてまたがらせた。背中を彼のほうに向け、濡れたあそこを椅子に押しつけて。わたしはすぐに椅子の裏の何かに手首をつながれ、椅子の滑らかなシートを恋人のように抱きしめる格好になった。ストッキングの上部が椅子の端で擦れて太ももが痛くなった。彼は一瞬、わたしのハーネスの紐をはずすのに苦労していたが、すべてはずすと、紐は垂れ、背中はすべてむきだしになった。

「ああ、ダーリン」彼はささやいた。「きみを傷つけたくはないが、あんなにはなはだしい不服従があっては、しかたがない」

彼がベッドのほうに行って戻ってくる足音が聞こえた。しばらく間があり、わたしは息を詰めて待った。そしてバラ鞭の最初の感触があった。

ぜんぜん痛くなかった。どちらかというと、すでに敏感な肌をそっと撫でられているみたいで、気持ちがよかった。さっと背中を撫でたかと思うと、鞭の先が8の字を描く。あまりにも流れるような動きだったので、海のなかで揺れている海草が頭に浮かんだ。わたしはリラックスしはじめ、恐れも少し引いた。そのとき、8の字の動きがとまり、わたしに鞭が打ちおろされた。しかしまだやさしく、少しも痛くない。ぱしゃ、ぱしゃ、ぱしゃ。やわらかなスエードのテイルの先の感触が肌にくすぐったくて、わたしは気分がよくなってきた。肌の表面に血液が集まってきて、ちくちくする。

「きみは薔薇色になっている」ドミニクはつぶやいた。「鞭のキスに反応している」

わたしが少しだけ背中を動かすと、さっきより強く鞭が打ちおろされた。ぴしっと痛みを感じたが、まだ本物の痛みからはほど遠かった。わたしは自分で認めるのも不思議な気がしたけど、この感覚が気に入った。背中をむきだしにして、鞭のテイルで撫でられたり軽く打たれて刺激されて、つるつると滑らかなレザーにあそこを押しつけているのが。ひょっとしたらこれは、わたしの内部のすべてが、さっきクライマックス寸前までいったせいで燃えあがり、うずいているからかもしれない。頭のなかにある映像が思い浮かんだ。ドミニクのフラットにいた男性。これとよく似た椅子でスパンキングされていた人、わたしはあのときの自分の嫌悪や困惑を思いだした。でもわたしはいま、お仕置きされて興奮している。

鞭がさっきより鋭く振りおろされ、最初は背中の片側、次はもう片側を打たれた。だんだんひりひりしてきて、一度強くぶたれて無数のちいさな痛みが全身に飛び散ったとき、わたしははじめて声をあげた。そのせいでまた強くぶたれた。わたしは打たれるたびに太ももに力を入れ、声をあげて自分をシートに押しつけ、充血したクリトリスとふくらんだ唇をこすりつけるようにした。肌が燃えるように熱くなり、鞭があたる場所がひりひりして、ずきずきと痛む。一打ごとにわたしは鋭く息をのみ、「ああ！」と声をあげていた。

「あと六発だよ、ベス」ドミニクが言う。そして彼は、まるでわたしを軟着陸させようとするかのように、少しずつ力を弱めながらその六発をふるった。わたしの背中はずきずきと痛み、あらゆる場所が敏感になっていた。それなのにわたしは自分をエクスタシーに導いてくれる何かを求めていた。

「さあ」彼は言った。「今度はそのいけない尻だ」

一瞬その意味がわからなかったけど、いきなり乗馬鞭で激しくお尻を打たれた。ものすごく痛い。

「あああ！」わたしは悲鳴をあげた。「ああ！」

まるで熱い金属を肌に押しつけられたようだった。痛みが爆発し、全身が震える。それから、ぞっとすることに、また一発ぶたれた。わたしはまた叫ぶ。これはスエードのバラ鞭のやさしい感触とはまったく違う。これは本物の痛みだった。わたしのお尻をぴしゃりと打ち、激痛を走らせる。もう我慢できない――我慢したくない。

そのとき鞭打ちが終わり、ドミニクがやさしく言った。「お仕置きによく耐えた。もう二度と、許しなしでいったりしないね？　さあ、鞭にキスするんだ。だが口でではないぞ」

太いレザーハンドルがわたしのあそこを探っているのを感じた。ドミニクはそれをお尻のほうに動かして、また別の入口にあてがい、今度はぐっと押しいれた。わたしは息をのんだが、ハンドルはすぐに引き抜かれた。手首の縛めがはずされ、目隠しが取られる。ドミニクは力強い手でわたしのウエストをつかみ、くるっと回転させて彼のほうを向かせた。彼は裸で、硬く大きくなったものは誇らしげにそそり立ち、ほとんどお腹につく勢いだった。彼がいつ服を脱いだのかわからなかったが、わたしが世界から切り離されていたときのいつかだろう。彼の目は、いままで見たことがないほど濃い黒になっていた。まるで鞭打ちによって別のレベルに引きあげられたかのように。

シートにもたれると、熱い背中にひんやりしたレザーが気持ちよかった。「これからきみにキスする」彼はそう言って、わたしの脚をもちあげた。そのときわたしははじめて、この椅子の低い部分に細い鐙《あぶみ》が付いているのに気づいた。彼は片方ずつ足を鐙に通し、わたしを開かせた。それから足置きにひざまずいたドミニクの顔がわたしのあそこと同じ高さになった。彼は大きく息を吸った。

「いい匂いだ」彼はつぶやいた。それから前に出て、腕をわたしの太ももに巻きつけ、茂みに鼻を押しつけた。

わたしは息をのんだ。電流のように、快感の波が全身を駆けめぐった。

彼の舌がクリトリスの頂点をかすめる。ああ……。

わたしは何も言えず、からだで応えることしかできなかった。いくら命令されていても、もう抑えられないとわかっていた。彼の舌にぴちゃぴちゃと叩くように刺激され、入口を舐めあげられ、いちばん敏感なところをじらすように舌先でくすぐられた。黄金のような電流が全身をめぐり、手脚が震え、からだがこわばり、もうすぐだとわかった。そのとき彼が蕾全体を口に含み激しく吸って、舌を押しつけ、舐め、転がすようにして……。

ああ……わたし……もう……！

わたしは拳を握りしめ、目をぎゅっとつぶって口を開き、背を弓なりにした。

もうだめ……待てない……。

ものすごいオーガズムに襲われ、まるで自分が巨大な花火の中心にいるみたいに感じた。自分が誰なのか、何が起きているのかもわからず、ただエクスタシーのすばらしい脈動を全身で感じていた。

痙攣しながらも、ドミニクの大きなペニスがわたしの唇を分け、突きあげてわたしを満たし、最後の締めつけを感じているのはわかっていた。彼は椅子の肘掛けをつかみ、それを支えにもっとわたしの奥深くに挿入しようとしている。彼もすごく興奮していて、その顔は紅潮し、その目はほかの何もとらえていない。ドミニクは何も言わないまま、わたしの上にのしかかり、激しいキスをしながらオーガズムを迎えた。

彼はしばらくそのままの姿勢で息を切らしながら、ほおを椅子のレザーに押しあてていた。それからわたしのからだを撫で、わたしに横を向かせてほおにキスした。

「よくやった」彼はささやいた。

わたしは彼がそう言ってくれてうれしかった。彼をよろこばせること、彼の愛を勝ちとることがわたしの望みだったから。

「乗馬鞭はつらかったわ」わたしは控え目に言った。「痛みは好きじゃない」

「好きでなくていいんだ」彼は言い、わたしから離れて立ちあがった。「だがそのあとで、きみはご褒美を得る。気分がよくなっただろう？」

わたしは彼を見た。彼の言うとおりだ。わたしはとてつもなく満ち足りて、オーガズム後の心地よい倦怠《けんたい》を感じていた。でも……。これでいいのか、わからなかった。彼を見つめる。まだわたしは首輪を着けているし、ここは閨房だ。彼にやさしくしてほしいと言うことがわたしに許されているのか、わからない。わたしはご主人さまのドミニクにうっとりして、欲望をかきたてられているけど、この上なくやさしい恋人だったもうひとりのドミニクも欲しかった。あのドミニクはわたしを抱きしめ、そっと愛撫してくれた。彼に厳しいお仕置きをされたあとのいまこそ、そういうものが欲しかった。

お願い。わたしは目でそのメッセージを伝えようとした。お願い、ドミニク。わたしのところに来て。わたしをいとおしんで。

でも彼はすでにわたしから離れて、自分のからだを拭くものを探しにいってしまった。彼の広い背中、引き締まったお尻、力強い脚を見て、ますます彼が欲しくなる。その肌に手を滑らせ、彼の肉体と力は、わたしに痛みを与えるだけでなく、安らぎをもたらすものでもあると確かめたかった。

「明日の朝会おう」彼はこちらを向いてほほえんだ。「今夜はよく寝るんだよ。明日に備えて」

彼は後ろを向いて服を着ようとしている。まだ同じ部屋にいるけど、椅子に座ったまま彼を見ていたわたしは、まるで彼がもうどこかに行ってしまったように感じていた。

――土曜日

翌朝、わたしは鏡のなかの自分を見た。背中に痕はなかった――ドミニクは鞭の使い方を心得ているのだろう――でもお尻には、乗馬鞭があたった場所に二本の赤い線があった。やっぱり、とわたしは思った。もともとわたしの肌は傷痕やあざが残りやすい。痛みはなかったけど、わたしは風呂を沸かしてゆっくりと浸かり、縛めのせいで張ったり凝ったりした筋肉をほぐした。静かなフラットでいい香りのするお湯のなかに横たわり、考えていた。なぜからだは平気なのに、心はそうじゃないのだろう。逆のはずなのに。わたしは自分が欲しがったものを手に入れた。ドミニクは約束どおり、彼の世界の奥へとわたしを連れていこうとしている。毎日わたしが恍惚となるほどの快感を与えてくれて、彼もわたしから快感を得る。

それなのに、なぜ泣いているの？ 涙がこみあげてきてほおを流れ落ち、わたしは自問した。

さびしいから。

わたしに命令し、わたしを叩く、このドミニクのことがわからないから。

でも彼にそうしてと頼んだのはあなたでしょ――わたしは自分に言った。彼は乗り気じゃなかったのに、あなたが無理に頼んだ。いまさら悔やんでも遅いし、もう後戻りはできないのよ。

後戻りはしたくない。それは確かだった。でも取り決めに同意したとき、わたしは知らなかった。このドミニクが、わたしがそれまで知っていて好きになったドミニクにとって代わるなんて。あのころのやさしさと愛情を失ったことがつらい。閨房で服従のしるしである首輪を着けたときに起きることは、とてつもない快感をもたらしてくれるけど、わたしを辱《はずかし》め、貶《おとし》めることもある。お仕置きの必要ないけない子のように扱われたとき、心のどこかでそういうふうにされるのを許した自分が恥ずかしかった。

わたしはドミニクに、わたしを愛し尊敬していると、そとの世界では、わたしはいまでも彼が大切にするべスだと言ってほしかった。

でもそとの世界で彼に会えない！　少なくともいまは。

今日がわたしたちの取り決めの最後の日だ。その先に何があるのか、わたしにはまったくわからなかった。でもその前に、ドミニクが計画しているテストがある。胸をときめかせたかったけど、わたしの心のなかは冷たくからっぽだった。

ドミニクのことをどう思うかいろいろと考えたけど、彼に何も感じなくなるなんて、思ったこともなかった。

わたしは着替えて家事を済ませ、いつもの整理整頓された状態にした。いまではわが家のように感じるけど、ここはセリアのフラットだということを忘れることはない。ドミニクからのメールがないかと携帯をチェックしていたとき、玄関ドアがノックされた。

わたしは彼が立っていると思ってドアをあけたが、そこにいたのはポーターだった。

「こんにちは、ミス」彼は言い、茶色の紙で包んだ大きな箱を差しだした。「これを配達するようにと。どうやら急ぎらしい」

わたしはそれを受けとった。「ありがとう」

彼は興味津々といった様子で箱を見た。「誕生日かい？」

「いいえ」わたしはほほえんで言った。「実家からの荷物だと思うわ」

彼がいなくなってから、わたしは廊下の大理石のタイルの上にひざまずき、外側の包み紙を破いた。なかには黒いサテンのリボンを結んだ黒い箱があり、そのリボンにクリーム色の封筒が挟まれている。わたしは封筒を取り、なかの手紙を読んだ。

今日の午前中は休むこと。正午に昼食が配達されるから、午後一時までにそれをかならず残さず食べること。二時になったら、この箱をあけることを許可する。なかに指示が入っている。

手紙は一通ごとに、どんどん支配的になっていた。一通ごとに、わたしの行動をあれこれと縛るようになっている。性的なことだけでなく、自立した人間としての生活まで。今日、わたしが彼といっしょにいなくても、彼はわたしの行動を指示してくる。そしてわたしが従うと思っている。わたしが何をするか、彼は全部知っているような気がする。居間だけではなくフラット全体が見えるみたいに。

彼なら、このフラットに盗聴器や隠しカメラをしかけることさえするかもしれない。その考えはあまりに異常で、思いつくと同時に否定した。でも、このあたらしいドミニクならそういうこともありえるという思いは、いつまでも消えなかった。

わたしは黒い箱を見て、なかに何が入っているんだろうと思った。

「もう」わたしは言った。「考えてもしかたないわ。二時まではあけないのだから。たぶんこのなかには一種のタイマーが入っていて、ふたがあいた時間を記録することになっているのよ」

それに彼にお仕置きする理由を与えたくなかった。何といっても、今日はわたしたちがいちばん過激なところまでいく日なのだから。

そう思うと、冷たい興奮で胸が締めつけられるように感じた。

わたしははじめて、自分のドミニクへの欲望のなかに、本当の恐怖を感じた。


わたしは指示どおりに、午前中は静かにゆったりと過ごした。母が様子はどうかと電話をかけてきて、わたしは自分ではごく普通に話したつもりだったけど、すぐに何かがおかしいと気づかれてしまった。

「具合が悪いの？」母は心配そうに言った。

「違うわ、ママ、疲れているだけ。今週は忙しかったの。ロンドンの生活は疲れるのよ」それにセックスも。

「落ちこんでいるのね。正直に言って。アダムのこと？」

「アダム？」わたしは演技でもなんでもなく、びっくりした声を出した。もう何日も彼のことを考えたこともなかった。「いいえ、ぜんぜん違うわ。その点については、ロンドンは最高の薬だった」

「それならよかった」母はほっとしたように言った。「前から、あなたは彼にはもったいないと思っていたのよ。でもあなたがアダムを好きみたいだから言わなかったけど。彼は最初の彼氏にはいいかもしれないけど、あなたが翼を広げるチャンスを得て、本当によかったわ。あなたには彼よりもふさわしい人がいるはずよ。あなたの興味を刺激して、経験の幅を広げて、人生のよろこびを共有してくれる人。わたしの娘だもの、世界でいちばんの男性に愛されてほしいわ」

何も言えなかった。喉が何か固いものにふさがれて、目に涙がこみあげてきた。涙がほおを流れ、わたしは声を押し殺して泣いた。

「ベス？」

わたしは何か言おうとしたけど、しゃくりあげてしまった。

「どうしたの？」母は言った。「何があったの？」

わたしは涙を拭き、なんとか話せるようになった。「ああ、ママ、なんでもないわ、本当に。少しホームシックになっちゃっただけ」

「帰ってらっしゃい、うちに！　あなたがいなくてさびしいわ」

「いいえ、ママ、このフラットにいられるのはあと二週間なのよ。この機会をむだにしたくないの」わたしは洟をすすり、弱々しく笑った。「わたし、ばかみたいね！　ただ泣きたかったの。何も問題はないわ」

「本当に？」まだ心配している。

ああ、ママ。愛しているわ。何があってもわたしはあなたの娘だから。わたしは携帯を握りしめ、そうすることで少しでも、ほっとする母の抱擁とぬくもりを感じようとした。「だいじょうぶよ。約束する。もしあまりにも落ちこんだら、うちに帰るから。でもそんなことにはならないと思う」

正午ぴったりにドアがノックされた。あけてみると、高級ホテルかレストランの制服を着た男性が、銀のディッシュカバーをかぶせた皿を載せた大きなトレーを持って立っていた。

「昼食をお持ちしました、マダム」彼は言った。

「ありがとう」わたしは一歩さがって彼をなかへ通した。台所に案内すると、彼はテーブルにどこからか取りだしたリネンのテーブルクロスをかけ、銀器、ワイングラス、深紅の薔薇を生けた一輪挿しを並べ、それからディッシュカバーを取り、わたしの昼食を並べた。大きな炭焼きステーキの香草入りバター載せ。バターは溶けかかっていた。付け合わせには、新ジャガのフレッシュハーブ風味と蒸し野菜——ブロッコリー、インゲン、ホウレンソウ。食欲をそそる匂いが漂ってきた。匂いも見た目もすごくおいしそうで、わたしは自分がすごくお腹が減っていることに気づいた。ウエイターはテーブルに、新鮮なラズベリーのホイップクリーム添えを置き、ポケットから取りだした小瓶からワインを注ぎ、ほほえみながら一歩さがった。

「こちらで全部になります、マダム。皿は今夜さげにまいります。ドアのそとに置いておいてください」

「ありがとう」わたしは言った。「とてもおいしそう」

「どういたしまして」

彼を送りだしてから台所に戻った。時計は十二時十分を指している。わたしは孤独な昼食の席に座った。

予想どおり料理はおいしかった。ステーキは真ん中がピンク色ですべて完璧。これからすることのためにスタミナをつけようと、おもな食品群からたっぷり栄養をとらされているような気がした。一時よりずいぶん前に食べ終わったので、箱をあけるまでにはまだ一時間以上ある。

わたしは〝不安〟と〝遅れて得られる満足〟の効果を学んでいる。時間がたつのは遅かったが、自分があの箱をあけたいと思っているのか、あけるのをこわがっているのか、わからなかった。箱は廊下に置かれて、わたしを待っている。その引力はあまりにも強く、まるでドミニク自身がなかに入っているのかと思ったほどだ。

落ち着かない気分でうろうろして、居間の窓から向かいのフラットを見つめ、いまごろドミニクは何をしているのだろう、彼は今日、何を計画しているのだろうと考えた。薄暗い窓の向こうには誰もいる気配がない。

二時になり、わたしは廊下に戻って黒い箱を見た。

時間だわ。

黒いサテンのリボンをひっぱると、リボンは音もなく床に落ちた。ふたをもちあげる。ふたはぴったりで箱はとても重く、あけるのに少し手間取った。ふたを置いて箱のなかを見ると、そこにあったのはくしゃくしゃの黒い薄紙といつものクリーム色の封筒だけ。わたしは封筒をあけて厚手のクリーム色のカードを取りだした。黒い文字でこう書かれている。

このなかのものを身に着けろ。なかに入っているものすべてだ。二時半きっかりに閨房で。

わたしはカードを置いて薄紙を押しのけた。

なるほど。次のレベルってことね。

箱のなかにはハーネスがあった。やわらかくすべすべと滑らかなものではなく、黒く厚いレザーのハーネスだ。小ぶりなリボン飾りはなく、バックルと銀色の金属製の輪が付いていた。わたしはそれをもちあげてみた。肩にかけて、胸の下でバックルを留めるらしい。背中は、細いストラップ二本が合わさってひとつになり、胸の下のストラップはそのまま背中に出て、腰の上のところにある輪につながれる。シンプルだけど効果的なデザインだ。

わたしはもうひとつ、レザーでできたものを取りだした。大きなベルトのようだった。よく見ると、これはベルトとコルセットの中間のようなものだ――ウエストシンチャー。とても細く見える。わたしに着けられるのだろうか？

そして首輪があった。これまでの三つのなかでもっとも不気味だ。厚い黒のレザーで、首を完全に覆うデザインだった。後ろにバックルが、前には銀色の金属の輪が付いている。

どうしよう。

この箱のなかに入っているものをすべて身に着けなくてはいけない。ほかには何が？

昨日はいたのと似た黒いスティレットヒール、それに紫色の小箱がふたつあった。ひとつあけてみると、なかにはきれいな銀の蝶がふたつ入っていた。

これは何？　髪留め？

よく見てみた。後ろにクリップが付いている。蝶の羽をつまむとそれが開く。そのときぴんときた。

乳首クリップだ。

もうひとつの箱をあけてみた。なかにはシリコンでできたピンク色のちいさな楕円形のものが入っていた。端は銀色になっていて、黒い紐付きだ。リモコンもある。スイッチを入れるとピンク色の卵はぶるぶると震えた。

なるほどね。

つまりこれらは、ドミニクが愛する世界で彼に会うために必要な旅装ということだ。

時間が迫っている。支度しないと。

十分後、わたしはハーネスを着け、細いストラップを胸の下で留めた。ウエストシンチャーのバックルをはめると、きつくて胴が締めつけられた。箱のなかには入っていなかったので、下着は着けなかった。下半身はスティレットヒールをはいただけで裸だった。

行かなくちゃ。彼が待っている。遅れたら叱られる。

蝶のひとつを手に取る。痛いのだろうか？　乳首をひっぱると、まるでこれから何かおもしろいことがあると思ったみたいに、ぴくんと目を覚ました。クリップの銀色の歯を開き、乳首を挟む。固定され、蝶はまるで蜜を吸うためにわたしの胸にとまったみたいに見えた。心配していた痛みはなく、ちくちくとして、それほどいやな感覚ではない。でも時間がたつと痛くなってくるのかもしれない。わたしはもうひとつのクリップを取りあげ、同じように着けた。繊細な銀色の蝶は黒いレザーとは不釣合いだったが、なんとかなった。

さあ卵よ。

脚を開いて楕円形のものを入口にあてがった。ドミニクとの約束の時間が迫り、わたしはすでに濡れていた。人差し指で押しいれ、卵をなかに収めると、満たされるような快感をおぼえた。黒い紐が垂れていて、卵がお役ご免になるときを待っている。わたしはリモコンを取りあげ、スイッチを入れる。卵はなかで作動し、振動しはじめたが、なんの音もせずそとからはわからない。わたしのなかの、秘密のマッサージャー。

どうやって閨房に行こうか？　こんな格好で建物のなかを歩きまわることはできな

い。

指示にはなかったが、コートを着なくては。ドミニクだってわたしにほとんど裸でそとに出ろとは言わないはず。わたしは玄関のクローゼットからトレンチコートを出して羽織った。これでいい。レザーの首輪以外、わたしがコートの下では服従の準備ができているなんて、誰にもわからない。わたしはフラットの鍵をポケットに入れて、出発した。


自分がどこに行くのか、何を着ているのかを知りつつ建物のなかを歩くのは、ものすごく興奮した。エレベーターで一階におり、ロビーを通って七階まで行く別のエレベーターに乗りこむあいだも、ちいさな卵は振動しつづけていた。

「いいものが入っていた？」ポーターのデスクの前を通ったとき、声をかけられた。

わたしはびくっとした。これから行くところのことを考えていたから、彼に気づいていなかった。「何？」

「荷物だよ。プレゼントだった？」

わたしは彼を見て、少し痛くなってきた乳首クリップ、振動しつづけている卵、そして自分がほとんど裸だという事実を意識した。「ええ、ありがとう。そうなの。あたらしい……ドレスだったわ」

「ええ、それじゃ」わたしはそそくさとエレベーターへ向かった。早く行かないと。二時半まであと二、三分しかないとわかっていた。エレベーターがすぐに来なくて、すごくやきもきした。遅れてしまう！

ようやくやってきたエレベーターに急いで乗りこみ、七階のボタンを押す。

早く、早く。

エレベーターはゆっくりと七階まで昇り、ドアが開いた。わたしは高いヒールでよろよろと廊下に駆けだし、息を切らしてフラットのドアを叩いた。

間に合いますように。

ドアはあかなかった。わたしはまたノックして待つ。やはりあかない。わたしは大きな音でドアを叩いた。

突然ドアが大きくあいた。彼がいた。長くて黒いローブを着て。その目は鋼のように冷たく、口は一文字に結ばれている。「遅刻だ」ぶっきらぼうに言われて、わたしは恐れで胸がいっぱいになった。

「わたし……わたし……」唇が動かず、からだが震えはじめる。言葉が出てこない。

「エレベーターが……」

「ぼくは二時半と言った。言い訳はなしだ。なかに入れ」

「それはいい」

どうしよう。恐怖で心臓が早鐘を打ち、アドレナリンがからだを駆けめぐる。逃げなさいと言う声が聞こえた。彼にもういやだ、こんなゲームはプレイしないと言いなさいと。でもわたしは自分が従ってしまうとわかっていた。ここまできて、逃げだすことはできない。

「コートを脱ぐんだ。ちなみにそれは、ぼくが許可したものではない」

でも、と言い返したかったけど、彼はどうにかしてわたしに言いつけを破らせたがっているだけだとわかっていた。ただでさえ、遅刻して彼を怒らせてしまった。わたしはコートを脱ぎ、ハーネスとウエストシンチャーだけの姿になった。クリップに挟まれた乳首は、真っ赤になってずきずきと痛んでいる。裏切り者のわたしのからだは彼に反応し、すでにほてってうずいている。わたしのなかのちいさな卵はまだ脈打っていて、その振動でわたしを刺激していた。

ドミニクのまっすぐな眉の下でその目が輝いた。「よろしい」彼は言った。「そうだ。これでいい。さあ、両手両ひざをつけ」

「はい、ご主人さま」わたしは言われたとおりにした。彼はかがんでわたしの首輪の前の部分に何かする。彼が立ちあがると、長い革紐をとりつけたのだとわかった。

「来い」

彼は閨房に向かい、わたしは手とひざで這いながらついていった。彼は紐をひっぱることはなかったが、わたしはその存在を意識していた。わたしが彼のものだという象徴だ。閨房の照明は暗くしてあった。長く低いベンチがベッドの足元に置いてある。彼はまたかがんで、乳首クリップをはずした。わたしはほっとしたが、クリップに挟まれていたせいで乳首は突きだし、ずきずきとうずき、ものすごく敏感になっている。

「ベンチのところへ行け」ドミニクは言い、立ちあがった。「その前でひざまずいて、からだをもたせかけるんだ」

わたしは命令に従い、何が起きるのだろうと思いながらベンチの前まで這っていって、滑らかな木の上に上半身を預けた。床にひざをつき、お尻を突きだして。

「抱えるんだ」

わたしはベンチに腕を回した。敏感になっている乳首を押しつけると鋭い痛みが走った。

ドミニクはわたしの後ろに来た。彼が何をしているかはわからなかったが、手のひらに何かを打ちつけるリズミカルな音が聞こえた。

「ぼくの言うことを聞かなかった」彼は厳しい声で言った。「遅刻した。サブミッシヴが主人を待たせてもいいと思っているのか？　たとえ一秒でも」

「いいえ、ご主人さま」わたしはささやいた。彼がこれからすることを思うとたまらなかった。

「二時半前にここに着いて、ぼくが命じた時間に閨房にいるのが、おまえの義務だった」彼はまた手のひらに打ちつけた。

いったい彼は何を持っているの？

彼の声がささやきになった。「おまえをどうするべきだろう？」

「お仕置きしてください、ご主人さま」わたしは小声で言った。

「何？」

「お仕置きしてください、ご主人さま」今度はもっと大きな声で言った。

「そうだな。礼儀を教えてやる必要がある。おまえは悪い子か？」

「はい、ご主人さま」わたしは言葉に興奮して、ずきずきとうずいていた。彼はまだわたしのなかで振動しつづけている卵のことを忘れているのだろうか。

「おまえはなんだ？」

「悪い子です」

「そうだ、とても悪い、反抗的な子だ。お仕置きには六発必要だろう」

彼は立ちどまり、手にしているもので空気を切った。しゅっという音で、乗馬鞭だとわかった。どっと恐怖が押し寄せてくる。あれはいや、痛い。わたしは自分に言い聞かせる。しっかりして。こわがっているところを見せたらだめ。

長い沈黙があり、わたしのお尻は予感に震えた。もう耐えられない。そのとき、ぴしやり！

鞭がお尻にあたった。痛かったけど、恐れていたようなものすごい打撃ではなかった。わたしはじっとして動かないようにした。

ぴしゃり！

またお尻のいちばん肉づきのいい部分に、今度はさっきよりも強くあたった。わたしは息をのんだ。気をとり直す前に、もっと強く、そしてさらに強く、たてつづけに鞭が振りおろされた。わたしは声をあげた。お尻全体が燃えるように熱くなり、肌がほてって敏感になっている。もう一度、強烈な力で鞭が打ちつけられ、耐えがたい痛みを感じた。こんな痛みは大きらい。ちいさな卵はまだわたしのなかで動きつづけていたが、もう気にならなかった。わたしに感じられたのは、五回目の鞭の激しい痛みだけだった。涙がこみあげてきて、わたしはすすりあげた。最後のひと振りへの心の準備をした。打ちおろされた鞭はこれまでとはくらべものにならないほど強く、まるで焼けた火かき棒のようにわたしの肌を焼いた。

わたしは胸の奥から嗚咽《おえつ》がこみあげてくるのを感じたが、必死に抑えこんだ。泣いているところを彼に見られたくない。

終わったわ。終わった。

でも彼に、こんなのはいやだと言わなければ。わたしは乗馬鞭で打たれるのは耐えられない。痛みのせいだけではなく、お尻を鞭打たれることで自分が価値がない者のように感じてしまうから。

彼はかがんでわたしの脚のあいだに垂れている黒い紐を引いた。まだ脈打っているちいさな卵がぽんと出てくる。彼はスイッチを切った。

「よくやった、ベス」彼はそっと言い、わたしのお尻をやさしく撫でた。「つらかっただろう。きみのすてきな肌が熱く、赤くなっていくところはすばらしかった。力いっぱい打ちつけたくなった」彼は息を吸いこみ、ため息をついた。「ぼくはものすごく興奮している。立つんだ」

わたしはベンチから起きたけど、お尻はずきずきと痛んだ。立っているのもやっとだった。

「ひざまずいてぼくの前に来い」

言うとおりに彼の前に行くと、彼はローブを開いた。下は裸だった。大きく硬くなったペニスが屹立《きつりつ》している。さっきの興奮のせいだろう。彼は暗い欲望が宿った目で、近づくわたしと、ハーネスでもちあげられている乳房を見つめた。わたしは踏んでしまわないように首輪の革紐を持っていた。

「紐を貸せ」

わたしは目を伏せたまま彼に手渡した。彼の目を直接見て怒らせたくなかったからだ。

彼は紐をひっぱり、わたしの顔が彼に押しつけられるまで近づけた。彼のものが顔にあたっている。胸は彼の脚に、首輪は太ももにあたっていた。

欲望が頭をもたげ、お尻のずきずきする痛みを打ち消した。彼の匂いはすてきで、なつかしく、ほっとさせる。少なくともこの方法では、わたしの好きなように彼を愛させてくれる。彼にふれ、愛撫し、愛情を示すことができる。

「くわえろ」彼は命じた。「だが手でさわったらだめだ」

わたしはがっかりした。でも彼にキスして、舐めて、味わうことはできる……。

わたしはペニスに舌を這わせた。硬く、内側から熱を発している。それから先端にとりかかり、唇でくわえて、滑らかな肌に舌を巻きつけ、しゃぶったり舐めたりした。彼の指がわたしの髪に差しいれられ、わたしがペニスをできるだけ奥まで口に入れると、しっかり頭を押さえられた。この角度では難しく、彼のものをくわえるために大きく口を開いているせいであごが痛くなってきたけど、こんなふうに彼を愛せるよろこびに多少の痛みは我慢してしまった。ああ、彼のものを舐めたり、麝香のようなその匂いをかいだり、味わったりするのはすてき。

しゃぶっていると、わたしの髪をつかんでいる指に力がこもり、彼はうめいた。そのとき彼がわたしの口からペニスを引き抜き、白いレザーの椅子のほうへ移動した。革紐をひっぱられて、わたしもあとを追う。彼は椅子に座って脚を開き、わたしを足置きにひっぱりあげ、昨日、彼がわたしにしたのと同じ姿勢でさっきの続きをさせた。

わたしは椅子の肘掛けをつかんでまた彼をくわえ、しゃぶり、舐める。彼はさっきより大きな声をあげた。わたしは彼をもっとよろこばせたくて、ペニスを握ってしごきたかったけど、それは禁じられている。だから口だけでがんばった。舌でじらすように愛撫し、ときには軽く叩くように舐めたり、舌先で先端を刺激したりした。

「そうだ、いいぞ」彼はつぶやいた。彼は半分目を閉じて、彼のペニスに奉仕するわたしを眺めていた。首輪とハーネスを着けて、口で彼の大きなものを崇拝するわたしはどういうふうに見えるのだろう。自分も興奮しているのがわかる。脚のあいだが濡れて、この大きなものに満たしてほしいと渇望している。

彼はまた声をあげ、息を荒らげた。彼がますます大きくなっているのを感じる。腰を動かし、わたしの口のなかに突きあげ、ファックしている。彼にさわりたかった。どうしても——彼がわたしの喉の奥まで押しいれて息ができなくなったら、手でとめないと。彼はさらに激しく突きあげてきて、わたしは喉が詰まるのではと心配になったが、彼はもうすぐいく。数回、激しく荒々しく突きたてると、熱いものがどっと口のなかにほとばしり、塩味の液体がたまった。わたしはそれが口のなかを流れるのを感じ、のみこんだ。喉が焼けるような感じがする。ドミニクがペニスを引き抜こうとして、わたしは思わず手を伸ばしてそれにさわってしまった。

「よかったよ、ベス」彼は、ビロードのように滑らかだが恐ろしい声で言った。「だがぼくにさわったね。それは厳しく禁止していたはずだ」

わたしは緊張しながら、彼を見あげた。もちろん、わたしはまだ彼のサブミッシヴだ。従わなければいけない。もっとお仕置きされるということ？　今度は彼が、わたしの脚のあいだのほてりと欲望を、なんとかしてくれると思っていたのに。

「わたし……すみません、ご主人さま」

彼はわたしの謝罪を無視して、遮った。「立って玄関に行け。コートを着て待っていろ」

わたしはこれからどうなるのだろうと考えながら、言うとおりにした。数分後、彼は閨房から出てきた。黒いTシャツとジーンズを着ている。

「ついてこい」彼は言った。わたしは彼についてフラットを出て、廊下を抜け、エレベーターに乗った。首輪の革紐がコートのなかに垂れている。わたしはドミニクを見たが、彼はわたしを無視して、携帯電話でメールを打っていた。一階に着くと、彼はロビーを横切り、わたしはヒールの足音をこつこつ響かせながら彼のあとを追っておもてに出た。建物の前で、黒の長いメルセデス・ベンツが待っていた。彼はドアをあけて乗りこみ、わたしもあとに続く。黒っぽい仕切りがあって、運転手の姿は見えない。わたしが滑らかなレザーシートのドミニクの隣に座ると、車は音もなく動きだした。

どこに行くのか訊きたかったけど、こわくて訊けなかった。ドミニクは何も言わず、忙しそうに携帯電話をいじっている。

今日はまったくわけがわからない。ドミニクはもっとわからない。わたしはそっと彼を見たが、彼はまるで他人のようだった。

こんなのいや。

わたしの心のなかで声が響いたが、聞くまいとした。これはわたしが望んでしていること。わたしがお願いしたこと。

わたしはこの車が着くところで待っているものがなんであれ、それに耐える力をためようとした。

車がソーホーの路地の〈ジ・アサイラム〉の前で停まっても、わたしは驚かなかった。いずれ自分がここに来るのではないかと思っていたからだ。そしてそのときが来た。

恐怖がどっと押し寄せてくる。

「降りるんだ」ドミニクが言った。

わたしは命令に従い、彼も車を降りた。それから彼は鉄の階段をおりて正面ドアへと向かった。ポケットから鍵を出してすばやくあけ、なかに入った。わたしが彼に続いて狭いロビーに入ると、彼はドアをしめた。ほかには誰もいない。彼はわたしのコートを脱がせ、革紐を持った。無言でバーのほうに向かう彼にひっぱられてわたしは小走りになる。どこに行くのか、もうわたしにはわかっていた。

ずっと前からわかっていた。

やはり彼は鋲打ちしたドアの前にわたしを連れていき、それを押しあけた。そしてランドルフ・ガーデンズを出てからはじめてわたしを見た。

「これからお仕置きの本当の意味を教えてやる」

わたしはぞっとした。本物の、血が凍るような恐怖がこみあげてくる。わたしは暗闇に踏みだし、ドミニクがスイッチを入れると壁の突出し燭台に火がともった。本物に似せてあるけど、電気なのだろう。

またあの道具が見えた。十字架、スプレッドバー、おぞましい見た目の鞭の数々。わたしはぞっとして吐き気がしてきた。

でもやらないと。これをやりきらないと。

わたしはドミニクを信じようと決めたことを思いだした。そんなに過激なことはしない——彼はそう言っていた。

彼はわたしを、バーが水平に並んだ奥の壁のほうへ連れていった。わたしのハーネスのバックルをはずし、腕を抜かせる。そのままそれを床に落とし、わたしをバーに向かって——彼のほうに背中を向けて——立たせた。わたしの腕をつかみ、手枷をかける。

バーは肩と同じ高さで、腕を動かせるようになっている。そして片方の手にも。それから脚を開かせ、両方の足首に足枷も。荒い息遣いが聞こえる。彼は興奮している。

「さあ」わたしを完全に縛めてから、彼はそっと言った。「はじめよう」

わたしは目をぎゅっと閉じて腹筋に力を入れた。だいじょうぶ。きっと耐えられる。そしてこれが終わったら、地下牢はどうしてもわたしがたのしめる場《シーン》にはなりえないと彼に説明する。

そもそもどうして彼はあなたをここに連れてきたの？　心のなかの声が尋ねた。あなたがこわがっていると知っていたのに？

聞きたくなかった。考えたくなかった。これから起きることに耐えるため、集中しなければいけないのだから。

最初の接触は軽く官能的で、長く粗い馬毛がわたしの肩甲骨を撫でた。ドミニクはまるでわたしの背中に絵を描いているようだ。自分の領地にしるしをつけ、また打つ前に輪郭を確認しているみたいだった。

「これは不服従のお仕置きだ」彼は言った。彼がわたしの後ろに来て、この状況をうっとり味わっているのが感じられる。縛められた女。揺らめく火。出番を待つばかりの鞭。

最初の一撃は弱く、やさしかった。そのあとの数発も。彼はわたしに準備させている。馬毛血液が肌の表面に集まり、鞭の痛みが多数のちいさな切り傷のように感じられた。馬毛はがさがさしていて、すでに敏感になっている肌にひっかかった。わたしは目を固く閉じて呼吸をコントロールしようとした。でも胸がどきどきして、恐怖で胃が痛くなってきた。

鞭打ちが激しさを増し、その間隔が狭まる。全身に熱が広がっていく。

これがフロッギング。わたしはいま、地下牢で鞭打たれている。

そのとき、いったい自分はどうなってしまうのだろうと思っていっそうこわくなった。わたしは意識のそとから、自分の窮地を客観的に観察している。つまりそれは、わたしのなかのプレイをたのしむ心の火が揺らめき、消えそうになっているということだ。

でも、もう遅い。

打撃がやみ、ドミニクはさまざまな道具のかかっている横木のところに行ってから戻ってきた。何か別のものを持っているのがわかる。彼は二度ほど素振りしてから、わたしの背中に打ちおろした。先端に結び目のある数十本のテイルがわたしの肌に嚙みついた。

わたしは頭をそらし、驚きと痛みに悲鳴をあげた。でも何か考える間もなく、まったく別方向からテイルが振りおろされた。彼は手を左右に振り、往復でわたしを打っている。

なぜこんな、信じられない！

彼はメトロノームのように規則的に打ちつづけた。想像を絶する痛みにわたしは悲鳴をあげ、このめった打ちによって、必死で保ちつづけてきた心が崩壊しそうだった。そして一発ごとに、ドミニクの鞭打ちは激しさを増した。まるでわたしの悲鳴でますます力をこめたくなるみたいに。彼はあえぎ、息を切らしている。

鞭のテイルが背中にくまなく食いこみ、ひりひりする肌を痛めつける。ひどい。もう我慢の限界を超えている。わたしはがくがく震え、悲鳴をあげながら泣き叫んでいた。

セーフワード。セーフワードを使うのよ。

ドミニクにはもう、わたしがどんな状態か見えていない。彼はわたしを凶暴に鞭打っている。わたしは痛みと混乱で靄《もや》がかかった意識のなか、彼が自制心を失っているのかもしれないと思った。

そう思ったらぞっとした――こわい。おぞましい道具が何度も何度も、右、左、右、左と背中に打ちおろされ、わたしがあげる声は絶叫になっていった。勢いあまったテイルが胸やお腹を打つこともあった。

セーフワードはなんだったろう？

あまりの痛みに頭はぐらぐらと揺れ、背中は打撃を少しでも避けようと弓なりになり、腕はしびれ、わたしは何も考えられなかった。次の打撃を恐れるだけだった。

セーフ……ワード……は……。

わたしは力をふりしぼって叫んだ。「レッド!」

彼はまたわたしを打った。燃えるようにひりひりする肌を数百の刃が切り刻む。

「レッド! ドミニク、やめて!」

違う……レッドじゃない……確か……なんだったのだろう……ああ……もうだめ……。

「スカーレット!」わたしは叫んだ。「スカーレット!」

わたしは次の打撃を待ったが、それは来なかった。わたしはがたがたと震えて泣きじゃくった。こんなひどい痛みを感じたことはない。心もからだも。

「ベス?」それは何日かぶりで聞いた声だった。ドミニクの普通の声。わたしの友だち、恋人、わたしがいっしょにいたいと思う人の声だ。「ベス、だいじょうぶかい?」

あまりに激しく泣いていたせいで、何も話せなかった。涙がとめどなく流れ、洟がとまらない。わたしは全身でしゃくりあげていた。

「ああ、そんな、ベイビー、どうしたんだ?」彼の声にパニックの響きがある。彼は鞭を落として駆け寄り、わたしの縛めを解いた。腕が自由になってわたしは床にくずおれ、ひざの上に頭を乗せて、泣きじゃくった。

「ベス、お願いだ!」彼は痛めつけた背中を避け、わたしの腕を取った。

「さわらないで!」わたしは泣きながら怒りを爆発させた。「あっちに行って!」

彼はさがった。ショックを受けておどおどしている。「きみはセーフワードを使った

「あなたがわたしをめった打ちにしたからよ。あんな、ひどいじゃない！　わたしはあなたになんでもしてあげたのに。何もかも捧げて耐えようとしたのに。それなのに、どうして……」わたしは激しく嗚咽していたが、なんとか言葉を絞りだした。「本当にばかだったわ。わたしはあなたを信じたのよ。信じていたのに、あなたはわたしをこんな目に……！」

……」

　わたしはどうしようもなく傷ついていた。肉体的な痛みと、信頼を裏切られたつらさで。もう泣くことしかできなかった。

　ドミニクは黙ってしばらくわたしを見ていた。なぜこんなことになってしまったのか、どうやってわたしをなだめたらいいか、わからないみたいだった。それから彼はわたしのコートを取ってきて、わたしにかけた。トレンチコートのやわらかなコットンでさえ、ぼろぼろになった背中には痛くてたまらなかった。

　彼はやさしくわたしを立たせ、地下牢を出て、無人のバーを通っておもてに出た。車はまだ路上で待機していた。わたしたちは車に乗りこんだ。わたしはまだ涙がとまらず、シートの背にもたれることもできなかった。

　ランドルフ・ガーデンズまでずっと、わたしは泣きつづけていた。ドミニクはひと言も口を利かなかった。

第四週

18

日曜日はわたしの人生最悪の日だった。まず背中が痛くてしかたがなかった。無数の真っ赤なみみず腫れに覆われ、鏡でそのおぞましさを見たときは言葉を失った。自分の背中に軟膏を塗ることもできず、冷たい水風呂で背中にこもる熱を冷やそうとした。

それに精神的にもずたずただった。ドミニクがわたしにしたことを思いだすたびに、涙がとまらなかった。ひどい裏切りだと思った。彼が自分を信じてくれと言ったからわたしは信じた。彼がわたしの限界をわかっていると言ったからわたしは信じた。でもわたしが地下牢をいやがっていたことを彼は知っていたのに、わたしをあんなところに連れていって言葉にならないほどの苦痛を与えたのだ。

わたしはそれを許してしまった。

そのこともつらかった。鞭をふるったのはドミニクだけど、その状況に自分を置いてしまったのはわたしだ。でも、とわたしは思い直した。自制心を失って、わたしには不可能なレベルまで暴走したのはドミニクだ。彼はあの場の勢いに流されて、わたしが初心者だということを忘れてしまったのかもしれない――でもわたしのことを考え、わたしがどこまで受けいれられるかを見極めるのは彼の責任だった。彼はそれを放棄した。そして、ドミニクがわたしに連絡してこないことも無性に悲しかった。彼は何も言わなかった。たった一通、〈すまなかった。Ｄx〉という携帯メールがあっただけだ。

このメール一通で赦《ゆる》されると思っているのだろうか。あの……暴行が？　もっとちゃんと謝ってくれないと。

月曜日の朝、わたしはジェイムズに電話して、具合が悪いので欠勤すると連絡した。彼は疑っているような口調だった。わたしが本当のことを言っていないとわかっているみたいだ。でも彼は気をつけるようにと何度も念を押し、よくなるまで休んでだいじょうぶだからと言ってくれた。わたしはひとりで、ドミニクといっしょに過ごした日々のことを何度も何度も思いだし、どうしてこんなことになってしまったのか分析しようとした。ソファでデ・ハヴィランドといっしょに丸くなり、彼の温かいからだとごろごろと喉を鳴らす音に大いに慰められた。

少なくともデ・ハヴィランドはわたしを好きでいてくれる。

背中のみみず腫れはまだ赤くひりひりしていたが、痛みは少し治まってきた。日曜日の夜は眠れないほど熱をもっていた肌も、ようやくましになった。痛みが消え、傷が治るときを想像できるようになった。

火曜日の朝、わたしがまた休むと電話すると、ジェイムズは心配そうに言った。

「本当にだいじょうぶなのか、ベス?」

「ええ」わたしは言った。「たぶん……」

「ドミニクと関係のあることかい?」

「そうでもあるし、そうでもないわ。ジェイムズ、今日もう一日だけ休ませて。明日は出勤するわ。約束する。そのときに話すから」

「わかったよ、スイーティー。ゆっくり休むんだよ。こちらのことはいいから」

こんなボスがいて、自分はなんて幸せなんだろうとあらためて思った。

火曜日の昼には少し気分がよくなった。背中はまだ痛かったけど治りつつある。でもドミニクから連絡がなく、心は沈んだままだった。彼はあんなひどいことをしたあとで、わたしを捨てた。考えるたびに絶望的な気分になった。わたしがぼろぼろになっていたことを知っているはずなのに。

火曜日の午後遅く、玄関からノックが聞こえた。その瞬間、きっとドミニクだと思って、わたしの胸は高鳴った。

違う。ドアに向かいながら、わたしは厳しく自分に言い聞かせた。きっとジェイムズがチキンスープとチョコレートを持って、わたしを慰めにきてくれたのだろう。でもドアをあけるとき、期待せずにはいられなかった。

意外なことに、フラットの玄関ドアの前に立っていたのは、ドミニクでもジェイムズでもなかった。アダムだった。

「びっくりしただろう！」彼は満面の笑みを浮かべていた。

わたしは自分の目が信じられず、彼をまじまじと見つめた。わたしの記憶のなかの彼そのままなのに、まったく違って見える。着ているものはくたびれて、ぜんぜんおしゃれじゃなかった。安物のチェックのシャツの上に、どこかのスポーツチームのロゴ入りの灰色のスウェット。だぼっとしたブルージーンズ。そのウエストにお腹のぜい肉が乗っかっている。大きな白いジャンパー、肩がけにしたスポーツバッグ。彼はわたしを驚かせたことに満足しながら、わたしをじっと見つめていた。

「挨拶は？」わたしが何も言わなかったので、彼は言った。

「あ……」わたしはまだ自分の目が見たものを処理できずにいた。わけがわからない。アダムが？　セリアのフラットに？「ひさしぶりね」わたしは弱々しく言った。

「入ってもいいかい？　しょんべんとお茶がしたい。もちろん同時にではないけど」

入ってほしくなかったけど、トイレなら断れない。わたしは部屋に入って、彼を通した。自分の過去の人生の――もう終わったものだとばかり思っていた――一部が目の前にあらわれ、現在の生活に入りこんでくるなんて、とても奇妙な気がした。すごく不快だった。

「トイレはそこよ」わたしがバスルームを指さすと、アダムは急いで駆けこんだ。このすきにわたしは考えをまとめた。出てきたとき、彼は口笛を吹いて上機嫌だった。かつてはそういうのが魅力的ですてきだと思っていたけど、いまはぐっとこらえなければならない。「アダム、どうしてここに来たの？」

彼はわたしのぶっきらぼうな言い方に驚いたみたいだった。「きみのママからここの住所を聞いたんだ。きみに会いたかったから」彼は、どうしてそんな簡単で当たり前のことを訊くのかと言わんばかりに肩をすくめた。

わたしは彼をじっと見つめた。かつて自分はこの男性を愛し、そして裏切られてショックを受けたことをぼんやりと憶えていたが、いまとなってはばかばかしく思えた。彼はなんの特徴もないだらしない髪、ぽっちゃりした顔、淡い青い目で、ドミニクにくらべたらさえない、つまらない男だ。

「でもアダム」わたしは慎重に筋のとおった話をしようとした。「最後に会ったとき、わたしたちは終わったのよ。あなたはハンナをファックしていた、憶えているでしょう？　あなたはわたしを捨てたのよ」

アダムはしかめ面をして、いらいらと手を振った。「ああ、そのことか。そうか。なあ、ぼくは謝ろうと思ってここに来た。彼女とはもう終わったんだ。あれは間違いで、ぼくは後悔している」彼はにんまりとわたしを見た。まるでわたしが歓喜の叫びをあげるとでも思っているみたいに。

「アダム――」わたしは困り果てて彼を見つめた。なんて言ったらいいのかわからない。

「ここではどうやったらお茶を飲めるんだ？」彼は言って、ドアをあけはじめた。台所を見つけると、「やった！」と言ってなかに入っていった。わたしは彼のあとを追う。

整理整頓した家を彼にひっかきまわされたくない。そういえば彼はいつも遠慮なく入ってきて勝手に自分の欲しいものを飲み食いし、あとは散らかし放題という人だった。

「アダム、こんなふうに訪ねてこられたら困るわ。電話ぐらいしてよ」

「きみを驚かせたかったんだよ」彼は少し傷ついた顔をした。電気ケトルをシンクに持っていって、水を入れる。「ぼくに会えてうれしくないのかい？」彼は少年のような笑顔になった。かつてわたしをくらくらさせた顔だ。

「正直に言うと、都合がよくないの」

彼を傷つけまいとしてごまかすのはやめなさい！　彼はあなたにそんな気遣いはしなかった。バッグを持っていますぐ出ていけというのよ！

「忙しそうでもないじゃないか。きみのママには、きみは仕事かもしれないから夕方にしたほうがいいって言われたんだ。だからだめもとで来てみたら、きみがいた！　運命だよ」ケトルを台に戻し、スイッチを入れる。

いいわ、お茶を飲んだら出ていってもらおう。

わたしはアダムの、ロンドンまでの列車の旅と地下鉄の話に耳を傾けながら、マグカップふたつにお茶を淹れた。彼を居間に通すと、デ・ハヴィランドはいつものように窓枠に座り、まるで見張りのようにそとの鳩の動きを監視していた。彼は金色の目でこちらを見て、また窓のそとを見た。尻尾は脚に巻きつけてある。

「いい家だね」アダムは部屋を見まわして言った。「誰の？」

「父の名付け親のよ。セリアっていう人」

「すごいな。うまくやれば、きみが相続できるかもしれないぞ」彼は抜け目ない顔をする。「そうなったらいいな」

わたしたちはソファに座った。いったい彼に何を話せばいいのだろう。そのとき、このあいだのことを思いだして言った。「それで、ハンナのことだけど。うまくいかなかったの？」

彼はまるでいやなことを思いだしたみたいに、鼻にしわを寄せた。「ああ、ぜんぜん。要するに、からだだけのつながりだったんだ。最初はいいけど、すぐに飽きてくる」

ふたりがいっしょにベッドにいたところが頭に浮かんだけど、もう驚きも悲しみも感じなかった。じっさい、ふたりはお似合いだと思えた。わたしはアダムとのセックスを思いだしてみた。わたしの耳元であえぎ、まったく同じ調子で腰を振っていたアダム。

おざなりで、すぐに終わったけど、彼を愛していたからうれしかった。でも、神秘的な情熱を感じたりはしなかった。ぞくぞくするほどの興奮もなかった。わたしの地平を広げ、自分でも知らなかった一面を見せてくれることもなかった。

そういうものすべてを与えてくれたのは、ドミニクだった。

わたしはドミニクとの経験で、自分がまったく変わってしまったことに気づいた。もう二度と、アダムのような人とはつきあえない。ドミニクは変わった趣味があり一般的ではない嗜好の持ち主だけど、退屈ではぜったいにない。

アダムは両手で包むようにマグを持ち、わたしをじっと見つめていた。「だからここに来ようと思ったんだ。ぼくたちの関係は本当に特別だったよ。きみを傷つけたぼくは大ばかだった。だがそれはもう、すべて過去のことだ。よりを戻したいと思っている」

「わたしは……そうは……」わたしは深呼吸して、言った。「いいえ、アダム。もうその可能性はないわ」

彼の顔が曇る。「本当に？」

わたしは首を振った。「ええ。わたしにはもう、あたらしい生活があるの。仕事も」

「恋人も？」彼はすぐに訊いた。

「いいえ、そういうことではないけど」ドミニクとわたしはもう別れたということだろう。「でもだからといって、何も変わらない。もうわたしたちに未来はないのよ」

「頼むよ、ベス」彼は無邪気にわたしを見た。「そんなふうにぼくを消し去らないでくれよ。こんなふうにぼくが訪ねてきてショックだったんだろう。もう少し時間をかけて考えてみてくれ」

「何も変わらないわ」わたしは断固として言った。

彼はため息をついてお茶を飲んだ。「いいよ、あとでまた話そう」

「あとって?」

「ベス、ぼくは泊まるところがないんだ。きみのところに泊めてもらおうと思ったんだよ」

「どうしてそんなことが言えるの?」わたしはあきれて言った。「わたしたちは別れたのよ!」

「でもぼくはきみをとり戻したいと思っている」

わたしは肩をすくめ、ため息をついた。堂々めぐりだ。

「今日は帰れないよ」アダムは言った。「ここに泊めてくれよ。いいだろう?」

わたしはまたため息をついた。選択の余地はなかった。アダムを通りに放りだすことはできない。「いいわ。ソファで寝ても。でも今夜だけ。わかった? 本気で言っているのよ」

「了解!」彼は陽気に言った。その表情から、わたしをとり戻すのにひと晩あればじゅうぶんだと考えているのが見え見えだった。

アダムがいることに慣れてしまうと、奇妙なことに、彼がいてくれてよかったと思えてきた。彼とはいっしょにいて楽だし、わたしがいないあいだの地元の噂話とか、彼のいかれた兄がいま何をやっているとかの話を聞くのはたのしかった。わたしは夕食に簡単なパスタをつくり、彼のおしゃべりを聞きながらいっしょに食べた。セリアのフラットでこんなに音を聞くのは不思議な気がする。いつもはすごく静かだから。

夕食後、居間に戻ると、アダムはたのしかったころのことや、わたしたちが交わした約束の話をして、わたしを口説こうとした。思い出話を聞くのはいいけど、わたしにはなんの効果もなかった。彼のために枕と毛布を持ってきたとき、彼はわたしにキスしようとしたけど、わたしがきっぱりと拒絶すると一見冷静に受けとめていた。

すぐにわたしが折れると思っているのだろう。

わたしはセリアの部屋で眠ったけど、隣の部屋にアダムがいることに困惑していた。彼はたぶんわたしのベッドに忍びこむ方法を考えているはず。でもさいわい、朝まで何もなかった。

翌朝、わたしは大いに気分がよくなっていて、仕事に行くことに決めた。

「いつ出発するの？」わたしは朝食のあと、出かける支度をしながらアダムに訊いた。

「そうだな……」彼は何かたくらんでいるような顔になった。「もしきみさえよかったら、もう少し泊まっていこうかな。せっかくきみの部屋があるんだから、ロンドン見物をしたいし……」

「アダム」わたしは警告するように言った。

「もうひと晩だけ」彼は言った。

わたしは彼を見た。べつに害はないだろう。「もうひと晩だけよ。本当に」

彼はにやりと笑った。「わかった」

ひさしぶりにジェイムズと会えてうれしかった。ずっと彼と話したかったから。

「ベス、元気になったのか！」わたしが画廊に入っていくと、彼はそう呼びかけた。

「心配していたよ」彼はそばにやってきてわたしをハグしようとしたが、わたしは顔をしかめてからだを引いた。「ああ」彼はぴんときた様子で、少し悲しそうな顔をした。

「ああベス、彼にやられたのかい？」

わたしはゆっくりとうなずいた。ようやく誰かに打ちあけられると思うとほっとした。

「あの野郎。きみの意思に反して？」

わたしはまたうなずいたが、ドミニクを裏切っているような気がした。

「あってはならないことだ」ジェイムズは言う。眼鏡越しにわたしを見た彼の表情は真剣だった。「きみがどれほど彼を好きでも関係ない——安全、分別、同意、これはBDSMのルールだ。もし彼がそれを破ったのなら、もう近寄ってはいけない。わかったね？」

ジェイムズの言葉に、わたしのなかの何かが絶望でしぼんだ。でも彼の言うとおりなのだろう。それがこんなにつらくなければよかったのに。

わたしたちは午前中、おしゃべりをして、アダムがやってきてよりを戻そうとした話で笑った。わたしはジェイムズに、明日にはぜったいに彼を追いだすつもりだと言った。昼時、わたしはふたり分のテイクアウトの寿司を買うために、リージェント・ストリートを渡ったところにあるお気に入りのお店に向かった。画廊を出て、古い教会の前を通る。教会は赤い煉瓦の塀のなかにひっそりと建てられていたが、興味をもった通行人が入れるように、鉄の門があけ放たれている。そのとき、いきなり狭い中庭から飛びだしてきた誰かに腕をつかまれた。

驚いて見あげると、ドミニクだった。わたしの腕をぎゅっとつかんだ彼の目は血走り、服装はいつになくだらしなかった。「ドミニク！」わたしは彼に会えたよろこびに胸が締めつけられるように感じた。

「話がある」彼は切羽詰まった口調で言い、わたしを連れて門をくぐり、中庭に入った。

彼は謝るつもりだ！　わたしの心臓は激しく鼓動した。もしかして希望が……？

彼は怒っているような顔でわたしをにらみつけ、熱に浮かされているような口調で言った。「あれは誰だ、ベス？」

「なんのこと？」

「とぼけるな――ぼくは見たんだぞ！　きみのフラットにいた男だ。いったい誰なんだ？」

わたしは何も考えずに答えた。「アダムよ」

彼は鋭く息をのみ、絶望したような思い詰めた目つきでわたしを見ると、わたしの腕を放して中庭から出ていった。一度もふり返らずに。

「まずいわ」わたしは彼のあとを追った。彼はすでに脇道に入り、姿が見えない。どうしてあんなことを言ってしまったのだろう？　弟だと言えばよかったのに。これでドミニクは、わたしがアダムとよりを戻したと思うだろう。わたしは自分の失敗を呪った。あとで電話して説明しなくちゃ。

でもどうして、そんなことをしなくちゃいけないの？　彼は自分がしたことをまだちゃんとわたしに謝っていない。少しくらいやきもちを焼かせてもいい。

寿司を買って画廊に戻ったときも、わたしはまだどうするか決めかねていた。あとで考えよう。

アダムはたった一日で、自分のバッグに入っていたものをフラットじゅうに広げ、買ったりつくったりした食べ物の残骸を散乱させた。わたしは彼のあまりにも無神経なフラットの使い方にいらだったが、自分は一生、彼の後片付けなんてしなくていいのだと思うとほっとした。

「今日はどうだった？」わたしが帰宅すると、彼は愛想よく言った。「今夜はきみを食事に誘おうかと思っていたんだ」

「やさしいのね、アダム。でもその前にどこかに飲みにいって、食事はそのあとで考えない？」わたしは今夜、アダムに率直に話そうと決めていた。もう見込みはないということと、明日の朝いちばんで出ていってほしいと思っていることを。そういう話をするのに、パブはうってつけの場所に思えた。

「いいね。じゃあ出かけよう」

フラットを出て、わたしたちは暑い通りを並んで歩いた。ひさしぶりに空は一面雲に覆われ、蒸し蒸ししていた。嵐が来るのかもしれない。でも何日も青空と暑さが続いたあとでは、それこそわたしたちに必要なものかもしれない。

「なあ、ベス」歩きながら、アダムは何気ない口調で言った。わたしはドミニクに連れていってもらった店に行くつもりだった。「きみは変わったよ。前より……なんと言ったらいいんだろう……大人になった。洗練されて。それにセクシーにも。間違いなく前よりセクシーだ」彼はわたしの気を引くように言ったが、少し怪訝に思っているみたいだった。

「本当に？」思わず興味をかきたてられた。ここ数週間の経験でわたしが変わったのかどうか、自分ではわからなかった。でもどうやら変わったようだ。

「ああ」彼は穏やかな口調で言った。「本当に魅力的になった」

「ありがとう」わたしは笑った。でも自分はすぐに彼の期待に冷や水を浴びせることになると気づいた。「でもアダム、そう言ってくれるのはうれしいけど、わたしたちのことは変わらないわよ」

わたしたちは立ちどまった。彼はまっすぐわたしの目を見た。そして少し悲しそうにほほえんだ。「本当におしまいなんだな？」

わたしはうなずいた。「ええ。わたしはあなたを愛していない。本当に終わったのよ」

「ほかに誰かいるのかい？」

わたしは真っ赤になって、何も答えなかった。

「やっぱりな」彼はため息をついた。「まあいいか。やるだけやったんだから。ぼくは本当にばかだったよ、ベス。なくすまで、自分がもっていたものの価値に気づかなかったんだから。そいつは運がいい男だよ、それだけは言える」

わたしは胸がいっぱいになって、彼にほほえみを返した。「そう言ってくれてありがとう、アダム。本当に。これでいろんなことを忘れられるわ。わたしたち友だちになれる」

「そうだな」彼は心をこめて言った。「だがたぶん、きみは地元には戻ってこないんだろうって気がするよ。もちろんぼくの思い違いかもしれないけど、なんとなくさ」彼は少し考えて言った。「でも飲みには行かないかい？　昔のよしみで」

「いいわね。行きましょう」

「よかった。ぼくは明日の朝帰るよ」

わたしたちはしばらく見つめ合った。かつてはとても大切な相手だったのに、ふたりの時間はもう終わったのだと実感しながら。それから歩きだし、パブに向かった。


アダムとわたしはその夜遅くフラットに帰り、わたしが鍵をあけてなかに入った。ジョッキ四杯もビールを飲んだアダムは少し酔っぱらって大きな声で話し、床にあった封筒には気づかなかった。

封筒を見てわたしは心臓がとまりそうになり、すぐに拾いあげた。アダムはまだ何か話していたけど、わたしは寝室に入り、震える手で封をあけた。

ぼくのミストレス

どうかあなたの僕《しもべ》とひと晩ともに過ごしてください。明日の夜、閨房におこしくださいますように。八時からお待ちしています。

わたしは胸を押さえた。

なんてこと。わたしの僕？　どういう意味なの？

行くわ。もちろん行く。行かないなんて、考えられない。

19

翌日わたしはアダムに別れを告げ、彼が駅に向かうのを見送った。彼はわたしが置いてきた世界へと帰っていく。もうすぐセリアが戻ってきたら、どうしよう？　わたしは急に心配になってきた。そうなったらわたしは住むところをなくし、ジェイムズのアシスタントが退院してきたら、仕事もなくすことになる。

わたしはローラに電子メールを送って、彼女とフラットをシェアしたいと伝えることに決めた。もしかしたらジェイムズは、引きつづきわたしを画廊で雇ってくれるかもしれない。

ひとつだけ確かなことがあった。わたしは前の生活に戻ることはできない。いまとなってはもう。

わたしは一日じゅう期待で昂っていたが、呼びだしをどう考えたらいいのかわからなかった。わたしは誰にも話さず、いったいどういう意味なのか考えたり、興奮と恐怖に震えたりしていた。背中の痛みは消え、みみず腫れもほとんどなくなったが、ものごとがこんなふうになってしまったことについて、わたしは深く傷ついていた。わたしはドミニクの望みをかなえようとぎりぎりの努力をして、その結果彼はわたしが与えられる以上のものを奪おうとした。そして彼が謝ってくれていないのがいちばんつらかった。鞭打ちそのものよりも。わたしは彼を愛して、自分を彼に捧げたのに、彼はまるではじめからいなかったみたいに、わたしの人生から消えてしまった。

ドミニクがアダムのことを尋ねたときの血走った目を思いだした。きっとよりを戻したと思ったのだろう。フラットにアダムの姿がなくなれば、それが誤解だと気づくはずだ。

わたしは興味をそそられてもいた。わたしの僕？ ドミニクはサブミッシヴのようには見えなかった。最初は、ドミナントになるヴァネッサにつきあって彼がこの世界に入ったということは知っているが、でも彼はそれに背を向けたはず。

何かが起きようとしている。それがいったいなんなのかはわからないけど。

フラットに着くと、わたしはゆっくりと風呂に入って時間をつぶした。注意深く着るものを選び、今回は衣装ではなく、自分の黒いドレスを着た。クロッチのないパンティーやハーネスは着けないけど、手持ちのなかでいちばん美しい下着を身に着けた。

念のため。

わたしはひそかに、彼がわたしを抱きしめ、キスをして、自分はひどい誤解をしていたと言ってくれるのを期待していた。本当はドミナントではなく、〝やさしくてすばらしく魅力的だが、少しだけ人と違う趣味がある男性〟で、わたしといっしょにいたいと思っていると。そうしたらすべての問題がいっきに解決する。でもそんなことはありえないという気もした。

閨房に行ったときには、すでに八時半を過ぎていた。彼を待たせるなんて子どもっぽいと思ったが、これは自分が彼に待たされたことへの仕返しだと思うと、いい気分だった。ドアをノックしたとき、わたしは心臓をどきどきいわせ、手のひらに汗をかいていた。胸のなかに緊張が居座っていた。彼に会いたくてたまらない。わたしの恋人だった以前のドミニク。でもこれから閨房で何が起きるのかこわい。わたしはこの部屋のなかではサブミッシヴになると約束したのだから。

でも今日は首輪は着けない。わたしは自分に言い聞かせた。

少ししてドアがあいたが、なかは真っ暗だった。なかをのぞきこみ、部屋に入った。

「ドミニク?」

「ベス」彼の声は低く、かすれていた。「寝室に来てくれ」

廊下の先の寝室からかすかに明かりが洩れているのが見える。わたしはそちらに向かった。閨房に入ると、ベンチはなくなっていたが、白い椅子はまだあった。ベッドの足元には二脚の肘掛け椅子が向き合うように置かれている。寝室の明かりは薄暗かった。ドミニクは肘掛け椅子のひとつに座っていて、わたしが入っていくと、まるで床を見つめているみたいにうつむいたまま立ちあがった。

「来てくれてありがとう」彼は沈んだ声で言った。「ぼくなんかのために」

「あなたの話を聞きたいわ」わたしは言った。その声は自分で感じているより力強く響いた。「あなたはいつ話してくれるんだろう、そもそも話す気があるのだろうかと思っていたのよ」

彼は目をあげたが、その目は深い悲しみに覆われていた。わたしは思わず駆け寄って彼を抱きしめ、もういいからと言ってしまいそうになった。でもなんとかこらえた。彼が何を言うのか、どうしても聞きたかったから。

「ここに来て座ってくれ、ベス。すべて説明したいんだ」彼は自分の前の椅子を指した。ふたりとも座ってから、彼は話しはじめた。「このあいだきみと会ってから、ぼくはひどく落ちこんでいた。土曜日にぼくたちのあいだであったこと――あのひどいこと――はぼくのすべてを揺さぶった。ぼくは二日間留守にしてある人に会いにいき、自分がしたことを告白して助言を求めた」

「セラピスト？」

「いや、違う。指導者《メンター》のようなものだ。折りにふれてぼくを導いてくれる人物で、ぼくはその知恵と経験を尊敬している。いまはその人についてこれ以上話すつもりはない。ただ、ぼくは自分がしたことの重大さに気づかされた」彼はまた悲しそうに頭を垂れ、まるで祈るようにひざの上で手を組み合わせた。

わたしは彼がかわいそうでたまらなくなった。薄暗い部屋で、背後のランプでシルエットになった彼はあまりにも美しく、わたしは彼にふれ、その顔を撫でて、あなたを赦すと言ってあげたかった。

でもわたしは彼を赦しているのだろうか？

まだだめだ。その前に彼に言っておかなければいけないことがある。

彼は顔をあげてわたしを見た。その目はまるで溶けた石炭のようにゆらめいていた。

「きみも知っているとおり、このような関係には、それを律するルールがある。ぼくは傲慢だった。基本ルールを決めたとき、ぼくはきみの様子を見てきみが限界に達したらわかるはずだと思った。きみに自分の限界を決めさせなかった。きみが地下牢をいやがっているのはわかっていたのに。考えてみれば、ぼくはなんとしてもきみをあそこに連れていくつもりだった。きみの気持ちとは関係なく。ぼくは……」彼は言葉を切って顔をしかめた。「……自分の過去の愛のない関係を再現していたのだとメンターに指摘された。当時のぼくのサブは、ただセックスのよろこびをぼくに提供するためだけに存在していた。だが今回は――ぼくたちは――まったく違う。きみがぼくに自分を与えたのは愛のためで、自分のよろこびのためではないと、ぼくは知っていた。そんな貴重なものを与えられたのに、それを身勝手に利用したのかと思うと、自分がいやになる」

「あなたは身勝手なだけじゃなかったわ」わたしはやさしく言った。「あなたがしてくれたことの多く――いえ、ほとんど――はうれしかった。たのしかったわ。あなたはわたしに、いままでその存在さえ知らなかったようなよろこびを与えてくれた。でもまったく間違っていたことがあった」

彼はうなずいた。「それが何か、もうわかったよ。だがきみの話を聞こう。言ってくれ」

わたしは自分が言わなければならないことをわかっていた。もう何日も前から考えてきたことだ。「あなたがご主人さまのドミニクになったとき、もうひとりのドミニクはまったく消えてしまった。キスも――やさしさや愛情を感じさせるキスは――しなくなった。それにわたしにさわらなくなった。わたしがあなたのサブで、あなたに支配されているときはそれでもよかった。でもそういうプレイのあと、わたしはすごく奇妙な気分になった。あなたをとても近く感じると同時に、あなたがわたしにしたこと――ぶったり叩いたり――で、ひどく無防備に感じた。そのとき、あなたはわたしを愛し、いたわらなければいけなかった。わたしにキスして、抱きしめ、わたしが正しいことをしたのだと安心させてくれなくてはいけなかったのよ」涙がこみあげてきた。「何より、わたしは価値のない性奴ではなく、あなたの大切な女性だと思わせてくれなくてはいけなかった」

「やめてくれ、ベス」彼は言った。わたしの話を聞くのがつらくてたまらないような、厳しい声だった。「ぼくはひどい失敗をおかし、そして自分が悪かったこともわかっている。それを認めるのは簡単なことじゃない——いままで一度もプレイで自制心を失ったことはなかった。自分はそんなことをするほどへぼじゃないと思っていた。経験豊かな主人だと思っていたんだ」彼は顔を歪めて笑った。「だがそうではなかった。なぜこんなことになったか、わからない。考えられるのは、ぼくは誰かにこれほど強い感情をいだくのに慣れていないということだ」彼は立ちあがり、戸棚の前に行って扉をあけ、何かを取りだした。戻ってきてそれをわたしのひざの上に置いた。「だからきみにこれを使ってほしい」

わたしはそれを見おろした。それは地下牢で彼がわたしに使った九尾の猫鞭だった。見るだけで吐き気がしてくる。「ドミニク、いいえ、わたし……」

「お願いだ、ベス。やってほしい。きみが受けた痛みの一部でも自分で経験しないと、ぼくは自分を赦すことができない」彼はわたしを真剣な目で見つめて、懇願していた。

わたしはおぞましい鞭を部屋の向こうに放り投げてしまいたかった。「どうして普通になれないの？」彼に叫んだ。「どうしてあなたはただ謝ることができないの？　どうしてこれを使わなければいけないの？」

「なぜならこれがぼくの贖罪《しょくざい》だからだ」彼は低い声で言った。まるで習ったことをくり返しているみたいな言い方だ。「やらなければいけないんだ」彼はジャケット、そしてシャツを脱ぎ、上半身裸になった。

ああ、わたしのきれいなドミニク。わたしはあなたを愛したい。あなたを打つのではなく。

「いや」わたしは聞こえるか聞こえないかの声で言った。

彼は立ちあがり、わたしの足元にひざまずいて頭を垂れた。わたしは日焼けした彼の背中、うなじのやわらかな黒髪、筋肉の盛りあがった肩を見る。彼を感じたい。引き締まった筋肉と滑らかな肌の、すばらしいからだにさわりたい。わたしは手を伸ばして黒髪を撫でた。彼はそっと言った。「ぼくはきみに謝りたいんだ、ベス。ぼくがきみにしてしまった、あの恐ろしい、赦しがたいことを。ぼくたちの関係でいちばん大切なのは信頼だ。それなのにぼくはきみの信頼につけこみ、それを裏切った。本当に悪かったと思っている」

「わたしはあなたを赦すわ。あなたを罰したくない」

「ベス、お願いだ……」彼は黒い目で懇願した。「ぼくにはこれが必要なんだ。きみと同じ痛みを受けることが。これが唯一の方法だ」

わたしはひざの上の鞭を見た。一見、それはなんてことのない、無害なものに見える。でも人間が欲望に駆られてこれを使ったら、皮をはぐこともできる。

「お願いだ」そのひと言には切羽詰まった響きがあった。

彼を拒絶することなんて、できない。

わたしは立ちあがり、鞭を手に取って、その重みを感じた。これはわたしの、もっとも服従的な瞬間なのだろうか？　わたしの美しい、支配的なご主人さまのドミニクが、わたしに与えたものの一部を味わいたがっている。彼はそれを求め、わたしはそれに従う。「いいわ。それがあなたの望みなら」

彼の顔に安堵が広がった。「ありがとう」うれしそうに言った。「ありがとう」

彼は立ちあがって白いレザーの椅子のところに行った。わたしは自分があの椅子で感じたエクスタシーを思いだした。ドミニクによろこびの高みまで連れていかれた。いま彼はその椅子にうつぶせになり、腕を椅子の下に回してシートを抱えるようにしている。彼のうなじからウエストまで、背中がむきだしになっている。

「はじめてくれ」

わたしは重い鞭を手にして、椅子の横に立った。ハンドルはわたしには少し長すぎて、たぶんこれは、愛情のあるドミナントがフロッギングのはじまりとして使う道具ではないのだろうと思った。ドミニクはいつも本格的な道具を使う前に、やさしいストロークで打ったり、やわらかな素材のものを使ったりした。

本当にこんなことをするの？　とわたしは自分に言い聞かせた。それに、こんなことになっても、わたしは彼を愛している。

彼が望んでいることよ、わたしは鞭を振りあげ、円を描くような動きでドミニクの背中に打ちつけた。あまり効果的なやり方ではなく、まともにあたってもいなかったが、鞭を振るという感覚があまりにも奇妙で、力をこめることができなかった。わたしは何度もやってみたが、やはり力を入れることができなかった。自分が本当はやりたくないと思っているからだろう。

「違うストロークを試してくれ」ドミニクは言った。「腕を後ろに振りかぶってまっすぐにおろして、テイルがぼくの背中にあたるように。そしてそれをくり返すんだ。全身を動かすのではなく、腕と手首に力を入れて」

ご主人さまのレッスン。わたしは皮肉に思ったけど、彼の言うとおりにして、最初のまともな一発がドミニクの背中にあたった。わたしは手に感じた反響にびっくりした。

「そうだ」ドミニクはしっかりした声で言った。「続けて。もっと強く」

わたしは同じ側からもう一度やってみた。振りかぶって、振りおろす。テイルがあたった場所が色濃くなっているのがわかった。わたしは椅子を回りこんで、同じところを打った。

「いいぞ、ベス。よくやった。続けて」

わたしはリズムをつかみ、鞭の重みと、テイルがドミニクの背中にあたる感覚に慣れてきた。やがてその音がたのしくなり、自分の動きに合わせて刻まれるビートに聴きいった。わたしはテイルが彼の背中にあたって音をたてるとき、それが彼に痛みを与えていることを忘れていた。

鞭打ちは激しさを増した。ドミニクの背中は赤くなり、打たれた肌が腫れあがっている。力をもつというのはどういう感じか、わたしはわかりはじめていた。よろこんで鞭を受ける者を鞭打ちたいと思うのは、暗く原始的な力にとりつかれるからだということも。もしかしたら自分のなかにも、残虐性がひそんでいるのかもしれない。

ひょっとしたら支配者である人間がいちばん支配しなくてはならないのは、自分自身なのかもしれない。彼らの欲望は、サブミッシヴがどこまで受けいれられるかで決定されるべきものだから。

わたしはようやく、ドミニクはそこで失敗したのだと理解した。そしてわたしも。

そこまで考えて、自分が与えている痛みをたのしむ気持ちは消えた。赤く腫れた肌や、テイルがあたって赤と白の縞模様になっているところを見て、深い悲しみに襲われた。

でもわたしは続けた。

わたしは本能的に位置を変えてドミニクの真横に立ち、まるでテニスプレーヤーが強力なフォアハンドを打つときのように腕を振りかぶった。鞭がからだにあたる瞬間、わたしは力を加減して勢いをなくし、一瞬だけテイルが最大の力で肌にあたるようにした。その打ち方で最初の一発があたったとき、ドミニクは悲鳴をあげた。その声がわたしの心を引き裂いた。鞭があたるたびに、彼は叫び声をあげた。彼の背中の傷から透明な液体が流れているのにわたしは気づき、ふいに熱い涙がこみあげてきた。胸の奥から嗚咽が湧きおこり、わたしが彼の背を激しく鞭打つリズムに合わせて、嗚咽が喉を衝《つ》く。とっくに限界を超えていたが、わたしは歯を食いしばって続けた。

ドミニクはもう自分を抑えていた。目を閉じ、歯を食いしばって痛みを受けとめ、叫び声をあげないようにしている。鞭の一発一発が彼を浄化し、彼が求める贖《あがな》いを与えているのだとわかった。

でもわたしはいつまで続けられるか、自信がなかった。こんな残酷な、こんな野蛮なことを。

「やめないで」ドミニクは歯を食いしばりながら命じた。「続けるんだ」

続ける？　彼の命令に従って腕を振りかぶって打ちおろし、あたるときに加減して鞭を背中に食いこませながら、わたしは涙がとまらなかった。彼の背中はもう縞が消え、全体が赤く腫れあがっていた。透明な液体がにじみだし、きらきらと光っている。

「できない」わたしは言った。「できない」わたしは泣きじゃくっていた。

そのとき気づいた。彼の痛めつけられた肌が破れ、まるでミニチュアの火山が爆発したように、ルビー色の滴が出てきていることに。それは背中じゅうに噴きだし、流れはじめた。血だ。

「だめ！」わたしは鞭をおろし、鞭のテイルから力が消えていくのを感じた。「いいえ、わたしにはできない」わたしはわっと泣きだした。「あなたの背中。血が出ているわ」わたしはたまらずくずおれ、鞭を落とし、両手で顔を覆って泣いた。どうしてこんなことに？　わたしは愛する男性を鞭打ち、血を流させてしまった。

ドミニクは身動きして、ゆっくりと起きあがった。彼は痛みでからだがこわばっているようで、わたしを見たとき、その目も濡れていた。「ベス、泣かないでくれ。わからないのかい？　ぼくはきみを傷つけたいわけじゃない」

この苦々しい皮肉に、わたしはもっと激しく泣いた。

「ベス、マイガール」彼は椅子から離れ、わたしのところに来てひざまずき、わたしの手を取った。「泣かないで」

でも彼の顔は深い悲しみに覆われ、その目には涙が光っていた。背中が腫れているから、わたしは彼を抱きしめることもできない。代わりに、わたしはそのいとおしい顔を両手で包んだ。「どうしてこんなことになるの？」わたしはささやいた。それからゆっくりと立ちあがった。「もうわたしにはできない。あなたは自分の罪悪感とか後悔をなんとかする必要があるのでしょうけど、わたしはもうあなたの道具にはなれない。あまりにもつらくて。ごめんなさい」

それからわたしはドアに向かった。彼を置き去りにしたくはなかったけど、もしいま出ていかなかったら、自分の心が張り裂けてしまうとわかっていた。

20

仕事中、ジェイムズはやさしかった。彼はわたしの気持ちがめちゃくちゃで、わたしが何か大事なことに向き合っていることを察してくれた。彼はわたしを雇ったことを後悔しているかもしれない。最初からずっと、わたしは役立たずだった。

でもわたしはなんとか仕事に集中しようとした――じっさい、そうすることで気がまぎれた。内覧会の仕事をしているあいだは、昨夜のひどいプレイを忘れることができた。思いだすたびに、一種の鈍い恐怖を感じる。まるで何かの悪夢にとらわれてしまったような、そこでは愛と痛みが密接に絡み合っているような気がした。そしてわたしははじめて、自分がそれに耐えられるのか、自信がもてなかった。

わたしはアダムのことを考えた。穏やかで、いつも変わらないアダム。故郷でわたしの帰りを待っている。ひょっとしたらそれがすべてに対する答えなのかもしれない。ひょっとしたら、激しい情熱と劇的なドラマの世界はわたしには合っていないのかもしれない。

でもどうすればいいのか、わからない。このまま続けても、やめても、悲しみからは逃れられない。

午後、ジェイムズがわたしに紅茶を淹れてくれて、言った。「サリムから連絡があったんだ」

サリムはジェイムズのアシスタントだ。ファイルを見る限り、とてもきちんとして有能な人らしい。

「来週退院すると言っていた」ジェイムズは少し困ったように続けた。「その後、彼は仕事に復帰する」

「それはわかっていたことよ」わたしは言った。「あなたははじめからそう言っていたもの」

ジェイムズはため息をついて、金縁の眼鏡をはずした。「ああ。だがきみがいてくれてたのしかったよ、ベス。ひとつには、ぼくの生活に刺激を与えてくれた。きみを雇いつづけられるとよかったんだが」

「心配しないで」わたしはほほえんで言った。「来週にはセリアのフラットから出なければならないし。ここにいられる期間が限られているというのは、最初からわかっていたことよ」

「ああ、ベス」彼はわたしの腕に手を置いた。「きみがいなくなるとさびしくなる。ぼくのことはいつまでも友だちだと思っていてほしい」

「もちろんよ。そんなに簡単にわたしをやっかい払いできると思わないでね！」わたしは一生懸命、普通に聞こえるように言ったが、心のなかは不安でいっぱいだった。これから何をしたらいいんだろう？　ローラが秋からフラットをシェアさせてくれるとしても、いったんは実家に戻らなければいけない。住むところも仕事もないのに、わたしがここにいる理由がある？

ドミニク？

わたしは目を閉じた。どの選択肢を考えてみても、つらくてしかたがなかった。彼といっしょにいることも、彼と離れることも、同じくらいつらい。

「もしきみによさそうな勤め口があったら、すぐに教えるよ」ジェイムズは言った。

「ありがとう、ジェイムズ、感謝しているわ」

「ドミニクとはどうなっているんだ？」彼はおずおずと訊いた。「何か変化は？」

わたしは一瞬無言になり、どこまで彼に話そうか考えた。それから言った。「うまくいかないとわかったわ。わたしたちは違いすぎる」

「ああ」彼は合点がいったように言った。「女性がゲイの男性を愛してしまうようなものだ。きみは自分が彼を変えられると思うかもしれないが、じっさいはそんなことは不可能なんだ」彼は慰めるように、またわたしの腕を撫でた。「かわいそうだけど、きっときみは別の誰かを見つけるよ、わたしが保証する」

わたしは何か言ったら泣いてしまいそうだったので、ただうなずいた。それから彼に涙のにじんだ目を見られないように、うつむいて顧客データベースの修正に戻った。

わたしが帰宅するとき、ロンドンの街は金曜の夜のお祭り気分でにぎわっていた。太陽は灰色の分厚い雲のなかに隠れていたのに、まだ暖かく、うっとうしいくらいで、空気がいつもより薄く感じられた。

エレベーターに乗った瞬間から、何かが違うのを感じた。フラットのドアをあけたときには、完全に空気が違うと確信していた。デ・ハヴィランドが尻尾を高くあげてわたしを出迎えにこないなんてはじめてだった。そのとき、玄関に置かれたふたつのスーツケースが目に入った。

「ひさしぶりね！」声が先に聞こえて、おしゃれな年配の女性が居間の戸口に出てきた。彼女は背が高くて優雅で、青いプリントのシルクのラップドレスに身を包んでいる。その肌はしわはあったけど赤ん坊のようにやわらかそうで、銀髪はセンスよく短くしていた。セリアだ。

わたしは驚いてぽかんとした。

「わかっているわ」彼女は言いながら、手を差しだした。「電話すればよかったのよね！

そうしようと思ったんだけど、電話しようとしたときには電話が通じなくて、電話が通じるときにはパスポートや空港の手続きでばたばたしていたのよ」

わたしは彼女に手を取られ、両方のほおにキスされながら、目の前のできごとを理解しようとしていた。「わたしの勘違いかしら?」わたしは言った。「あなたが帰るのは来週だと思っていたわ」

「いいえ、あなたは合っているわ。でもあのリゾートがもう我慢できなかったのよ！あんなひどく退屈な人たちといっしょに閉じこめられたのははじめて。いままでよくもったと思うわ。それに食べ物が……」彼女はあきれたように目を天井に向けた。「わたしは贅沢に慣れてしまっているのかもしれないけど、食べ物があんなにまずいなんて間違っているわ！　一日に三度おいしい食事をするだけで、わたしはかなりお行儀よくできるのよ。さあ、わたしが早く帰ったからがっかりしているなんて言わないでね」

「もちろんそんなことないわ」わたしは言ったけど、心のなかではそうだった。ものすごく。

「すぐに出ていく必要はないわ。当初お願いした期間は、ここにいてかまわないけど、ベッドはわたしが使うわね。七十二歳のおばあちゃんには贅沢なマットレスと高機能枕が必要なのよ。でもわたしのソファはそこらのホテルのベッドより寝心地がいいとみんな言っていたわ。だからあなたはそこで寝てね」彼女はにっこり笑った。本当にすばらしい肌だった。まるでティッシュのようにやわらかそう。

「あなたがそう言ってくれるなら」わたしはためらいながら言った。ほかに行くところもないし、あと一週間はジェイムズの画廊の仕事がある。ひょっとしたら来週、なんとかなるかもしれないけど、まだわからなかった。

「もちろんよ。フラットはとてもきれいだし、デ・ハヴィランドは元気いっぱいだわ。あなたがわたしのちいさな天使の面倒をよく見てくれたおかげよ。さあ、もし今夜何も予定がないなら、食事をごちそうさせてくれない？」

何も予定なんてなかった。向かいのフラットのドミニクを見るということ以外。それはあとでもいいだろう。

「うれしいわ、セリア。ありがとう」わたしは明るく言った。

「よかった。〈モンティズ・バー〉に行きましょう。あそこの料理はすばらしいのよ。あんなひどい食事を我慢してきたんだから、それくらいの贅沢はしてもいいでしょう」

〈モンティズ・バー〉と食事はすばらしかったけど、わたしは彼女の静かなフラットに戻って、ドミニクがいるかどうか確かめたくてしかたがなかった。彼女はとてもおもしろい人で、わたしのロンドン滞在中のできごとや画廊での仕事について訊いてきた。でもわたしは、自分がここではないどこかにいるべきなのではないかと感じていた。その夜遅くうちに帰り、わたしはようやく居間からそとを見たが、向かいのフラットは真っ暗だった。

セリアはソファにシーツをかけ、毛布と枕を用意してくれた。わたしはそこで寝たけど、なかなか眠れなかった。ただ窓のそとの暗闇を見つめ、彼はどこにいて何をしているのだろうと考えていた。

土曜日、セリアは荷解きや片付けなど、フラットでいろいろすることがある様子だったので、わたしは朝早く外出した。観光客に交じってロンドンの街を歩いたり、大英博物館やヴィクトリア・アンド・アルバート博物館の行列に並んだりしていると、ここにやってきた最初のころに戻ったようだった。もしかしたらドミニクからの連絡があるかもしれないと期待して、三十分ごとに携帯電話をチェックしていたけど、何もなかった。最後に別れたとき、わたしは彼に、彼が求めることはできないと言った。彼はきっと、わたしとはもうだめだとあきらめてしまったに違いない。それにあの奇妙な贖罪は終わったのだから、もうわたしは必要ない。

それでもわたしは、彼がわたしをとり戻そうとしてくれるのではないか、彼は変わってくれるのではないかという、はかない希望を抱かずにはいられなかった。でも時間は刻々と過ぎ、なんのメッセージも届かなかった。

わたしは午後遅く、暑さに疲れてフラットに戻った。セリアは荷解きを終えて落ち着き、わたしを待っていた。

「お茶にしましょう」彼女は言って、アールグレイの紅茶をポットで淹れてくれた。いっしょに出してくれたちいさなアプリコットビスケットもとてもおいしかった。紅茶を飲みながら、彼女はさまざまなおしゃべりをしていたが、ふと思いだしたように言った。

「そうだわ――そういえば……昨日わたしが帰ったとき、玄関のマットの上にあなた宛の手紙があったの。わたしはそれをテーブルに置いて、あなたに言おうと思っていたのに、忘れていたわ。朝、あなたが出かけてから思いだしたのよ」

カップを置いて、急いで玄関に向かった。ドミニクの字でわたしの名前が書かれた、いつものクリーム色の封筒があった。わたしは震える手で封をあけた。なかには手書きのカードが入っていた。

親愛なるベス

ぼくはいつまでもきみの勇気と信念を尊敬しつづけるだろう。昨夜ぼくが頼んだことをするのには大変な精神力が必要だったはずだ。ぼくがきみを限界まで追いやり、きみは自分の限界まで行ってくれた。もしぼくたちのどちらかが自分の欲求を妥協しなければならないとしたら、それはきみではなく、ぼくのほうだった。ぼくはとても身勝手だったが、それではぼくが何よりも必要とするもの、つまりきみを手に入れられないということに気づいた。

ぼくはチャンスを与えられた。それはわかっている。きみはほかのどの女性より、ぼくを我慢してくれた。それでもぼくはまた失敗したんだ。これまでのことを考えれば、こんなことを言えた義理ではないが、もしきみが話してもいいと思うなら、今夜、フラットできみを待っている。

もしきみから連絡がなかったら、きみはもう二度とぼくに会いたくないのだと理解し、それを尊重する。

きみとアダムが幸せになるのを祈っている。

愛をこめて。

D×

PS　閨房は自由に使ってくれてかまわない。きみが必要とする限り。

わたしはぞっとして息をのんだ。彼は昨日の夜、わたしを待っていた。わたしがセリアと出かけていたとき、彼はフラットにいた。わたしが来るだろうかと考えながら。それにこの文章は、彼が変わりたがっているように読める。違う方法を試してみてもいいと思っているみたいに。

どうしよう。もう手遅れなの？

わたしは居間に戻り、向かいのフラットを見た。薄いカーテンがしまっていたが、なかで人影が動くのが見えた。

彼はフラットにいる。まだ間に合う。

わたしはセリアを見た。ソファに座ったまま、驚いた様子でこちらを見ている。「出かけないといけないの。いつ戻るかわからないわ」

「何か用事があるのね、ダーリン」彼女はひざの上のデ・ハヴィランドを撫でた。「行ってらっしゃい」

わたしは行ってきますも言わずに急いで部屋を出た。

21

こちらの建物からあちらの建物に移動するのに数分かかったけど、ようやくわたしはドミニクのフラットへと続く廊下を走っていた。思いきりドアをノックした。

「ドミニク、いるんでしょう？　わたしよ、ベスよ！」

たまらない待ち時間のあと、近づいてくる足音が聞こえた。ドアが開き、そこに立っていたのは、長身でほっそりして、ほお骨の高いヴァネッサだった。

彼女はここで何をしているの？

「まあ、ベス」彼女は冷ややかに言った。「あら、あら」

「ドミニクはどこ？」わたしはあえいだ。「彼に会わないといけないの」

「それにはちょっと遅すぎたんじゃない？」彼女は踵を返してフラットのなかに入っていった。わたしは息を切らしながら彼女についていく。

「どういう意味？」

彼女はふり向き、厳しい目でわたしをにらんだ。「もうじゅうぶんひっかきまわしたんじゃない？」冷たい声。「あなたがすべてめちゃくちゃにしたのよ。あなたがあらわれるまで、何もかもうまくいっていたのに」

「わたし……わたし……わからないわ——わたしが何をしたというの？」

ヴァネッサは居間に入っていって、わたしも続いた。ドミニクがいないのにこの部屋にいることが、いやでたまらなかった。彼がいないこの部屋は、まるで死んでいるようだ。

「あなたがひっかきまわしたのは確かよ」彼女はわたしをじっと見た。「ドミニクはいないわ。行ってしまった」

「行ってしまった？」わたしは顔から血の気が引き、気を失ってしまいそうになった。

「彼はどこに行ったの？」

「あなたの知ったことではないけど、どうしても知りたいなら教えてあげる。彼はロシアに行ったのよ。彼のボスに呼ばれて、しばらく帰らないわ」

「どれくらい？」

ヴァネッサは肩をすくめた。「数週間。数カ月。わからないわ。彼のボスが行けと言ったら、彼は行かなければいけないのよ。ニューヨークでもロサンゼルスでも、ベリーズでも北極圏でも。いったいどこかしらね？」

「でも……彼はここに住んでいる」

「彼は仕事に必要な場所に住んでいるのよ。どこかほかに行きたいと思ったら、行くところはたくさんある」彼女は居間を歩きまわり、いろんなものを拾ってはカンバス地のバッグに詰めていた。「だから、あなたの休暇中のロマンスはおしまいってこと」

わたしはまだわけがわからず、彼女を見た。わたしたちのあいだにあったことを、彼女はどれくらい知っているのだろう？　彼女とドミニクが親しかったのは知っているけど、彼がわたしとのことをすべて打ちあけるほどの仲だったのだろうか？

ヴァネッサは立ちどまって、わたしに向き直った。片手を腰にあててこちらを見たその顔は冷酷だった。「あなたはばかよ。言わせてもらえば。彼はいままでほかの誰にもしたことがないほど、あなたのために努力しようとしたのよ。彼は変わろうとしていた。でもあなたはそれを投げ捨てた」

「いいえ、そうじゃないの」わたしはようやく声を絞りだし、あえぐように言った。「彼はわたしがアダムとよりを戻したと誤解しているけど、そんなことはないの。それに彼は昨日わたしを待っていたけど、わたしが彼の手紙を受けとったのはついさっきだったのよ」

ヴァネッサはもう話すのも面倒だといわんばかりに肩をすくめた。「どんな言い訳をしようと、あなたはチャンスを逃したのよ」彼女は陰気にほほえんだ。「あの小鳥はもう飛び去っていった。たいていの女はドミニクを手に入れるためならなんでもするわ。彼に少し変わった嗜好があったとしてもね。あなたには二度目のチャンスはないのよ」

彼女の言葉がわたしの心に突き刺さった。わたしは本当にそんなに愚かだったのだろうか？

ふいに彼女はわたしのほうに身をかがめ、やさしいといっていいような表情になった。穏やかなまなざしでわたしを見て、言った。「うちに帰って、彼のことは忘れなさい。そのほうがいいのよ。うまくいくはずがなかったんだから、ぜったいに。あなたはたのしんだ。もう自分の世界に戻りなさいよ」

彼女の目を見て、わたしは急に戦意を失った。彼女の言うとおりなのだろう。誰よりもドミニクをよく知っているのだから。もしわたしたちがいっしょにいる運命だったら、こんなひどいすれ違いにはならなかったはずだ。手紙が届かなかった……それは運命だったのだろう。もう彼は行ってしまったのだから、これ以上食いさがっても意味がない。

「そうね」わたしは静かに言った。「よくわかったわ。彼に伝えて……こんなふうにならなければよかったと、わたしが言っていたと。それから、彼に出会ったことは後悔していないと。わたしたちが共有したことは、とても大きな意味があったと」

「わかったわ」ヴァネッサはほほえんだ。わたしたちの話が終わったことをよろこんでいるみたいだった。「さようなら、ベス」

「さようなら」わたしは向きを変え、もう二度と来ることはないであろうドミニクのフラットから出ていった。

わたしが部屋に入っていくと、セリアはグラスに注いだ白ワインを飲みながら、本を読んでヘンデルを聴いていた。わたしの顔を見ると、もうひとつのグラスにもワインを注いで渡してくれた。

「ベス、かわいそうに」彼女は同情をこめて言った。「人生ってつらいわね。恋愛問題なのでしょう？」

わたしはうなずいた。ドミニクが本当にいなくなってしまったのだということを実感して、ショックで感覚が麻痺していた。

「何も言わなくてもいいけど、もし話したいのなら聞くわ」

わたしは座って、白ワインをごくりと飲んだ。ぴりっとする辛口に、少しだけ気をとり直した。「わたし……わたし、ある人と恋人どうしになれると思っていたの。でもうまくいかなかった。彼は行ってしまった」

セリアは首を振った。「まあ。それは誤解が原因なの？」

わたしはうなずき、目に涙がこみあげてくるのを感じた。必死で感情を抑えようとした。自制心を失いたくなかった。崩れてしまったら、立ち直れるか自信がない。「そうだと思う」わたしは言った。「もうわからないの。つらくて彼とはいっしょにいられないと思っていたけど、でもいま、彼がいなくなって、自分がどうしたらいいのかわからない」

「まあ」セリアはため息をついた。「やっぱりそうなのね」

「やっぱり何？」

「愛よ、マイ・ディア。多くの人びとは愛を避けようとするわ。もっと簡単なもの、あまり疲れなくて、あまり危険もないもので満足してね。なぜなら、シェイクスピアも言ったように、激しいよろこびには激しい終わりがあるからよ。激しい情熱には痛みがつきものなの。でもそれなしで生きる……そんな人生に価値があるかしら？」彼女は明るい目でわたしを見た。「わたしにはわからないわ。誰かに最高の情熱を感じるチャンスは、誰にでも訪れるものではないのよ。それにともなう苦しみを感じることもね。わたしは運よく、一度ならずそれを感じられた。だからいま、幸せなひとり暮らしをしているの。最高のものを味わったから、ほかのもので妥協するより、その思い出とともに生きていきたい」

わたしは彼女を見て、若いころのセリアを想像してみた。夢中になった恋人がいて、いまのわたしのように、歓喜と絶望のナイフの刃の上にいるような生を生きていたのかもしれない。

「大昔のことよ」彼女はいたずらっぽくほほえんで言った。「わたしみたいなおばあちゃんが、あなたがいま感じているようなことを感じていたなんて、信じられないでしょうね」

「そんな、そんなことないわ」わたしはあわてて言った。

「あなたにちょっとしたアドバイスをするわね」彼女はわたしのほうに身を乗りだした。「静かな生活で満足しちゃだめ。若さはあっという間にどこかに行ってしまうのよ。自分のなかにある力、強さ、生命、すべてをもって人生をつかみ、たのしみ、感じなさい。痛みはあなたに、生きているということを教えてくれる。それがなかったら、よろこびが何かもわからないわ。輝くような若者も乙女も、塵にかえるのだから。わたしたちはみな、すぐに死ぬのよ」

彼女の言葉がわたしのなかの何かをかきたてた。

彼女の言うとおりだ。わたしにはわかった。ドミニクと、彼がわたしに与えてくれたもの、感じさせてくれたものを拒絶したいと思うなんて、ばかげている。彼は一度はやりすぎたけど、もう二度とあんなことはしないとわたしにはわかる。彼はわたしの話を聞き、変わろうとしていた。いまならそれがわかる。でもわたしのチャンスは指からこぼれ落ちてしまった。彼はもう行ってしまった。

苦しみがなければよろこびもない。痛みがなければ情熱もない。わたしは安全でいるより、生きていると感じたい。

ドミニク――あなたはいったいどこにいるの？

その夜遅く、わたしはソファの上で丸くなって、眠ろうとしていたとき、ドミニクが閨房について書いていたことを思いだした。あの部屋の鍵はセリアのトレンチコートのポケットに入っている。わたしは廊下に出て、鍵を取りだした。手のひらの上の鍵は冷たくすべすべしていた。

わたしが必要とする限り、これはわたしのものだ。

信じられないほどありがたい申し出だった。つまり、住むところの問題はこれで解決する。いつあのフラットに移ってもいい。わたしがそうしたければ。

問題は、まだ記憶が生々しいということだ。あのフラットで最後にドミニクに会い、ふたりでしたことを考えるだけで、あそこには行けない。何もかもまだあそこにあるのだろうか？　下着、セックス用グッズ、あの椅子は？　それらを見て自分が平気でいられるかどうかわからない。わたしは鍵を大事にしまった。どうするかは、あとで決めよう。

翌日、ロンドンは嵐になり、雷と稲妻をともなう激しい雨が降った。何日も前からたまっていた雨がいっきに放出され、土砂降りだった。

わたしは部屋にこもり、雨を見ながら閨房について思いをめぐらしていた。セリアに話さなくてはいけないけど、そうしたらどうして彼女と同じ建物のフラットを使えるようになったのか、説明しなければならない。彼女が両親に話したら、もっといろいろと訊かれるだろう。でもセリアに嘘をつきたくなかった。

電話が鳴り、わたしはドミニクだと思って急いで出たが、ジェイムズだった。

「やあ、ダーリン、週末にじゃましてすまない。だがちょっときみに知らせておきたいことがあるんだ。会えるかな？」

「ええ――何かあったの？」

「いや、なんでもないよ。だがもし可能なら、きみに会いたい。一時間後にピカデリーの〈パティスリー・ヴァレリー〉で待ち合わせよう」

わたしは傘をさし、ピカデリーまで水たまりだらけの道を歩いていった。ほんの数分だったが、日曜日の雰囲気が心地よかった。いつもと同じくにぎやかだが、平日のせわしなさとは違うのんびりした雰囲気が漂っている。

ジェイムズはすでに来ていて、わたしを待っていた。広げた新聞に鼻先をつっこみ、そばには湯気をたてているエスプレッソのカップが置かれている。彼はわたしに気づくと目をあげ、ほほえんだ。

「ああ、来たね。よかった。きみの飲み物を頼もう」

わたしが席に座り、ラテと、それに浸けて食べるパン・オ・ショコラが来ると、彼は言った。「変だと思うかもしれないが、きみに会わなければいけないと思ったんだ。今朝、非常に重要な顧客と朝食ミーティングがあった。彼の名前はマーク・パリサーといって、大金持ちの男性の個人的な美術ディーラーをしているんだ。マークはぼくに相談があると言った。彼はいつも忙しい男だし、ときどきうちの画廊に大きな金を落としてくれる大事な顧客だから、当然わたしは彼の都合に合わせた」

わたしはパン・オ・ショコラをラテに浸けてかじり、舌の上でとろけるパンを味わった。いったいこの話が自分にどんな関係があるのか、まだわからない。

「ぼくたちは彼のベルグレイヴィアの屋敷ですばらしい朝食をとった。マークはもちろん、いい趣味のもち主だ。間のいいことに、彼はアシスタントを探していると言うから、ぼくはきみの名前を出しておいた。彼の下で働くのは絶好のチャンスだよ。多くのことを学べるだろう」

「本当に？」わたしは興味を引かれた――あたらしい就職口はいい知らせだ。でも彼はそれでわたしを呼びだしたの？　月曜日ではだめだったの？

ジェイムズは続けた。「ぼくたちが仕事の話をしていたら別の訪問客があり、マークはわたしに、居間でちょっと待っていてくれるかと言った。居間は朝食室の隣で、美しいアーチ形の出入口でつながっているから、わたしには訪問客が見えたし、彼の話も全部聞こえた」彼はまっすぐにわたしを見た。「ドミニクだった」

　わたしは息をのんだ。「ドミニク？　でもそんなはずは――彼は行ってしまったはず。ロシアへ」

「まだ行っていない」ジェイムズは言った。「今夜出発すると言っていたよ。プライベート・ジェットでここからロシアに飛ぶ。彼とマークの話では、行ったらしばらく帰ってこないということだった」

　わたしは胸が高鳴り、呼吸が速くなった。「彼はもう行ってしまったのだと思っていた。あるひとにそう言われたから」

「それを聞いて、きみは知っているのだろうかと思った。だが今朝の彼を包んでいた沈痛な雰囲気からして、きみは知らないのかもしれないと思ったんだ」ジェイムズはわたしにほほえみかけた。「ベス、わたしはこのことをきみに話すべきかどうか、よく考えた。わたしはドミニクがＢＤＳＭのルールを破ったかもしれないと思っている。だがきみが何をするべきか、わたしは決める立場にない。きみが彼を愛しているのはわかる。だからわたしは、きみが自分でどうするか決められるように、知ったことを伝えるべきだと思ったんだ。だが慎重に考えてほしい。わかるね？」

「わかるわ。教えてくれてありがとう。心配してくれて本当に感謝しています。でも彼はあなたに気づかなかったの？」

ジェイムズは首を振った。「気づいていなかったよ。隣の部屋に誰かいるということにも気づいていなかったかもしれない。それに、巨大な中国製の壺が彼の視界を遮っていたからね。わたしがその陰に隠れていたんだが」

わたしは大きく息を吸い、目を見開いた。「でも、ジェイムズ、わたしはどうしたらいいと思う？」

「彼が行ってしまう前に会いたいのかい？」

わたしは涙ぐんでうなずいた。ドミニクに会って自分の気持ちを伝え、このあいだの夜に彼を置き去りにしたのは間違っていたと言うチャンスがある。そう思うと、胸がいっぱいになり、アドレナリンがからだじゅうを駆けめぐった。

ジェイムズは身を乗りだした。「これが役に立つかどうかわからないが、彼は今日の三時に自分のフラットに戻ると言っていた。そこから迎えの車に乗って空港に向かうと」

わたしは興奮で胸がはちきれそうだった。「ありがとう、ジェイムズ！　本当にありがとう」

「どういたしまして。わたしはこの知らせを聞いたときのきみの顔が見たかったんだ。さあ、行って、きみが奇跡を起こしてあのいけない彼の性質を変えられるかどうか、やってごらん」

22

わたしはランドルフ・ガーデンズに戻る途中で文房具店に寄り、クリーム色のカードと封筒を買った。計画を実行するには急がなくてはいけない。

もう雨さえ、陰鬱《いんうつ》に感じられなかった。それどころか、わたしは水たまりの水をはねちらかし、傘もささずに、びしょ濡れになってもまったく気にならなかった。わたしはドミニクにもう一度会うチャンスがあり、いっしょに過ごして、どうしても聞いてほしいことを伝えられるのだから。


わたしはドミニクのフラットをノックしたけど、誰も出てこなくてほっとした。ヴァネッサはもういない。

なぜ彼女はわたしに嘘をつかなければならなかったのか、なぜ彼女はわたしを追い払いたがっていたのかわからなかったけど、いまそれを考えている時間はない。わたしは急いで閨房に向かった。なかに誰もいないと知っていて鍵をあけるのは変な感じがする。

わたしはライトのスイッチを入れた。廊下は以前と同じように、シンプルで何もなかった。寝室に入ってライトをつける。部屋は変わっていた。レザーの椅子はなくなり、戸棚には鍵がかかっている。ボンデージの衣装もなくなっていたが、ランジェリーとネグリジェはまだあった。彼はわたしたちがここでした、普通ではないセックスを思わせるものはすべて片付けたけど、わたしが好きかもしれないものは残していったのだ。

ふーん。まあいいわ、それでもできることはあるから……高級なカスタムメイドのハーネスだけが選択肢というわけではないわ……。

わたしはほかのことにとりかかる前に、ドミニクに手紙を書いた。

すぐに閨房に来て。急いで。

B

これでいいだろう。わたしはそれを階下に持っていった。ドアの下に差しいれ、閨房に戻って準備をはじめた。

三時になると、わたしは緊張して閨房のなかをぐるぐると歩きまわっていた。フラット全体を見てみたら、シンプルだが設備はそろっており、下の階のフラットよりは狭いけど、ひとり暮らしにはじゅうぶんな広さだった。本当にわたしがここを使ってもいいの？

ドミニクに訊いてみるつもりだったが、期待でぞくぞくして、ひとつのことを考えつづけるのは難しかった。わたしは美しい黒い下着を身に着け、二日目にはいたスティレットヒールをはき、ジェイムズとの待ち合わせに出かけるときに借りたトレンチコートを羽織った。髪をアップにして、ポケットに入っていたリップグロスとコンパクトだけで、できるだけきれいにメイクして。

バスルームの鏡では、まあまあに見えた。わたしの目は興奮で輝き、ほおはかすかにピンク色に染まっている——自然のほお紅だ。鏡のなかの自分に言った。「グッドラック」

三時十分過ぎ、玄関ドアをノックする音が聞こえてきた。わたしは飛びあがり、息をのんだ。彼は来た。ここに。これがわたしの最後のチャンスだ。何があっても、失敗は許されない。

わたしは深呼吸して、胸の鼓動をできるだけ落ち着けて玄関へと歩いていった。ドアをあけるとドミニクがそこに立っていた。美しい黒いスーツを着て、黒髪をくしゃくしゃにして、目に不安を浮かべ、沈痛な面持ちで。

「ベス？　だいじょうぶかい？　きみの手紙を見たよ」彼の声で心配しているのだとわ

かった。

「入って」わたしはできるだけ普通の声で言った。

彼は顔をしかめてなかに入ってきた。「これはどういうことだ？　だいじょうぶかどうか……」

わたしはドアをしめ、薄闇のなかでドアにもたれかかった。「だいじょうぶじゃないわ」わたしは低い声で言った。

「なんだ？　どうしたんだい？」

わたしは厳しい口調で言った。「わたしはとても……とても……あなたに怒っているのよ」

「なんだって？」彼はとまどっている。「だが……ベス、ぼくは──」

「お黙り」わたしはぴしゃりと言った。「言い訳は聞きたくない。わたしはあなたが、わたしに何も言わずにいなくなるつもりだったことを、怒っているのよ。あなたが何をしようとしていたか、知っているのよ。もうすぐ車があなたを迎えにきて、空港に連れていき、あなたはそこからプライベート・ジェットでロシアに行くんでしょう」

「どうしてそれを知っているんだ？」彼は驚いていた。わたしに不意打ちを食わされて。

「質問はなしよ。問題は、あなたが許可なく逃げだそうとしたこと。わたしはすごく、すごく怒っているのよ」わたしは身を乗りだし、彼の目に理解が浮かんだのを見た。

「そしてこれから、あなたが二度とそんなことをしないように、しっかりと教えてあげる。わかった？」

彼は一瞬わたしを見つめ、それから低い声で言った。「ああ、わかった」

「いいわ。ついてきなさい」わたしは先に立って寝室へ入っていった。ブラインドをおろし、ランプの光を落としてある。それからふり向き、トレンチコートをゆっくりと肩から脱いで下着を見せた。彼は息をのみ、黒いシルクに包まれたわたしの胸から、腰、お腹、シルクのパンティーまで視線をさげていった。「気に入った？　ドミニク」

彼はうなずき、わたしの目をまっすぐ見つめた。

「よかった。さあ、服を脱ぎなさい」

「ベス……」

「聞こえたでしょ。早く」

彼は抗うようなそぶりを見せたが、考え直し、一瞬迷ってから言うとおりにした。ジャケットとズボンと下に着ているものを脱ぎ、ボクサーショーツだけの姿になった。彼のペニスはすでに大きくなりはじめていて、コットンを押しあげているのが見えた。

「あら。わたしは服を脱げって言わなかった？　ボクサーショーツも服でしょう？」

彼はうなずいた。

「それなら脱ぎなさい。いますぐ」

彼はショーツを滑らせて脱いだ。全裸でわたしの前に立っている。広い胸、引き締まったお腹、筋肉質の長い脚。彼のものはすでに硬く大きくなり、彼は燃えるような目でわたしを見た。

「さあ、ミストレスを怒らせるということがどういうことか、理解するのよ。ベッドに行きなさい」

彼が背中を向けたとき、わたしは思わず息をのんだ。その背中にはやっと治りはじめたばかりの赤い傷痕が無数に走っていた。彼に駆け寄り、わたしがつけたその傷に口づけ、消炎薬を塗ってあげたかった。でもそれはわたしの計画にはなかった。いまは。これから彼に、まったく別の種類の苦しみを与えてやるつもりなのだから。

「仰向けに寝るのよ」わたしは命じたが、彼が痛くて無理だと言ったらやめようと思っていた。でも彼は何も言わず、横になったときも痛そうなそぶりは見せなかった。わたしはネグリジェのシルクのベルトを持ってベッドにのぼり、それで彼の手を縛り、ベッドの頭の柵に結んだ。

彼は自分の力を引き渡したと感じたかのように、その目の光が強くなった。

わたしは彼の隣に寝て、やさしくさわった。彼の胸を撫で、乳首のまわりに円を描き、手を下腹部におろしていく。麝香の甘い香りと柑橘類のぴりっとした香りが混じったような彼の匂いがする。いい匂い。わたしの中心にとろけるような欲望が流れる。

「これからあなたを、わたしのやり方でお仕置きするわ」わたしはささやいた。「もう二度とわたしから離れていかないように」

それから彼のからだにくまなくキスしていった。彼の足の指一本一本をしゃぶり、大きくなったペニスを素通りして上半身に移り、彼の敏感な場所をくすぐり、愛撫し、乳首を舐め、唇に挟んでひっぱる。すぐに彼の息が荒くなってきた。もう少しじらしてから、彼のお腹にまたがり、ブラをはずして下に落とし、胸を彼の口に近づけてあげた。彼が夢中で乳首を口に含み、強く吸ったり歯でこすったりしたせいで、乳首は赤くなり、ぴんと立った。それからわたしは時間をかけて彼の首、あごに唇を這わせ、耳たぶを軽く噛み、唇にキスするのをじらしにじらして彼をたまらなくさせてから、最後にキスを許して彼の渇きを癒やしてあげた。

彼のすてきなペニスはずっと放置したままだ。そろそろ指で、唇で、舌で、さまざまなお仕置きをしてあげてもいい。わたしが唇を寄せると、それは待ちかねていたようにぴくりと動き、期待でもっと大きくなった。鋼のように硬くなったペニスに舌を這わせ、つけねの茂みを手で愛撫し、さがって睾丸にふれる。彼のここがとても感じやすいのは知っている。愛撫するといっそう硬くなり、彼はため息とうめき声を洩らした。わたしはあらゆる場所を舌で愛撫していったが、先端を口に含むことはせず、じらしていた。でもついに、彼の熱く滑らかなものに舌を巻きつけたいという自分の欲求に逆らえなくなって、彼の先端を口に含み、同時に手でしごいた。彼はわたしが与える快感を高めようと、もっと強く、もっと激しくと求めた。

そうしているうちに自分もすごく興奮してきた。わたしもしてもらいたい。わたしの昂り濡れたからだが崇拝されたがっている。

わたしはパンティーを脱いで彼の上に寝た。胸を彼の胸につけ、お腹に彼のコックを感じる。彼はわたしの髪に唇をつけてうめいた。「ベス、すごくきれいだ。こんなふうに誘惑してくる、官能的なきみはたまらない……」

「あなたにわたしを愛してほしいの」わたしは言った。「わたしたちはファックはたくさんしたわ。すごくいいファックを。いまは愛して。あなたの手首をはずすから、わたしがどんなにきれいで、わたしのからだをどう感じているか、教えて」

わたしは手を伸ばして、シルクのベルトをひっぱった。それは滑るようにほどけて、ドミニクの手が自由になる。彼はわたしのお尻をつかんで手のひらでそのやわらかなふくらみを包み、うなった。彼はお尻を撫でたりもんだりして言った。「すごくいい……ぼくはきみのすてきなお尻にけっして飽きることはない」

「言われたとおりにしなさい」わたしは言った。「わたしが何を求めているか、わかっているでしょう」

「お望みどおりに」彼は言って、横向きになり、燃えるような目でわたしを見た。

「ぼくに開いてみせてくれ、ベス」

わたしは脚を開いて、彼を待っているものすべてを見せた。彼はすぐに頭をさげ、ふくらんだ唇にキスし、濡れた割れ目を舐めあげ、クリトリスの敏感な蕾に舌をかすめ、すばらしい快感でわたしにため息をつかせた。

「きみははちみつの味がする」彼はつぶやいた。「甘い……」

舐められ、軽く嚙まれて、思わずもっとと言ってしまいそうになったとき、彼は体勢を変えてわたしを自分の下に引きいれた。力強く威圧的に、自分の体重を使ってわたしに太ももを開かせ、そのあいだにからだを割りこませる。

「ぼくが欲しい？」彼は熱いキスのあいまに尋ねた。

「ええ」わたしは愛情をこめて答える。

「ぼくに腕を回して」

彼の背中にさわりたくなかったけど、言うとおりにした。指先に彼の傷痕の盛りあがりを感じる。

「すごくいい」彼はささやいた。そしてペニスの先を押しいれはじめた。「きみの甘い愛がよくしているんだ」

わたしは彼の大きなものが少しずつわたしのなかを満たしていくすばらしい快感に集中していて、何も言えなかった。彼の動きに合わせて腰を突きあげ、もっと奥へと彼を導いた。わたしたちは腰を打ちつけ合うリズムにわれを忘れた。彼のコックに深く突きあげられ、背中を弓なりにし、彼が深く挿しいれてくる舌を夢中で吸った。

やがて、どちらからともなく、クライマックスに達したいという欲望に駆りたてられてスピードが増し、彼の突きが大きくなった。わたしは彼に脚を巻きつけ、彼がもっと深く突けるようにし、腰をこすりつけていった。こうすると内側も外側も震えるような最高のオーガズムが得られるとわかっている。

わたしたちは同時にいくつもりではなかったけど、それぞれのなかに高まる興奮が相手に伝わり、さらなる高みにわたしたちを押しあげた。ドミニクは息を切らし、あごをこわばらせている。彼のオーガズムはもうすぐそこだ。

「ドミニク」わたしは切なげな声で言った。「お願い、そうよ、やめないで……」

「きみをいかせたい。ぼくのビューティフル・ガール」彼は言った。

その瞬間、わたしはいってしまった。彼を締めつけ、頭をそらし、よろこびの声をあげたわたしは、彼も同時に達し、精を放っているのを感じていた。わたしは打ち寄せる波のように何度も何度も痙攣して震え、ようやく波が引いたときには、息を切らしてぼうっとしていた。ドミニクはわたしの胸の上で、強烈なクライマックスのせいで荒い息をしている。

ようやく回復してから、彼は言った。「ああ、ベス、すごかったよ」彼は言って、わたしの顔、首にキスの雨を降らせ、本当にひさしぶりに、心から幸せそうに笑った。

「ありがとう」

「わたしこそ」わたしは自分の目に涙がこみあげてくるのを感じていた。

ドミニクはまた笑った。「まったく思いがけないよろこびだった。ここにあがってきたときは、決意を固めたかわいいミストレスがぼくを待っているなんて知らなかった」

「すぐに行かなくてもいいんでしょ？」わたしは彼にくっついて、そのすばらしいからだを感じながら言った。「車が待っているの？」

ドミニクは時計をチェックしてため息をついた。「ああ、たぶん。行きたくないな。きみといっしょにこうしていたい」

わたしのなかに温かな期待が広がった。わたしが彼に求めていたのはこういうことだった――痛みをやわらげる愛情。

「だが……だめだ。ごめんよ、ダーリン。もう行かないと」

わたしはがっかりした。「本当に行かなければならないの？」

「ああ。そしていつ帰れるかもわからない」

「つまり――どういうことなの……わたしたちは？」

ドミニクはわたしを横目で見た。「きみはアダムとよりを戻したんじゃないんだね」

「違うわ！」わたしは首を振った。「そんなこと考えたこともなかった。彼がわたしに会いにきたから、わたしはもう終わったのだと言ったのよ。本当に！」

彼は一瞬天井を見つめて、それからゆっくりと言った。「ベス、ぼくにとっていますぐこれをすべて受けいれるのは難しい。一時間前までは、ぼくはぼくたちの関係はすべて終わったと思って、その事実と、起きたこと何もかもを受けいれようとしていた。きみもつらかったのはわかるが、ぼくもつらかったんだ」彼はからだを横に向けて、わたしを見た。「正直言うと、いまでもつらい。ぼくたちのあいだで起きたこと、ぼくがしたこと――本当に、どうしていいかわからなくなってしまったんだ」

わたしは彼の髪を撫でた。「でも……もうだいじょうぶじゃないの？　わたしがあなたを愛しているとわかったでしょう？」

彼はわたしの手を取り、笑った。やさしい、ほとんど悲しそうな笑い声だった。「あベス、そんなに単純だったらよかった。ぼくは自分がきみにしたことにおののいたんだ。自分があんなことをするなんて思わなかった。あんなふうに自制心を失うなんて。ぼくはまたきみといっしょになる前に、なぜあんなことが起きたのか突きとめる必要がある。わかるかい？」彼はわたしのそばに寄り、わたしは彼の目が黒ではなく、濃いチヨコレート色だということに気づいた。その目を縁取る長いまつげはとても美しかった。その目が悲しそうだから、なおいっそう、その美しさが際立っている。「もしぼくが、あんなことをしたわけを突きとめずに、自分を変えなかったら、また同じことをしてしまう危険がある。そしてもう一度あんなことをしてしまったら……ぼくが耐えられない。ぼくとつきあってもきみは安全だと、知る必要がある」

「もちろんわたしは安全よ！」

「きみの信頼はうれしい。だがぼくにはそうは思えない」

わたしのなかで不安がふくらんだ。「どういうこと？　いったいあなたはどうするつもりなの？」

「わからない。だがここに帰ってくる前に、ぼくは自分のなかの悪魔と向き合い、克服する必要がある。ぼくのなかの暗黒をなくさなければ」

「つまり、支配したいと思う欲望のこと？」わたしは顔をしかめて言った。「それが暗黒なの？」

彼は首を振った。「違う――そんなに単純じゃないんだ。ひどくこみいっていて、自分でもよく理解できていない。長いあいだぼくにとって、セックスと愛は別物だった。それをひとつにすることはとてつもない変化だった。ぼくのなかの何かが変わってしまった。もう一度試す前に、自分がだいじょうぶだと確かめておきたい」彼はため息をついた。「きみにぼくを罰させたあのときでさえ、ぼくはきみにやりたくないことをさせてしまった。いまではそれがわかる。認めたくない真実だが。支配したいという衝動は、自分で制御できないほど、ぼく自身を支配しているんだ」彼はその皮肉に笑った。「わかってくれるといいんだが。説明するのは難しい。きみに約束はできない、ベス、だがもしぼくがこの問題を解決するまで待っていてくれたら、ぼくたちに未来があるのかどうか、いっしょに答えを見つけることができるだろう」

「もちろん待つわ」わたしは言った。でも離れ離れになると思うだけで、耐えられないほどつらかった。「でもどれくらい待てばいいの？」

彼はわたしの手のひらに模様を描いて言った。「わからない。ぼくを待てるかい、ベス？」

「ええ。いつまでも待つわ」

「ありがとう」彼はわたしの額にキスをした。「離れているあいだも連絡するよ。気をつけるんだよ、いいね？」

わたしはうなずいた。やはりお別れだった。彼は行ってしまう。わたしがついては行けない、遠いところへ。ひょっとしたら、彼は変わって帰ってくるかもしれない。でも彼が恐れる暗黒を克服したら、それは同じドミニクなのだろうか？　それともまったくの別人？　わたしはふいにこわくなって、彼に腕を回した。「行かないで、お願いよ！」

彼はわたしに、ゆっくりと甘いキスをしてくれた。「そうできればよかったと思う。だがきっとまたきみのところに帰ってくるよ、約束する」それから、そっとわたしの腕をほどいて抜けだした。彼は身を起こし、きれいな目に愛情をこめてわたしを見おろした。「帰ってくるよ、ベス。ぼくを忘れないでくれ」

　あなたを忘れる？　そんなことができると？

「わたしがあなたを忘れるはずないでしょう」わたしはささやいた。「さよなら、ドミニク」

　それからわたしは目を閉じた。彼が服を着て出ていくのを見たくなかったから。わたしは彼がベッドからおり、服を拾って、身に着けている気配を感じていた。目の奥が痛いのは、涙をこらえているせいだとわかっている。彼は出ていく前に、ベッドの脇にやってきてひざまずいた。わたしの手を取り、自分の大きな手に包んで、ほおずりするくらい顔を寄せた。わたしはちいさく震える息を吸うと、涙がひと粒、ぎゅっと閉じたまぶたのすき間からこぼれて鼻の横を流れた。

「泣かないで、ぼくのベス」彼は言った。その声があまりにやわらかく、あまりにやさしかったから、わたしは泣きださないようにこらえるだけでせいいっぱいだった。彼はわたしの涙を吸いとり、唇にかすめるようにキスをした。「すぐに連絡するから」

　わたしは目をあけられなかった。彼が出ていくのを見るのはつらすぎる。彼はわたしの手を放し、ベッドから離れて立ちあがった。そして出ていった。わたしはドアがしまる寸前に目をあけ、彼の広い背中と黒い髪を見た。それから、玄関ドアが終わりを告げる音でかちりとしまるのが聞こえた。

やはりこうなった。わたしはふたたび目を閉じ、視界から閨房は消えた。代わりに、彼が庭でわたしの隣に立っている映像が目に浮かんだ。彼は力強く、幸せそうにほほえんでいた。庭に来ればわたしに会えると強く感じたと言った。そうしたら本当にわたしがいた、と。

でも彼は行ってしまった。

そして、わたしの待つ時間がはじまる。

謝辞

ホッダー&ストウトンのみなさま、とりわけ編集担当のハリエットと原稿整理担当のジャスティンにお礼を申しあげます。彼らの叱咤激励から大きな力をいただきました。わたしのエージェントおよびデヴィッド・ハイアム・アソシエイツのみなさまにも感謝しています。

　わたしはいつも、勇気と想像力をもって――他人に対する敬意も忘れずに――自分の望む人生を実現している人びとの生き方に刺激を受けています。わたしたちは誰もが、人生をたのしむすばらしい才能をもっています。奔放な慎み、分別ある恍惚、節度ある快楽で人生を満喫しましょう。

訳者あとがき

ドミニクと出会って、すべてが変わった。わたしは失恋したばかりで、ギザギザの心のかけらをつぎはぎして普通に幸せなふりをしていた。
でもドミニクはわたしに、いままで知らなかった自由を垣間見せてくれた。彼はわたしに純粋なよろこび――そして痛み――を教え、その愛で光と闇をもたらした。そしてわたしは、彼が導いてくれるところならどこへでも、ついていくことしか考えられなかった。

狂おしいほど激しくロマンティック、セクシーで奔放。この刺激的な物語は、愛とセックスがその縛めから解き放たれた場所へとあなたをいざないます。

セイディー・マシューズの『ファイヤー・アフター・ダーク――深紅の約束――』の原書の裏表紙に書かれている宣伝文です。本書は、二〇一二年八月にイギリスで出版されると同時に大きな話題を呼んだエロティック・ロマンスで、『フィフティ・シェイズ・オブ・グレイ』や『ベアード・トゥ・ユー』の流れをくむ、ピュアでダークな雰囲気の作品です。

　物語はヒロインのエリザベス・ヴィラーズが単身ロンドンにやってきた場面から幕をあけます。彼女は二十二歳。大学を卒業したばかりです。卒業して故郷の町にUターンした彼女は、十六歳のころからつきあってきた恋人の裏切りに遭って深く傷つき、引きこもっていました。そんな彼女のもとに、父親の名付け親であるセリアという女性から、五週間、ロンドンで高級フラットの留守番&キャットシッターをしないかという願ってもない話が舞いこみます。ベスは自信喪失してぼろぼろになった自分を立て直すために、ロンドン行きを決意します。

　ヒーローのドミニクは三十一歳。幼いころ、外交の仕事をしている父親に連れられてさまざまな国で暮らし、イギリスの寄宿学校で少年時代を過ごして、プリンストン大学、オックスフォード大学大学院で学んだ上流階級の人間です。現在はロンドンに住み、金融関係の仕事をしています。

　年上の成功者の男性と若くて無垢な女性という組み合わせの恋愛は、エロティック・ロマンスの王道とも呼べる設定ですね。ベスはヴァージンでこそありませんが、男性経験は少なく、ロンドンに出てきてすぐに、洗練された大人の魅力とどこか危険な雰囲気をもつドミニクに夢中になります。序盤の彼女は未熟で世間知らずな部分が目につきますが、物語が進むにつれて、彼女はドミニクの思いがけない面を知り、さまざまな経験を乗り越えて、力強く成長していきます。ドミニクもまた、ベスとの出会いと彼女への愛ゆえに、己のなかの悪魔と向き合わなければなりません。ふたりがどうなってしまうのか、はらはらどきどきさせる展開から驚きのラストシーンへとなだれこみます。

こんな終わり方って！　と思った読者のみなさま、ご安心ください。ふたりのロマンスは第二作に続きます。

ヒロインのベスを温かく見守ってサポートしてくれる脇役たちも魅力的です。彼女を雇ってくれた上に何かと相談に乗ってくれる画廊オーナーのジェイムズ。そもそもベスがロンドンに出てくるチャンスをくれた、元ファッションモデルのセリア。セリアはベスにこんなアドバイスを贈りました。「激しい情熱には痛みがつきものなの。でもそれなしで生きる……そんな人生に価値があるかしら？」「痛みはあなたに、生きているということを教えてくれる。それがなかったら、よろこびが何かもわからないわ」彼女の言葉は、愛の本質を鋭く衝いているといえるのではないでしょうか。

作者セイディー・マシューズはこれまで別名で六冊の女性向け小説を著しています。

これまではめくるめく現実逃避とドラマティックな退廃の世界を題材とした作品を書いてきたそうですが、本作品ではひりつくような激しい愛と性を描いて新境地を開拓しています。

〈アフター・ダーク・シリーズ〉は三部作で、本国では二作目、三作目となる『Secrets After Dark』『Promises After Dark』がすでに出版され、大きな評判を呼んでいます。フランス、ドイツ、イタリア、スペイン、中国など世界十カ国以上で翻訳出版が決まりました。ベルベット文庫でも順次お届けする予定ですので、どうぞお楽しみに。

二〇一三年十二月

長瀬　美紀

ベルベット文庫

ファイヤー・アフター・ダーク ——深《しん》紅《く》の約《やく》束《そく》——

2014年1月25日　第1刷

著　者　セイディー・マシューズ

訳　者　長《なが》瀬《せ》美《み》紀《き》

発行者　太田富雄

発行所　株式会社 集英社クリエイティブ
東京都千代田区神田神保町2-23-1 〒101-0051
電話 03-3239-3811

発売所　株式会社 集英社
東京都千代田区一ツ橋2-5-10 〒101-8050
電話 03-3230-6393（販売）
03-3230-6080（読者係）

印　刷　中央精版印刷株式会社　株式会社美松堂

製　本　中央精版印刷株式会社

ロゴマーク・フォーマットデザイン　大路浩実

ISBN978-4-420-32017-7 C0197